Hugo Stamm

Späte Erlösung

www.tredition.de

© 2020 Hugo Stamm

Verlag & Druck: tredition GmbH, Halenreie 40-44, 22359 Hamburg

ISBN
Paperback: 978-3-347-03047-3
Hardcover: 978-3-347-03048-0
e-Book: 978-3-347-03049-7

Er stand am Fenster und schaute auf die Strasse hinunter. Seine Augen folgten den vorbeifahrenden Autos, doch er sah nur seine Gedanken. Auf dem Weg ins Schlafzimmer räumte er die Zeitung vom Esstisch und stand plötzlich mit der Milch in der Hand im Badezimmer. Sein Blick streifte beiläufig die Uhr.

Marc packte seine Lederjacke und fuhr mit dem Motorrad zum Literaturgymnasium Rämibühl. Schüler schlurften in kleinen Gruppen über den Pausenplatz und beschäftigten ihre Hände mit Zigaretten oder dem Smartphone. Die Erinnerung an den Geruch von gebohnerten Böden holte ihn ein. Ist das alles, was von damals geblieben ist? Roger Waters Song *We don'nt need no education. ... Teachers leave them kids allone* drang von weit her an sein Ohr.

Ihre markante Frisur - sie erinnerte ihn an eine Löwenmähne - zeichnete sich verschwommen hinter der Glastür ab. Er wäre ihr gern entgegen gegangen, doch Melanie hatte ihn beim ersten Besuch sanft von sich gestossen. Kein Kuss unter den Augen der Schüler. Er war sich aber nicht sicher, ob sie nicht eher an ihre Kollegen im Lehrerzimmer dachte. Die Blicke der jüngeren Lehrer waren ihm nicht entgangen.

Er liess es bei einem Lächeln bewenden. Ohne sich abzusprechen, fuhr er zur Waid hinauf. Melanie setzte sich auf die Bank, neigte den Kopf nach hinten und liess ihre Beine baumeln. «Dumpfbacken», sagte sie.

Marc schaute sie überrascht an.

«Die Klasse 3b wird immer dreister. In der letzten Stunde machte sie auf passiven Widerstand.»

Marc legte seinen Arm auf ihre Schultern.

«Mach dir nichts draus», versuchte er sie zu beruhigen. «Jede gesunde Klasse setzt von Zeit zu Zeit eine Duftmarke.» Er strich ihr eine Haarsträhne aus dem Gesicht. «Gesund ...?»

Melanie scharrte mit den Füssen im Kies.

Ein Mäusebussard zog hoch über ihnen ruhig seine Kreise. Marc versuchte, mit den Augen des Raubvogels auf Zürich hinunter zu schauen.

«Gib ihnen die Spielwiese. Sie warten doch nur darauf, dass du aus dem Fenster springst. Part of the game, Meli.» Ihr Bruder hatte als Kleinkind ihren Namen nicht gepackt und die Abkürzung genommen. Marc mochte ihn, Melanie eher nicht. «Erinnert mich irgendwie an Mehl», hatte sie gesagt.

«Die Jungs machen sich ein Spiel daraus, mich mit den Augen auszuziehen.» Marc schaute sie fragend an.

«Bist du immer noch bei deinen Schülern? Sie haben wenigstens Geschmack», versuchte er sie zu besänftigen.

«Ha, ha, sehr witzig», gab Melanie zurück.

«Ach komm, sei nicht so verbiestert. Nimm es als Kompliment. Siehst du den Mäusebussard dort oben? Ein majestätischer Anblick. Schwerelos über der Erde ...»

Meli schaute ihn von der Seite an: «Mir ist im Moment nicht nach Fliegen.»

Marc stand auf, steckte die Hände tief in die Hosentaschen und liess seinen Blick über die Dächer der Stadt schweifen. Die Berge waren zum Greifen nah, der Föhn drückte sie an den Zürichsee.

«Sorry, bin heute einfach nicht in Stimmung», fügte sie an.

«Heute? ...»

«Na komm. Tu nicht so, als sei ich dauernd verschnupft.»

Marc drehte sich ihr zu.

«Ich habe mich bloss auf dich gefreut ...»

«... musst du mir jetzt auch noch Schuldgefühle anhängen?»

«Auch noch?»

Marc ging vor Meli hin und her, den Blick zum Boden gesenkt.

«Ich weiss nicht, wie lang ich es in der Schule noch aushalte. Und dann noch der Streit mit meiner Mutter. Es macht irgendwie alles keinen Sinn. Vielleicht hilft mir der Meditationskurs, gelassener zu werden …»

«Mediationskurs?» Marc stutzte. «Du und Meditation? Im Lotussitz vor dem Meister? Mit Duftkerzen und einer schluchzenden Flöte im Hintergrund?»

«Lass die Sprüche», fauchte Melanie. «Es ist nicht eigentlich ein Meditationskurs, sondern die Selbsterfahrungsgruppe von Beat. Du weisst schon. Wir meditieren zwischendurch auch mal.»

«Ah so? Nun wird mir einiges klar. Seit deine spirituelle Temperatur steigt, fallen die Schwingungen in unserer Beziehung.»

«Du siehst Geister», entgegnete Melanie.

«Wenn ich sie sehen könnte, würde ich sie ausräuchern oder mit Knoblauch in die Flucht treiben.» Er pflanzte sich vor ihr auf, legte die Hände vor der Brust zusammen und gab ein gedehntes *Ohhhhm* von sich.

Melanie schoss hoch und holte mit der rechten Hand aus. Nadeln bohrten sich in seine Wange. Dann stürmte sie davon. Marc liess sich ins Gras fallen und lag starr auf dem Rücken. Als er sich etwas erholt hatte, sprang er auf und rannte Melanie hinterher.

Sie hob den Blick nicht, als er sie eingeholt hatte. Die Nadeln schienen sich immer tiefer in sein Gesicht zu bohren.

Er wollte etwas sagen, doch die Worte blieben ihm im Hals stecken.

Als die Strassenbahn zu hören war, eilte sie zur Haltestelle.

2

Plötzlich stand Marc vor seinem Haus. Unterwegs hatte er nur das verschwommene Muster des Asphalts und seine Schuhspitzen wahrgenommen. Seine Schritte führten ihn zur *Dominobar*. Schummriges Licht umfing ihn. Am runden Stammtisch sassen fünf Männer. «Hi», rief Roswita hinter der Theke hervor und hob ein leeres Bierglas in die Höhe.

«Was ist denn mit dir los? Hat dir jemand das Herz aus der Brust gerissen? Und im Wochentag hast du dich auch geirrt.»

«Ach lass. Bin nur leicht von der Rolle.»

«Leicht?» Roswita beugte sich über den Tisch, servierte ihm das Bier ab und schaute ihm in die Augen.

«Mittelschwer», korrigierte er.

«Extrem schwer. So schwer, wie nur die Liebe sein kann», gab sie zurück.

Marc nahm einen grossen Schluck und starrte auf den Tisch.

«Melanie?» Er nickte.

Roswita setzte sich neben ihn und legte ihm die Hand auf den Arm.

«Erzähle, das hilft.»

«Danke, aber im Moment fühle ich mich nur leer. Ein kühles Bier hilft vielleicht, die heisse Wange zu kühlen.»

«Sie dir?» Roswita pfiff leise durch die Zähne. «Ein Seitensprung?»

«Nein, Streit über Meditation.»

«Über Meditation? Oder eher über den Meditationslehrer?»

«Vielleicht auch», gab Marc zurück.

«Und weshalb hast du die Ohrfeige kassiert?»

«Weil ich die Geschichte ins Lächerliche gezogen habe.»

Ein Mann am Stammtisch hob sein Bierglas. Roswita nickte ihm zu und erhob sich. «Die sind eifersüchtig, wenn ich mit einem jungen attraktiven Mann spreche.»

Beim vierten Bier legte sie eine rote Karte unter sein volles Glas. «Vier sind genug, Liebeskummer ersäuft man besser nicht im Alkohol.» Das Bier schimmerte rötlich. Er trank es rasch und zahlte. «Nimm auch zu Hause einen roten Glasuntersatz», mahnte sie ihn.

3

Rastlos lief sie durch die Stadt. Ihre Hand brannte. Ich habe ihn geschlagen. Der Satz surrte in einer Endlosschlaufe durch ihren Kopf. Als sie beim Inder vorbeikam, bei dem sie oft bis um Mitternacht gesessen und diskutiert hatten, konnte sie die Tränen nicht mehr unterdrücken. Sie flüchtete in den nächsten Hauseingang und setzte sich auf die Treppe.

Ein leises Geräusch schreckte sie auf. Sie drehte den Kopf, sah aber nur eine markante Nase und ein grosses, dunkles Auge im Türspalt.

«Geht es ihnen nicht gut? Kann ich ihnen helfen?»

Melanie wischte sich mit dem Handrücken die Tränen ab und sniefte. «Geht schon», antwortete sie.

«Wirklich?»

Melanie drehte sich erneut um. Der Akzent der Frau und ihr singender Tonfall weckten ihre Aufmerksamkeit. Die untersetzte Frau nahm schwerfällig die Stufen und setzte sich neben Melanie, die ihr Gesicht in den aufgestützten Armen versteckte.

«Kommen sie, in meiner Stube können sie bequemer weinen.»

Melanie reagierte unwirsch. Doch die Frau mit der sonoren Stimme ergriff Melanies Arm und führte sie in ihre Wohnung.

Ein dunkler, schwerer Vitrinenschrank erdrückte das Wohnzimmer. Die linke Seite war gefüllt mit Wein- und Schnapsgläsern, die rechte mit Clowns und Harlekins.

«Ich liebe Kitsch», erzählte die Frau, als sie mit dem dampfenden Kaffee in die Stube zurückkam und Melanies Blick folgte. «Ich heisse Maria, Harlekins waren mein Leben. Mein Vater arbeitete als Clown im Zirkus. Er hatte in der Manege einen Partner. Helmut, ein Deutscher. Als Kind habe ich ihn verehrt. Er war mein Pate und hat mir Deutsch beigebracht. Ich bin Spanierin. Aber das interessiert dich jetzt sicher nicht.»

Maria nahm trotzdem ein Foto vom Schrank. «Das ist Helmut, neben ihm mein Vater.»

Melanie stand wortlos auf und ging zur Wohnungstür.

«Mach es dir nicht so schwer», sagte Maria und hielt Melanie am Arm zurück. «Mein Vater ist während einer Vorstellung vom Huf eines Pferdes getroffen worden und an einer Hirnblutung gestorben. Ich war damals fünfzehn.»

Melanie sah einen kleinen rundlichen Mann mit einer roten Pappnase und einem weiss geschminkten Gesicht, das von zwei dunklen Augen dominiert wurde. Neben ihm stand der schlaksige Helmut.

«Und wer bist du, weshalb bist du in den Hauseingang geflüchtet?»

Melanie erzählte vom Streit mit Marc und von der Ohrfeige.

«Und Beat?», fragte Maria, als Melanies Erzählfluss ins Stocken geraten war. Melanie hob den Kopf und schaute Maria misstrauisch an.

«Beat? Wie meinst du das?»

Maria hielt ihrem Blick stand: «Na, deine Augen verraten mir, dass Beat dich in deine Träume begleitet.»

4

Der Albtraum blieb auch in der Nacht sein treuer Begleiter. Wenn er wach lag, drehte sich sein Kopf, wenn er schlief, das Bett. Und stets sassen Ohnmacht und Schmerz mit auf dem Karussell. Marc fand die Bremse nicht. Er wusste nicht einmal, ob er den Horror besser schlafend oder wach überstehen würde.

Um vier Uhr war sein Wille gebrochen. Das Feuer des Brandweins entflammte seinen Rachen. Ein wohliger Schmerz, der die Lebensgeister weckte und die Ohnmacht verscheuchte. Eine Erlösung auf Zeit, ahnte er nach drei Gläsern. Nach drei weiteren glaubte er, sie würde ewig dauern. Als er sich erhob, um aufs WC zu kommen, fiel der Länge nach hin.

Irgendwann erwachte er, weil seine Blase rebellierte. Auf allen Vieren kroch er ins Bad. Das pulsierende Hirn suchte einen Ausgang aus der Schädeldecke. Es kam ihm wie ein Inferno vor.

Auch den nächsten Tag hätte Marc gern aus dem Kalender gestrichen. Die Erinnerungen kamen zurück, doch das Inferno blieb ihm treu. Er räumte die leere Cognacflasche weg, schloss den Schrank ab und versteckte den Schlüssel.

Vielleicht geht es Meli wirklich nur um die Meditation, versuchte er sich zu beruhigen. Kontemplation in der Selbsterfahrungsgruppe.

Er gab Beats Namen im Computer ein. Eine langsam sich drehende Lotusblüte füllte den Bildschirm, sanfte Weltmusik dudelte aus dem Lautsprecher, der Schriftzug *Zentrum Chitradurga* tanzte in violetter Zierschrift vorüber.

Marc stutzte. Er versuchte, den Zungenbrecher auf verschiedene Weise auszusprechen, indem er die einzelnen Silben unterschiedlich betonte. Doch keine Variante vermochte seinem Gehör zu schmeicheln. Rasch klickte er den Link zu Beats Porträt an. Ein paar biographische Angaben und viele Bilder. Beat im Lotussitz, Beat mit einem heiligen Sadhu in Indien, Beat vor einer Buddhastatue. Marc spürte einen Stich. Mit dem markanten, schmalen Gesicht, den leicht hervorstehen Backenknochen, dem kantigen Kinn und den tiefliegenden dunklen Augen vermag er seine Anhängerinnen nicht nur spirituell zu überzeugen, befürchtete er.

Hastig überflog er den Lebenslauf. 39 Jahre alt. Drei Jahre älter als Meli. Lehre als kaufmännischer Angestellter, Weiterbildungen, Bankangestellter im Investmentbereich. Genervt würgte er die säuselnde Harfenmusik ab. Meditationskurse, Workshops bei mehreren spirituellen Meistern, alternativmedizinische Ausbildungen. Aufbau einer Osho-Kommune. Das volle Programm, schoss es Marc durch den Kopf.

Osho? Der Name kam ihm irgendwie bekannt vor. Google brachte die Erleuchtung. Bhagwan. Genau, der indische Guru, der sich nach seiner spirituellen Häutung Osho genannt hatte.

Er setzte sich kerzengerade auf. Ist das nicht der Sex-Guru mit dem Rolls-Royce-Fetisch? Meli im Lotussitz zu Füssen eines Osho-Jüngers? Sein Hirn brannte lichterloh. Von wegen Selbsterfahrungsgruppe. Esoterik, aufgeladen mit Erotik. Meli im Reich der sanften Verführung?

Marc klickte den Link *Konzept* an. «Osho und seine Therapeuten haben ausgezeichnete neue Methoden entwickelt, Krankheiten nicht nur organisch zu betrachten, sondern auch als Ausdruck spiritueller Blockaden», las er. «Sie konzentrierten sich einseitig auf die übersinnlichen Aspekte, doch ich suchte die Synthese zwischen Körperlichkeit und Spiritualität und fand sie in einer speziellen Form der Meditation.»

Marc lehnte sich zurück. Versteckt sich da Kritik an Osho und seinen Erbverwaltern? Vielleicht praktiziert Beat heute tatsächlich nur eine gemässigte Form der Meditation.

Hastig scrollte sich Marc durch das digitale Album. Die meisten Fotos zeigten ihn zusammen mit seinen Schülerinnen. Unten angelangt, atmete Marc auf. Er wusste nicht, ob sein Bildschirm heil geblieben wäre, wenn ihm Meli entgegengelächelt hätte.

Er pflügte sich weiter durchs Internet und suchte nach Osho-Therapeuten. Das reale Leben ist eine Illusion, die spirituelle Welt die wahre Realität, erkannte er. Oshos Kosmos bestand vor allem aus Energie. Nur die sexuelle Kraft schien handfest zu sein. Irdische Bindungen sind Irritationen, die es zu überwinden gilt. Bedingungslos. Was den Stallgeruch von Spiritualität verströmt, wird transzendiert, Feuchtgebiete hingegen lustvoll materialisiert. Dient nicht beides dem grobstofflichen Lustgewinn, der narzisstischen Selbstverwirklichung, die als Überwindung der irdischen Bindung getarnt daherkommt?

Marc wollte sich einen neuen Kaffee machen, doch unter dem Auslauf der Maschine stand noch eine volle Tasse. Er schüttete er die kalte Brühe weg und braute sich einen neuen Aufguss.

Filmriss, erkannte er. Auf allen Ebenen. Ich habe mich verloren. Eifersucht? Das war ihm bisher fremd geblieben. Dann kommt Meli, und die Schwerkraft gerät ausser Kontrolle.

Erneut rief er sie in Gedanken an. «... ich möchte mich bei dir ... es tut mir leid ... lass uns in Ruhe darüber ... ich schwöre dir ...» Ein diffuses Gefühl sagte ihm, dass der Zeitpunkt ungünstig war.

Nach dem ersten Schluck griff er doch zum Handy. «Hallo Christa, ich brauche deinen Rat.»

«Na, wo brennt's?»

Er schilderte seiner Cousine den Streit mit Meli.

«Oh Gott, weshalb hast du unsere Libido auf die Männer ausgerichtet! Ruf sie einfach an. Wir Frauen sind weniger kompliziert als es eure männlichen Projektionen suggerieren.»

War Christa einmal in Fahrt, gab es kein Entrinnen mehr. Sie war unbestechlich und ihr Urteil messerscharf. Ihre Zuneigung versteckte sie gern hinter ihrem burschikosen Verhalten und ironischen Bemerkungen. Es schien, als könne ihr das Leben nichts anhaben. Mit ihrer kräftigen Figur und dem offenen Blick signalisierte sie, dass Widerspruch zwecklos war. Sie trug das Selbstwertgefühl wie eine Trophäe vor sich her. Und doch mochte er Christa.

Er holte ein Glas Milch aus dem Kühlschrank, zählte langsam auf hundert und nahm zwischendurch einen Schluck.

«Hallo, Meli, wie geht es dir, äh ...» Die Pause kam ihm wie eine Ewigkeit vor.

«Es geht.»

«Ich möchte mich entschuldigen ... war wohl ein bisschen heftig.» Marc wartete vergeblich auf eine Antwort. «Ich habe einen Vorschlag. Nimm mich mit zu einer Meditationsstunde. Dann verstehe ich dich vielleicht besser, und wir können sachlich über alles reden ...»

«Sachlich?»

Marc sah, wie sie ihren Hals reckte und den Kopf wiegte. Das tat sie immer, wenn sie zögerte. «Ich glaube nicht, dass es eine gute Idee ist.»

«Wir müssen es versuchen ...» Marc suchte nach Worten. «... ich will nicht mit dir streiten wegen eines Meditationskurses.»

«Es geht um mehr, das weisst du.»

Er spürte, wie ihre Anspannung wuchs. «Auch nicht wegen eines Meditationslehrers», schob er nach und fragte, ob sie sich treffen könnten.

«Lass mir noch etwas Zeit», antwortete Meli.

«Musst du dich zuerst mit Beat absprechen?» Mist, fluchte er in sich hinein und hätte sich am liebsten die Zunge abgebissen. Seine Gedanken gingen im Summton unter.

Marc warf das Smartphone auf das Sofa. Als er seine Gedanken wieder etwas ordnen konnte, klaubte er es zwischen den Kissen hervor.

«Christa, dein Ratschlag war ein Schuss in den Ofen. Melanie liess mich auflaufen. Dies nur zum Thema weibliche Intuition und Menschenkenntnis.»

«Hoppla», stiess Christa hervor, «da ist aber mächtig Feuer im Dach. Wenn du mir deine Melanie einmal vorgestellt hättest, hätte ich sie besser einschätzen können. Vielleicht hast du dich einfach in ihr vergriffen. Soll ja vorkommen. Wo harzt es denn?»

«Ach lass, ich habe keine Lust, über unseren Knatsch zu sprechen».

«Wieso rufst du mich dann an?»

«Ich musste Dampf ablassen.»

«Okay. Dann mach es aber richtig und gib mir eine Chance, Melanies Reaktion besser zu verstehen.»

Marc druckste eine Weile herum und schilderte seiner Cousine schliesslich den Streit mit Melanie.

«Wenn du so verstockt bist wie nun mir gegenüber, musst du dich nicht wundern, wenn deine Melanie den Stecker zieht.»

«Ich bin ihr gegenüber nicht verstockt, sondern zu direkt», protestierte Marc.

«Dann steckt sie tiefer im Eso-Sumpf, als du wahrhaben willst.»

«Wie kannst du das wissen?»

«Liebe fühlt sich anders an. Ich kann ja verstehen, dass ihr der Kragen geplatzt ist, mit der Ohrfeige sollte die Geschichte aber erledigt sein.»

«Ich habe sie mit meinen heftigen Reaktionen verletzt. Nun glaubt sie mir nicht mehr, dass ich eine sanfte Form der Spiritualität tolerieren könnte.»

«Sanfte Form! Da legt dir die Angst eigenartige Worte in den Mund. Entweder funkt die Esoterik in eure Beziehung oder Beat. Beides schwere Brocken. Ich würde die Flucht ergreifen, bevor sie dich erschlagen.»

Christa machte eine Pause. «Esoterik steht für ein ganzes Weltbild, genau wie dein aufklärerisches Bewusstsein. Mehr Katze und Hund geht fast nicht.»

«Bisher ging's ja gut», protestierte Marc.

«Verliebte sind bekanntlich blind, und beim Vögeln spricht man nicht über das höhere Bewusstsein oder den Nihilismus.»

5

Marc hangelte sich im Computer von Stichwort zu Stichwort und hoffte, den Code der spirituellen Welt zu knacken. Transformation, höheres Bewusstsein, Chakren, innere Mitte, Channeling, Solar Plexus, Lichtreisen... Er drang immer tiefer in den virtuellen Kosmos. Die sprachlichen Wucherungen faszinierten ihn, die Kultwelt mit ihren blumigen Wortschöpfungen zog ihn in den Bann. Als zerlegte sie sein Hirn in die Einzelteile und konstruierte es neu.

Ein kurzes Signal seines Handys riss ihn aus den Gedanken. «Es ist noch zu früh für ein Treffen. Bin zu aufgewühlt. Entschuldige die Ohrfeige. Melde mich später.»

Die Kurzmeldung versetzte ihm einen Stich. Er hasste die Satzfetzen und fühlte sich den Stakkato-Botschaften ausgeliefert.

Seine Ohnmacht trieb ihn zum Escherwyssplatz. Ein sinnloses Unterfangen, er wusste es. Doch Sinn machte im Moment eh nichts. Vielleicht atmen die Wände Melis Aura aus, vielleicht ist in den Scheiben ihr Schatten eingebrannt, vielleicht kann ich einen Blick in den Meditationsraum werfen. Vielleicht ist da etwas, an das sich meine zügellose Fantasie halten kann, gaben ihm seine Gedanken ein.

Als er mit dem Fahrrad von der Escherwyssstrasse in den grossen Platz einbog, sah er von weitem an der Fassade eines ehemaligen Fabrikgebäudes eine grosse Messingtafel mit dem Schriftzug *Meditationszentrum Chitradurga*. Spirituelle Seelenmassage in einem urbanen Trendquartier? Früher gossen hier Arbeiter bei brütender Hitze 60 Stunden die Woche Metall, heute hauchen ihre Enkel ein sanftes *Ohm* in den Kamin, ging es ihm durch den Kopf.

Der grosse Platz wirkte ausgestorben. Die Neugier trieb ihn zum Eingang. Und wenn die Tür direkt in den Meditationsraum führt? Hallo

Beat, ich bin Marc, der Freund von Melanie ... du weisst schon. Der Kopfmensch ohne Seele. Der Ignorant ohne Sinn für die geistige Welt. Der spirituelle Tiefflieger.

Marc schlenderte wie ein Tourist über den Platz und drückte beiläufig die Türfalle. Zu. Was für ein Scheissglück, entfuhr es ihm.

Er schaute sich nach einem Versteck um. Schliesslich setzte er sich hinter einem Auto auf den Randstein. Wie ein Dieb. Oder Spanner. Nur weg von hier, sagte er sich. Doch die Angst, eine weitere Nacht durch die Hölle zu gehen, hielt ihn gefangen.

Nach einer halben Stunde hatte ihn die Scham weichgekocht. Als er sich wegdrehte, zuckte er zusammen. Beat! Er erkannte ihn von weitem. Mit dem Schwung eines Verliebten öffnete er die Tür zu seinem spirituellen Reich.

So sieht also Eifersucht aus. Eine neue Erfahrung. Sie fühlte sich klebrig an, schmierig. Was er loswerden wollte, haftete an ihm; was er herbeisehnte, flutschte weg. Plötzlich hasste er einen Teil an sich, den er bisher nicht gekannt hatte.

Die Umrisse ihrer lockigen Haare schreckten ihn erneut auf. Ihr energischer Schritt irritierte ihn. Liebeskummer sieht anders aus, schoss es ihm durch den Kopf. Sie kommt viel zu früh zur Meditation. Ähnlich früh wie Beat. Selbsterfüllende Prophezeiung!

Er malte sich das Meditationszimmer aus. Viel Plüsch und Samt, von hellblau bis violett. Ein Altar mit dem Porträt von Bhagwan oder sonst einem Guru, ein kleines Podest samt Sessel für den Meister. Boxen, um die Schülerinnen mit sanfter Harfenmusik oder in Moll schluchzenden Geigen in übersinnliche Stimmung zu bringen. Und im Nebenzimmer steht ein Notbett für den Fall, dass eine spirituelle Überfliegerin die Landung verpasst.

Er ging ins Restaurant *Ankor*, das den Blick freigab auf das Meditationszentrum. Das Lokal war stilvoll asiatisch eingerichtet, wirkte aber überladen. Er setzte sich an den Tisch beim Fenster. Eine junge asiatische Servitererin lächelte ihn freundlich an und reichte ihm mit einer anmutigenden Bewegung die Karte. Ihr langes, rotes Kleid, bestickt mit goldenen Drachen, erinnerte ihn an einen Bollywood-Film. Er bestellte einen Fruchtcocktail und starrte unentwegt zum Zentrum hinüber.

Asiatinnen haben etwas Geheimnisvolles, sie wirken herzlich, aber auch unnahbar, sinnierte er. Plötzlich schreckte er auf. Durch ein Fenster sah er zwei Schatten an der Zimmerwand des Zentrums, die sich aufeinander zubewegten und sich zu berühren schienen. Schatten sind zweidimensional, rief er sich in Erinnerung.

«Möchten sie etwas essen?», fragte die Asiatin und folgte interessiert seinem Blick durch das Fenster.

«Sorry, ich habe die Karte noch nicht studiert.»

Das reichhaltige Angebot erschlug ihn. Weil ihm eigentlich nicht nach Essen war, wählte er blind eine Vorspeise.

«Der Chicken-Curry-Salat ist aber recht scharf», warnte sie ihn. Der Duft ihres süssen Parfums hüllte ihn ein.

«Umso besser, dann ist wenigstens der Gaumen betäubt», gab Marc zurück und erntete einen irritierten Blick.

Der Chickensalat war kunstvoll arrangiert. Trotzdem stocherte er lustlos im Teller herum und spiesste einzelne Fleischstücke auf die Gabel. Während sein Mund Feuer fing, sah er in Gedanken Meli im Lotussitz zu Füssen von Beat sitzen. Er liess den halbvollen Teller stehen und zahlte. Mit gesenktem Blick, die Hände tief in den Hosentaschen vergraben, schlenderte er durch die Häuserschluchten.

Der kühle Abendwind drang durch sein Hemd, seine dunklen Gedanken liessen ihn frösteln. Die Kraft reichte nicht, seine Fantasie zu zügeln. Er ging zurück ins Restaurant. Die Serviererin schien sich nicht mehr zu wundern. Er bestellte einen Espresso samt Cognac und schaute in immer kürzeren Abständen hinüber zum Meditationszentrum. Wie lang hält es ein Mensch im Schneidersitz aus, fragte er sich. 40 Minuten? Eine Stunde? Vielleicht hebt die Leichtigkeit des spirituellen Seins die Schwerkraft auf. Schliesslich soll es Yogis geben, die schweben können.

Als im Meditationsraum die Lichter ausgingen, stieg sein Puls an. Die ersten Teilnehmerinnen verliessen das Zentrum. Er hielt vergeblich nach

Meli Ausschau. Im Nebenraum flackerten Kerzen. Vielleicht braucht sie Nachhilfe. In übersinnlicher Sinnlichkeit? Die Minuten kamen ihm wie Stunden vor. Als es im Zentrum dunkel wurde, schaute er sich nach der Serviererin um.

Plötzlich zuckte er zusammen. Beat hielt Meli elegant die Tür des Zentrums auf. Beschwingt schlenderten die beiden über den Platz. Dann stockte sein Blut. Sie steuerten auf das *Ankor* zu. Unter der Tür erkannte er im Gegenlicht die Umrisse von Melanies Frisur. Er sprang auf und flüchtete in den Gang, der zur Toilette führt. Die Serviererin schaute ihm ratlos nach. Meli schien irritiert, als Beat ihre Jacke an die Garderobe hängte. Hatte sie ihn gesehen? Er flüchtete in die Toilette, setzte sich auf den Deckel der WC-Schüssel und vergrub das Gesicht in seinen Händen. Nein, nein, nein, sagte er leise vor sich hin. Sein Körper zitterte.

Nach ein paar Minuten schlich er ins Restaurant zurück. Meli und Beat sassen am Tisch, auf dem noch seine Kaffeetasse stand. Hoffentlich verrät der Stuhl nicht, wer vor ein paar Minuten auf ihm seinen Arsch breitgedrückt hat, ging es ihm in einem Anflug von Sarkasmus durch den Kopf. Marc bewegte sich vorsichtig zur Theke und drückte der Serviererin wortlos eine Note in die Hand. Geduckt ging er zum Ausgang, geknickt marschierte er in die Nacht hinaus. Die Dunkelheit kam ihm wie eine Verbündete vor.

6

Auf der Heimfahrt holten ihn Bilder von den Ferien vor einem halben Jahr ein. Langada, ein kleines Bergdorf auf der griechischen Kykladen-Insel Amorgos. Nikos brachte ihm einen Ouzo und stellte ihn auf den kleinen Holztisch. «Ganz allein?», fragte der Besitzer der Taverne. Marc nickte.

Er war an diesem Nachmittag auf schmalen Pfaden über leuchtende Blumenwiesen zur verlassenen Siedlung Stavros gewandert, begleitet von rotflammenden Büschen. Die Maisonne trieb ihm auf dem steilen

Weg den Schweiss aus den Poren. Auf den Kuppen der Hügel breitete er seine Arme aus, um die thermischen Winde einzufangen. Sehnsüchtig beobachtete er die Raubvögel, die den schroffen Felswänden entlang segelten. Auf dem Bergrücken kondensierte die feuchte Meeresluft und überzog die Kuppen mit einer milchigen Nebelkappe.

Marc stieg rasch den steilen Bergpfad hinauf. In der Ferne zeichneten sich schattenhaft die Silhouetten mehrerer kleiner Inseln ab. Inseln, auf denen bis vor kurzem die Autos vier Beine und zwei lange Ohren hatten und deren Huptöne einem melancholischen Wehklagen glichen, wie er von früheren Erkundungen wusste.

Um die Mittagszeit setzte er sich auf einen grossen Felsblock und nahm das Sandwich aus dem Rucksack. Gewohnheitsmässig suchte er mit den Augen die Bergflanke ab, fand aber keine passende Abrissstelle für den grossen Brocken, der ihm als Rastplatz diente. Dabei erkannte er, dass er unter einer anspruchsvollen Kletterwand sass. Behutsam tastete er sie mit den Augen ab und suchte eine gangbare Route. Als sein Blick oben angelangt war, rief er laut: «Free solo.» Allein und ohne Sicherungsseil.

Sorgsam prägte er sich die Route ein und ging die Schlüsselpassagen mehrmals durch. Seine leichten Trainingsschuhe hatten zum Glück wenig Profil. Mit einem Schlachtruf stieg er in die Wand und arbeitete sich zur ersten schwierigen Stelle vor. Mit letzter Konzentration klammerte er sich an der senkrechten Stelle an einer Kante fest und schwang den Körper aus, um den rechten Fuss mit der Ferse auf einen kleinen Vorsprung zu hieven und mit der rechten Hand sofort nachzugreifen. Er jauchzte vor Freude, als er wieder sicheren Halt gefunden hatte.

In rhythmischen Bewegungen durchstieg er die Wand. Seine Unterarme brannten. Der kühle Stein strahlte etwas Sinnliches aus.

Das Knarren der schmalen Holzstiege zur lauschigen Veranda von Nikos Taverne riss ihn aus den Gedanken. Er drehte den Kopf und schaute in grosse, hellblaue, durchsichtig wirkende Augen, die von einer wilden Frisur umrahmt waren. Manchmal reicht ein Augenblick und schon steht das ganze Haus in Brand, wunderte sich Marc. Vorsichtig setzte sie sich auf den kleinen geflochtenen Stuhl am Nebentisch, sorgsam bedacht, ihre langen Beine nicht an einer Tischkante anzustossen. Seine Blicke schienen an ihr abzuprallen. Sie hatte nur Augen für die Sonne, die zu einer grossen Kugel angeschwollen war und die Schleierwolken über Naxos in ein Farbenmeer tauchte.

Ohne den Blick vom Horizont abzuwenden, kramte sie in ihrer Tasche und legte ein Buch mit einem grün-blauen Umschlag und die Sonnenbrille auf den Tisch. Dabei trafen sich ihre Blicke für einen flüchtigen Moment. Wie haben diese hellen Augen nur zu diesem dunklen Teint und den braunen Haaren gefunden, fragte er sich.

«Liest sich der neue Hohler gut?», hörte Marc sich sagen.

Die Fremde drehte überrascht den Kopf und musterte ihn. «Ich bin erst bei der zweiten Wanderung», erwiderte sie, ohne sich die Verwunderung anmerken zu lassen. «Kennst du das Buch?» Sie machte dabei ein Gesicht, als bereute sie ihre Gegenfrage.

«Ich habe es in einer Buchhandlung in Zürich gesehen», entgegnete Marc. Die Fremde nickte beifällig. Nach einer Weile fügte er an: «Aus welcher Gegend kommst du?»

«Auch aus Zürich.»

«So ein Zufall. Wie hat es dich hierher verschlagen?»

«Der Tipp einer Freundin», gab sie zurück und widmete sich ihrer Sonnenbrille, die sie mit dem T-Shirt reinigte.

«Eine fantastische Aussicht. Ein Platz für griechische Götter.»

«Und für Göttinnen», fügte sie maliziös hinzu.

Liebe Aphrodite, gib mir eine Chance, flehte Marc. Verrate mir den erlösenden Code. «Bist du bei Nikos einquartiert?»

«Wer ist Nikos?»

Marc spielte mit seinen Fingern. «Nikos führt diese Taverne. Da hinten gibt's ein paar Zimmer.» Marc zeigte mit der Hand über seine Schulter hinweg. «Es lohnt sich auch, hier zu essen. Nikos' Schwester kocht ausgezeichnet. Nicht die übliche griechische Ölkrise, wenn du weisst, was ich meine.»

Sie lächelte. «Du meinst das Ölbad im Teller?»

Immerhin, atmete Marc auf und setzte ein breites Grinsen auf. Sie zog ihre Mundwinkel leicht nach oben. Ihr kleines Muttermal auf der Oberlippe bewegte sich neckisch. «Besonders empfehlenswert ist der Auberginen-Auflauf. Ein Gedicht.»

Marc ahnte, dass jeder weitere Satz ihre Geduld zusätzlich strapaziert hätte. Was bewegt sie, der Welt die kalte Schulter zu zeigen, fragte er sich. Sicher, er war nicht die Welt, aber auch keine Schande für die Menschheit. Vielleicht will sie mit ihrer kühlen Art griechische Machos und männliche Touristen von sich fernzuhalten, überlegte er.

Die Sonne verschwand am Horizont, der Himmel flammte auf. Als die Farben verblassten, verabschiedete er sich mit einem knappen Tschüss. Sie nickte ihm teilnahmslos zu. Er nahm das schmale Gässchen nach Ägiali hinunter.

Plötzlich schlugen die schrillen Glocken der nahen Kapelle an und läuteten Sturm. Um diese Zeit, wunderte sich Marc. Ist jemand gestorben? Als er um die Ecke bog, kam ihm eine Prozession aus dunkel gekleideten Gestalten entgegen. Alte Männer in schwarzen Anzügen führten schleppenden Schrittes den Umzug an. Ihre eleganten Hüte wollten nicht recht zu den zerfurchten Gesichtern passen. Die jüngeren trugen einen Sarg. Ihre gebückte Haltung verriet Marc, dass sie schwer an der Leiche trugen. Eine Beerdigung zu so später Stunde? Vielleicht hatte sich die Fähre mit den Trauergästen verspätet.

Marc drückte sich an die Wand und liess den Trauerzug passieren. Ein beklemmendes Gefühl beschlich ihn, als er in Tuchfühlung mit dem Sarg stand. Eben noch hatte die attraktive Zürcherin in ihm das pralle Leben geweckt, nun erinnerte ihn der Tod an das Ende aller Gefühle. Er stellte sich vor, dass eine alte, dicke Frau zum Friedhof getragen wurde. Eine Greisin, die Amorgos vielleicht nie verlassen hatte und deren Biografie auf einem Blatt Papier Platz gefunden hätte. Eine lustige Grossmutter, die die Welt ausserhalb der Kykladen erst kennenlernte, als der erste Fernseher in der Dorftaverne aufgestellt wurde.

Dem Sarg folgte ein alter Mann, gestützt von zwei jungen Frauen. Ob die Enkelinnen ahnen, dass sie den nächsten Todeskandidaten begleiten, fragte sich Marc. Stumm nahmen die drei den langsamen Schritt der Träger ab und starrten zu Boden. Hinter ihnen marschierten die Frauen des Dorfes in schwarzen Röcken, die älteren verhüllt mit einem Kopftuch. Das hektische Geläut der Glocken durchschnitt die Stille. Ein Esel gab Laute von sich, die ihn an Klageschreie erinnerten. Der Trauerzug in der archaischen Kulisse liess ihn melancholisch werden. Zwischen mir und dem Tod liegen viele Jahre, die gelebt werden wollen, beruhigte er sich. Er konnte sich nicht vorstellen, dereinst selbst in einer solchen Holzkiste zu landen. Eingepfercht und abgeschnitten von der Welt.

Der Schrei eines Kindes riss ihn aus den Gedanken. «Mama». Ein kleines Mädchen kam aus einer Seitengasse gerannt und schaute verzweifelt um sich.

«Komm», sagte Marc und streckte ihm die Hand entgegen. Das Mädchen, dessen Gesicht von wilden Haarsträhnen halb bedeckt war, hielt inne und schaute misstrauisch zu ihm hoch. «Komm», wiederholte Marc und nahm seine Hand. Vorsichtig marschierte er los und zog es hinter sich her. Das Mädchen hatte aufgehört zu weinen, sein Widerstand wurde mit jedem Schritt kleiner.

Bald flogen seine Beinchen. Bei den Treppenstufen hob er es im Laufen hoch. Es schnalzte vor Vergnügen, als wollte es Marc antreiben, noch schneller zu rennen. Bald kam der Trauerzug in ihr Blickfeld, doch das Mädchen schien vergessen zu haben, dass es seine Mutter suchte. Als sie die ersten Männer eingeholt hatten, verlangsamte Marc den Schritt. Plötzlich stürmte ein älterer Mann auf sie zu, dessen Schnurrbart sich bis zu den Ohren reichte.

Marc blieb stehen. Der Grossvater, vermutete er und ging auf ihn zu. Händeringend schrie der knorrige Alte «fiche, fiche». Hau ab.

«Ich tue dem Kind nichts», beschwichtigte Marc auf Englisch, doch der Schnauzbärtige liess sich nicht beruhigen. Auch nicht, als Marc ihm das Mädchen entgegenstreckte. Er schaute in ein ledernes, zerfurchtes Gesicht, das von einer roten Knollennase dominiert wurde. Wäre er dem urigen Griechen auf dem Dorfplatz begegnet, hätte er versucht, ihn heimlich mit dem Teleobjektiv einzufangen.

Der Alte schnaubte vor Wut und ballte die Fäuste. Marc legte schützend die Arme um das Mädchen und drehte seinem Angreifer den Rücken zu. Vorsichtig stellte er das Kind ab, als ihn ein Schlag am Hinterkopf traf. Marc schoss herum. «So nicht», zischte er auf Deutsch. Rasch packte er den Alten am Jackett und stiess ihn von sich. «Ich bringe das Mädchen zu seiner Mutter», radebrechte er auf Griechisch.

Der Schnauzbärtige stürmte aber wieder auf ihn los. «Du sturer Büffel», rief Marc und packte ihn am Kragen. Eine deftige Fahne aus Ouzo, Knoblauch und Tabak wehte ihm entgegen. Marc drehte ihm mit dem eigenen Hemd den Atem ab. Der Langader japste nach Luft und ruderte mit den Armen.

Schon eilten mehrere Männer herbei. Ihre Gesichter verrieten nichts Gutes. Marc stiess den alten Griechen von sich und rannte in eine Seitengasse. Das Stimmengewirr wurde immer lauter, schien aber nicht näher zu kommen. Verwundert schaute er zurück. Die Männer brüllten sich gegenseitig an und gestikulierten wild. Ihm schien, als stünden sich zwei Lager gegenüber. Bald flogen die Fäuste, dann die Hüte von den Köpfen.

Das Mädchen begann wieder zu weinen. Vorsichtig ging Marc zurück und nahm es unbemerkt auf den Arm. Er rannte an den lamentierenden Männern vorbei und trat ein paar herumliegende Hüte platt. Es erinnerte ihn an seine Kindheit, als er jeweils in Regenpfützen stapfte und sich freute, wenn das Wasser auf alle Seiten hoch spritzte.

Er schaute noch einmal zurück und schüttelte schmunzelnd den Kopf. Genau deshalb liebe ich die Inseln, erkannte er. Das Archaische steckt nicht nur in den schroffen Felswänden, sondern auch in den Köpfen der Bewohner.

Als er die Wegbiegung erreichte, kamen ihm die Frauen der Prozession entgegen. Das Geschrei der Männer hatte sie aufgeschreckt. Nur die Sargträger, der Witwer und die Enkelinnen standen verlassen in der Gasse. Plötzlich löste sich eine junge Frau aus der Gruppe und kam mit wehenden Haaren daher gerannt.

«Mama», rief das Mädchen und streckte seine Arme aus. Die junge Frau mit den grossen, dunklen Augen schaute ihn verwundert an. «Efcharisto poli», danke sehr, sagte sie und schloss die Kleine in ihre Arme. Ein dankbarer Blick streifte ihn.

Die Frauen eilten zum Tatort und rissen die Männer mit einem Lamento an Ärmeln und Jacketts auseinander. Das Geschrei wurde allmählich leiser, der Knäuel entwirrte sich. Murrend trotteten die Helden der Langader Beerdigung hinter ihren Frauen her und stiessen verhaltene Drohungen nach links und rechts aus.

Auf dem Weg hinunter nach Ägiali malte sich Marc aus, wie die Männer den Streit auf dem Dorfplatz verbal fortsetzten. «Ich hätte Jorge den Hals umgedreht, wenn Maria nicht dazwischengekommen wäre», plärrte Manolo. «Ich hatte ihn bereits im Schwitzkasten.» «Bravo», pflichtete ihm Vassili bei, «dann hätten wir uns endlich für den alten Ziegenstall bei Stavros rächen können, den uns die hinterhältige Evangelisti-Sippe im Erbstreit von 1875 weggeschnappt hat.»

Der Himmel wurde im Osten bereits dunkelblau, die Farben verblassten. Als Marc den Dorfrand erreichte, leuchtete ihm die Venus entgegen.

7

Marc hütete sein Handy wie ein rohes Ei, nachts legte er es neben das Bett. Den Gitarrenriff, den er als Klingelton für Melis Nummer ausgewählt hatte, schlug immer wieder an, aber nur in seinem Kopf. Er war allein. Sogar der Schlaf flüchtete vor ihm.

Acht Tage nach ihrem Streit hielt er es nicht mehr aus. «Ich weiss, ich hätte mich melden sollen ...»

«Ja», sagte Marc bestimmt, «du hast es mir versprochen.»

«... ich habe es einfach nicht geschafft. Es geht mir irgendwie zu nah ...»

«Und du bist mir entschieden zu fern. Deshalb möchte ich dich zum Inder einladen. Wir können unsere Geschichte doch nicht wortlos in der Schwebe lassen.»

In der Leitung blieb es stumm. «Am Dienstag?», hakte Marc nach. Nach einigem Zögern willigte Meli ein. Marc liess sich in den Sessel fallen.

Zwei Wörter sind tabu, beschwor er sich auf dem Weg zum Inder. Meditation? Nie gehört. Beat? Wer heisst schon Beat! Er traf eine Viertelstunde zu früh ein.

Wie immer begrüsste er den Affengott Hanuman und den heiligen Stier Nandi, die den Eingang des Restaurants *Varanasi* bewachten, mit einem leisen Halleluja. Ökumenisches Ritual, nannte er die Begrüssung.

Vidija, der indische Kellner, kam mit ausgestreckten Armen hinter der Theke hervor, als er Marc unter der Tür entdeckte. «Du kommst doch nicht allein?», fragte er und setzte ein Gesicht auf, als wollte er Marc gleich wieder rausschmeissen. Seine Miene verriet, dass er ohne Melanie nur ein halber Gast war, quasi amputiert.

«Eine so schöne Frau gehört auch ein bisschen der Allgemeinheit. Als Kunst an der Menschheit», stellte der Kellner fest. Sein verschmitztes Lächeln gefror ihm aber, als er Marcs Gesichtsausdruck beobachtete.

«Sorry, ich habe mich wohl verhauen», entschuldigte er sich.

«Lass nur. Melanie kommt schon, doch ich befürchte, dass sie momentan etwas mehr der Allgemeinheit gehört, als mir lieb ist.»

Vidija schaute ihn mit grossen Augen an.

«Wir haben Zoff und treffen uns zu einer Aussprache.»

«Das tut mir leid. Ihr seid für mich immer das Paar schlechthin gewesen.»

«Das ruft halt die Konkurrenz auf den Plan», erwiderte Marc.

Der Kellner brachte ihm unaufgefordert ein Mango-Lassi. Wenigstens ging die Welt hier noch ihren gewohnten Lauf.

Er nippte am schmalen hohen Glas und schaute immer wieder auf die Uhr. Seine Stimmung drohte abzusacken.

Als sie unter der Tür erschien, schaute sie sich hastig um.

«Entschuldige, die Strassenbahn ...» Ein gequältes Lächeln huschte über ihr Gesicht.

Marc streckte ihr die Arme entgegen, liess sie aber schnell wieder sinken. Meli begrüsste ihn mit einem flüchtigen Kuss auf die Wange und setzte sich.

Sie schaute auf den Tisch und spielte mit ihren Fingern.

«Entschuldige, ich habe mich wie ein Büffel benommen», sagte Marc.

Meli nickte unmerklich.

«Der Büffel ging durchs Fegefeuer und ist nun ziemlich geläutert,» fügte Marc an.

Sie lächelte gequält.

«Ich möchte mich auf deine geistige Welt einlassen. Du musst mir dabei helfen.»

Meli schaute ihn misstrauisch an.

«Habt ihr schon ausgewählt, oder darf ich euch euer Spezialmenü bringen?», fragte Vidija ungewohnt zurückhaltend.

«Für einmal kein Tandoori», antwortete sie, «ich versuche das Lamm-Curry.»

Marc schluckte leer und blieb beim Tandoori-Chicken.

«Ich befürchte, du unterschätzt deinen Freigeist», gab Melanie zu bedenken. «Und dein Temperament.»

«Gib mir eine Chance», erwiderte Marc.

Meli spielte mit ihrem Glas und unterdrückte ihre Tränen.

«Ich habe den Eindruck, dass es bei der Selbsterfahrungsgruppe um mehr als nur um Meditation geht», fügte er an.

Marc versuchte, seine Stimme so sanft wie möglich klingen zu lassen.

Vidija brachte das Essen und wünschte ihnen einen guten Appetit.

«Stört es dich etwa, dass ich Angst habe, dich zu verlieren?», wandte Marc schliesslich ein.

Meli nahm ihr Weinglas in beide Hände und schaute ins Dunkelrot des Riojas, als erwartete sie die erlösende Antwort aus dem Kelch.

Beide stocherten im Teller herum und nahmen einen Bissen, um den Mund zu beschäftigen.

«Nimm mich mit in deine Gruppe, damit ich dich besser verstehen lerne», sagte Marc schliesslich.

Melanie liess die Gabel sinken und schaute ihn irritiert an. «Du?»

«Gib mir eine Chance», insistierte Marc. «Gib sie uns.»

«Das ist keine gute Idee.» Melanie griff wieder zum Weinglas und nahm einen grossen Schluck.

«Lass dich überraschen.» Marc streckte seine Hand aus. Als er in ihren Augen ein Zögern entdeckte, zog er sie zurück. «Ich würde artig auf meiner Matte sitzen und den Schnabel halten», versuchte er Melanie zu besänftigen. «Den Lotussitz schaffe ich natürlich nicht.»

Vergeblich suchte er in Melanies Gesicht ein Lächeln. Aber er entdeckte ein zögerliches Nicken.

Marc wechselte rasch das Thema und erzählte von seinem Buchmanuskript, das er redigierte. Unsere Nachfahren müssten dereinst vielleicht wieder in Höhlen wohnen, erzählte er. Meli schaute ihn verständnislos an. Es liege am Sand. Er werde knapp. In den Wüsten und an den Stränden gebe es zwar noch Unmengen davon, doch die Körner seien zu rund und zu fein, sie eigneten sich nicht für Beton. Und die Flüsse produzierten wegen den Staumauern zu wenig Kies.

Als Meli auf die Uhr schaute, rief er Vidija und verlangte die Rechnung. Beim Abschied blinzelte ihm der Kellner fragend zu und hielt diskret den Daumen nach oben. Marc nickte auf die indische Art. Der Kellner blickte ihn erstaunt an. Diese Kopfbewegung hatte er bei ihm noch nie gesehen. Dann strahlte er über das ganze Gesicht.

8

Am nächsten Morgen fuhr Marc mit der Strassenbahn zur *Buchhandlung zum Licht*. Die Stadt schien vor sich hinzudampfen, Nebelschwaden strichen um die Baumwipfel des Üetlibergs. Die mystische Stimmung verleitete ihn, beim Bürkliplatz auszusteigen und der Uferpromenade entlang zu spazieren. Die Sonne stahl sich immer wieder für kurze Momente durch die dräuenden Wolken und warf ein gleissendes Licht auf den See. Vom Wind gepeitschte Schaumkronen hellten das dunkelgraue Wasser auf. Schwäne paddelten mit voller Kraft gegen die heftigen Böen an und wurden von den kurzen, steilen Wellen auf eine Berg- und Talfahrt geschickt.

Marc schnürte den Kragen seiner Regenjacke zu und zog seine Schirmmütze tiefer ins Gesicht. Als die ersten Tropfen fielen, ging er ins Seefeld und steuerte den Hauswänden entlang ins Oberdorf zur Esoterik-Buchhandlung.

Unschlüssig schaute er sich um. Die vollgestopften Bücherregale machten ihn ebenso ratlos wie die Rubriktitel: Runen, Reiki, Astrologie, Engel, Kinesiologie, Yoga, Hildegard-Medizin, Channeling, Geistheilung, Neurolinguistisches Programmieren, Numerologie, Orakel, Positives Denken, Schamanismus, Tarot, Theosophie, Jenseitskontakte, Feng Shui, autogenes Training...

Er klaubte ein paar Bücher aus den Gestellen und liess sich in einen Sessel fallen. «Kann ich dir helfen?» Eine hohe Frauenstimme, riss ihn aus den Gedanken. Marc schaute an einer Verkäuferin hoch, die in einem bunten, wallenden Kleid steckte, das von den Farben violett, orange und braun geprägt war.

«Ich pack es nicht», gestand Marc. Die Verkäuferin musterte ihn. «Du bist wohl das erste Mal hier. Dann empfehle ich dir den Leuenberger.» Sie holte ein Buch aus dem Regal. «Es ist ein Grundlagenwerk und besonders für Einsteiger geeignet.»

Nach einer Stunde schienen die Büchergestelle auf ihn niederzustürzen. Er zahlte und verliess das Geschäft fluchtartig, beladen mit einer vollen Einkaufstasche. Zu Hause braute er sich eine Kanne Hagebuttentee, stellte Melis Porträt auf den Salontisch und warf sich auf das Sofa. Da müssen wir durch, raunte er ihr zu.

Mehr als Leuenbergers Einführung in die Esoterik zog ihn das Buch über das höhere Bewusstsein und die Transformation von Juanita Maria Schalekamp an. Die Autorin entführte ihn in die höheren kosmischen Gefilde und stellte ihm ihre Schutzengel vor. Die Hoffnung, dem Geheimnis des höheren Bewusstseins auf die Spur zu kommen, löste sich in einem spirituellen Nebel auf.

Übersinnliche Ideen und Konzepte sind göttliche Offenbarungen, las er. Eine universelle Wahrheit, die medial begabte Personen von den übersinnlichen Hierarchien oder Avataren von den kosmischen Sphären über einen geistigen Kanal empfangen würden. Göttliche Durchsagen oder das esoterische Evangelium, übersetzte es Marc in seine Sprache. Sie vermitteln das höhere Bewusstsein und führen zur inneren Mitte, schrieb Schalekamp. Er lernte auch, dass Träger der spirituellen Weisheiten sich nicht irren können, weil sie mit dem göttlichen All-Eins verbunden sind.

Er legte Tom Waits auf. Die kräftige, rauchige Stimme des Sängers holte ihn in die Stube zurück und verleitete ihn, die Grappa-Flasche aus dem Schrank zu holen. Vorsichtig goss er den klaren Schnaps in ein Kelchglas. Das ist nicht Melis Welt, entschied er, als ihm der feurige Geist durch die Kehle rann. Meditation hat nichts mit Channeling und göttlichen Durchsagen zu tun.

Mit dem Glas in der Hand ging er zum Fenster. Noch immer zogen schwere, dunkle Wolken aus Westen heran. Es roch förmlich nach Regen. Kinder, die von der Schule kamen, schlenderten in kleinen Gruppen gemächlich auf dem Trottoir, tief in Gedanken und Gespräche versunken. Das garstige Wetter schien sie nicht zu kümmern. Er nahm einen Schluck Kaffee und spülte mit Grappa nach.

Zuversichtlich fischte er das Buch von Leuenberger aus dem Stapel. «Es ist mir ein Anliegen zu zeigen, dass Esoterik nicht einfach ein anderes Wort für alternativ, grün, versponnen oder gar verschwommen ist, sondern dass mit Esoterik eine jahrtausendealte geistige Tradition der Menschheit bezeichnet wird, zu der wir, wenigstens im Westen, im Verlauf der letzten Jahrhunderte mehr und mehr den Kontakt verloren, die aber meiner und auch anderer Meinung die einzige Chance bietet, die Herausforderung der kommenden Epoche zu bestehen», las er im Vorwort. Du heilige Dreieinfältigkeit, entfuhr es ihm. Hat denn niemand dieses Buch redigiert?

Marc öffnete den Kühlschrank. Gähnende Leere. Er rief den thailändischen Take Away an und bestellte Tom Ka Kai. «Ja, scharf», antwortete er der Thailänderin mit der hohen Stimme. In der Hoffnung, einer weiteren Sprachtortur zu entgehen, nahm er den dicken Wälzer über den geistigen Aufstieg vom Stapel.

Auch bei diesem Werk quollen die spirituellen Stilblüten aus allen Seiten. Sprache ist ein flexibles und dehnbares Medium, wurde Marc bewusst. Alles lässt sich in verführerische Worte packen. Und sind sie erst gedruckt, gerinnen sie für viele Leser zur Wahrheit.

Marc hielt das Buch wie ein Opernsänger weit von sich und marschierte im Rhythmus der Sprachmelodie im Wohnzimmer umher: «Die Meditation dient dazu, unser höheres Selbst zu entdecken. Wir müssen die Schwingungen des göttlichen All-Eins erfühlen, unsere Energiefrequenzen erhöhen und in Einklang mit den universellen Kräften bringen. Durch die Transformation erlangen wir das höhere Bewusstsein und öffnen einen geistigen Kanal zu den kosmischen Dimensionen.»

Abrupt blieb er stehen und starrte auf das Buch. Hatte er richtig gelesen? Er setzte sich an den Esstisch und ging den Abschnitt noch einmal durch, diesmal langsam, Wort für Wort. «Die Meditation dient dazu …» Also doch. Der Gedanke traf ihn wie ein Blitz.

9

Meli wollte ihn vor dem Meditationskurs nicht mehr sehen. «Die Notenkonferenz», stöhnte sie am Telefon, «ich korrigiere bis tief in die Nacht Prüfungsarbeiten.» Nur auf einen Kaffee, hatte er vorgeschlagen. Vergeblich.

Sie trafen sich eine Stunde vor Kursbeginn im Restaurant *Zur alten Heimat*. Meli begrüsste ihn fast so kühl wie vor drei Tagen beim Inder. Er schaute sie fragend an, doch sie wich seinem Blick aus. «Du wirkst nicht sonderlich gelöst», stellte er fest, als sie sich gesetzt hatten.

«Ich habe kein gutes Gefühl. Es wäre wohl besser, wir würden auf das Experiment verzichten.»

Marc schaute sie mit grossen Augen an. «Beat?», fragte er.

«Nein, ich.»

«Was ist passiert?»

«Nichts. Ich befürchte nur, dass alles noch komplizierter wird.»

«Alles?»

Melanie wich seinem Blick aus und schaute ins leere Glas.

10

Auf dem Weg von der Taverne hinunter nach Ägiali verdrängte das laute Zirpen der Grillen in den Olivenhainen seine Gedanken an den Trauerzug. Die Dämmerung legte sich über die Bucht und liess die steil aufragenden Felswände bedrohlich erscheinen.

In Ägiali setzte sich Marc in das Kafenion beim Dorfeingang und bestellte einen Ouzo. Er hatte kaum am Glas genippt, als sie am Ende der Gasse auftauchte. «Hallo», sagte sie im Vorbeigehen. Marc glaubte, ein sanftes Lächeln entdeckt zu haben. Er schaute ihr nach, bis sie im Seitengässchen verschwunden war.

Der Hunger trieb ihn zur Taverne *Cantina* im schmalen Gässchen oberhalb des Hafens. Ihm war nach Gigades, den grossen weissen Bohnen an einer Tomatensauce und Keftedes, den Fleischbällchen. Keiner würzte sie so gut wie Dimitri. Vielleicht kennt die Zürcherin den Geheimtipp auch, hoffte er. Vergeblich, wie ihm sein Blick über die Köpfe der Gäste hinweg zeigte.

Am andern Morgen schlenderte Marc nachdenklich zum Hafen. Der nächtliche Traum hielt ihn gefangen. Ein Löwe hatte ihn verfolgt, doch seine Füsse blieben am Boden kleben. Mit einem Schrei war er erwacht.

Eine kräftige Böe liess ihn frösteln. Ägiali wirkte ausgestorben. Nur bei Dimitri sass ein älteres Pärchen und liess sich griechischen Kaffee und Orangensaft servieren. Der Tavernenbesitzer begrüsste Marc mit einem lauten *kalimera* und machte eine leichte Verbeugung.

Marc ging hinunter zur Mole und schaute einem herrenlosen zottigen Hund hinterher, der sich durch das kleine Hafenquartier schnüffelte. Eine weisse Katze mit schwarzen Flecken hinter dem linken Ohr und an den Vorderpfoten strich ihm um die Beine. «Ich bin kein Fischer», gab er dem Kater zu verstehen, der sich vor ihm auf den Boden legte. «Du musst dich mit einer Streicheleinheit zufriedengeben.» Vorsichtig kraulte er die Katze hinter den Ohren.

Albträume, die ihre Tentakel in den Wachzustand ausstrecken, sind eine Tortur, fluchte er in sich hinein. Sie versauen einem zumindest den Morgen.

Die Sonne schob sich allmählich über die Felswand. Das vom Wind gepeitschte Meer war überzogen mit Schaumkronen und schien zu kochen. Wellen prallten gegen die Hafenmauer, eine helle Gischt ergoss sich über den Platz. Fasziniert beobachtete er die Möwen, die dem Sturm trotzend dem Ufer entlang segelten und angeschwemmte Fische suchten.

Draussen bog die Skopelitis um die vorgelagerte kleine Insel. Er wunderte sich, dass die kleine Fähre ausgelaufen war. Was wären die Kleinen

Kykladen ohne ihre schwimmende Lebensader, überlegte er. Wenn er die Fähre jeweils in Ägiali oder Katapola verliess, hatte er das Gefühl, in einer vertrauten fremden Welt anzukommen. Er wusste eigentlich nicht, weshalb es ihn immer wieder nach Amorgos zog. Der herbe Charme der kargen Inselwelt? Die knorrigen Bewohner, die dem Lauf der Zeit trotzten? Oder lag es an den verträumten Bergdörfern, die planlos an den Hängen zu kleben schienen?

Planlos? In Wirklichkeit fügten sich die weiss getünchten Häuser mit ihren grünen oder blauen Fensterläden und Türen in wundersam chaotischer Weise harmonisch zusammen. Als setzten die Inselbewohner die Macht der Geometrie ausser Kraft, um zufällig neue Gestaltungsformen zu erfinden.

Trotz seiner Liebe zu Amorgos war er nur ein Gast. Von der Insel ging eine geheimnisvolle Faszination aus, die ihm vertraut vorkam und trotzdem fremd blieb. Ein schroffer Felsklotz in der weiten Ägäis, dessen Charme sich nicht auf den ersten Blick offenbarte.

Marc nahm die Treppe zu Dimitris Taverne. Er hoffte, ein Cappuccino würde die Nachwehen seines Traums vertreiben.

«Achtung!» Er erkannte die Stimme der Zürcherin und schaute hoch.

Er sah oben auf der Treppe den Fischer mit den langen gekrausten Haaren und dem zerfurchten Gesicht, dem eine grosse Holzkiste von der Schulter fiel.

11

«Bist du in Gedanken bereits bei der Meditation?», fragte Marc.

«Ja», gab Melanie zurück.

«Deshalb so wortkarg?»

«Vielleicht.»

Er überlegte, ob er seine Hand auf ihre Schulter legen solle, doch er liess es bleiben.

«Ich habe nie verstanden, was die Leute in dieses gesichtslose ehemalige Industriequartier mit den breiten Einfallsstrassen, dem Bahnviadukt und den modernen Bürokuben zieht», sagte Marc, als sie die lärmige Pfingstweidstrasse überquerten.

Meli ging zielstrebig auf das Zentrum zu.

«Denk an dein Versprechen», mahnte sie ihn.

«Ich denke in den letzten Tagen an nichts anderes», gab er zurück und presste seine Lippen zusammen. «*Zentrum Chitradurga*», las er laut, als sei ihm die Tafel fremd. «Was bedeutet der Name?»

«Beat wurde auf einer Pilgerreise durch Südindien von einer besonderen spirituellen Energie erfasst. In der Stadt Chitradurga, wo riesige, runde Granitfelsen aufeinandergeschichtet sind, als ob übermenschliche Wesen sie gestapelt hätten, wurde er von einem Blitz getroffen. Wie durch ein Wunder überlebte er den Unfall an diesem Kraftort. Das Ereignis war für ihn wie eine Initiation.»

«So, so», antwortete Marc.

Der lange kahle Gang mit den roten Backsteinwänden wurde von grellen Neonröhren beleuchtet. Hier würde ich mir wohl eher eine spirituelle Erkältung holen als die Erleuchtung, vermutete er. An der linken Wand leuchtete ihm eine orange-braune Flusslandschaft entgegen, über der Nebelfetzen schwebten.

Meli bemerkte seinen Blick: «Sag jetzt nichts, es trifft meinen Geschmack auch nicht. Aber viele Frauen lassen sich gern von solchen Bildern inspirieren.»

«Frauen?»

«Nur wenige Männer haben Sinn fürs Emotionale.»

«Fürs Spirituelle», korrigierte Marc.

«Wenn du meinst. Emotionen haben oft einen spirituellen Kern.»

«Sexualität auch», warf Marc ein.

«Sexuelle Entäusserungen sind eine besondere Form spiritueller Energie», gab Meli zurück.

«Sexuelle Entäusserungen? Poa. Das klingt weder sinnlich noch übersinnlich.»

Melanie warf ihm einen frostigen Blick zu: «Ich will es dir ja nur erklären.»

«Apropos Frauen: Warum gibt es kaum Meditationslehrerinnen, obwohl Männer in allen Kursen klar in der Minderheit sind?» Marc blieb stehen und betrachtete das Bild.

«Diese Frage habe ich mir auch schon gestellt.»

«Und?» Marc wandte sich ihr zu.

«Was und?»

«Zu welchem Schluss bist du gekommen?»

«Zu keinem.»

«Ach komm, das kaufe ich dir nicht ab. Ich vermute, dass es für einen Mann cool ist, Frauen spirituell auf die Sprünge zu helfen.»

«Würde dir die Rolle auch gefallen?»

«Warum nicht? Vor allem, wenn du in der ersten Reihe sitzen würdest.»

«Eifersüchtig?», fragte Melanie.

«Sollte ich es sein?»

Melanie tat, als habe sie die Frage überhört.

Meli öffnete die hellblaue Flügeltüre. Im Vorraum sassen fünf Frauen und ein Mann in Korbstühlen um einen runden Glastisch. Als Marc eintrat, verstummten die Gespräche. Meli umarmte ihre Meditationskolleginnen und stellte ihnen Marc vor. Die Frauen, er schätzte sie zwischen dreissig und fünfundfünfzig, lächelten reserviert. Eingeweihte? Marc liess es bei einem unverbindlichen Kopfnicken bleiben. Er spürte, wie Meli ihn beobachtete.

Der junge Mann stand auf und streckte ihm die Hand entgegen. Gehört wohl nicht zum erleuchteten Kreis, vermutete Marc und schenkte sich an der Theke einen Orangensaft ein. Von hier hatte er die Kursbesucherinnen im Blickfeld. Sie musterten ihn verstohlen.

Ein sanfter Gongschlag erlöste die inzwischen auf ein gutes Dutzend Frauen und drei Männer angewachsene Gruppe. Rasch zogen sie die Schuhe aus. Kerzenleuchter verbreiteten im hellblauen Raum ein warmes Licht, sphärische Klänge erfüllten den Raum. Von der Stirnwand lächelte ein spiritueller Meister. Ein Yogi aus Chitradurga? Er suchte vergeblich ein Porträt von Osho. Auf dem kleinen Podest stand ein brauner Ledersessel. Die Kursteilnehmer suchten sich eine Meditationsmatte aus.

Die Frauen drängten in die ersten Reihen.

Meli liess ihn unter der Türe stehen. Marc und setzte sich auf die Matte beim Ausgang.

Die Musik schwoll an. Beethovens *Neunte*, erkannte Marc. Beat betrat gemessenen Schrittes die Bühne. Er füllt den Raum aus, bevor er ein Wort von sich gegeben hat, konstatierte Marc. Sein Bild vom tumben Osho-Schüler fiel in sich zusammen. Er weiss, was er tut, und er macht es gekonnt, musste Marc eingestehen. Er schaute zu Meli. Es kam ihm vor, als würde er sie mit neuen Augen sehen.

Beat und sie würden auf dem Titelblatt einer Esoterik-Zeitschrift eine gute Figur machen, schoss es ihm durch den Kopf. Titel: «Das Transformationspaar».

Beethoven verstummte, Beat hob die Arme. «Willkommen zum heutigen Treffen der Selbsterfahrungsgruppe, die wir mit einer kurzen Meditation beginnen wollen.» Er machte eine Pause und schaute zu Marc. «Damit ich es vergesse: Heute darf ich einen Gast begrüssen. Es ist Marc, ein Bekannter von Melanie.» Beat nickte ihm aufmunternd zu. Alle Köpfe drehten sich in seine Richtung. Marc schaute in diskret lächelnde Gesichter.

«Bevor wir uns unserem Hauptthema *Anspannung durch Reizüberflutung* zuwenden, machen wir als Einstieg wie eine Entspannungsübung», sagte Beat. «Schliesst die Augen und schaltet alle Gedanken aus, die nutzlos in euerem Kopf umherschwirren. Geht ganz in euere Körper hinein, macht euch schwer und lasst euch fallen. Entrümpelt euer Hirn, bis ihr ganz leer seid und haltet diesen Zustand so lang es geht aufrecht.»

Beat legte Orgelmusik auf, setzte sich auf seinen Fauteuil und schloss die Augen.

Marc beobachtet die Meditierenden, die still im Schneidersitz und mit senkrechten Rücken verharrten. Einzelne hatten die Handrücken auf die Knie gelegt und mit Daumen und Zeigefinger einen Kreis gebildet. Er hatte in einem Buch gelesen, dass damit die spirituellen Energien oder Schwingungen besser aufgefangen werden können. Als er Meli in der meditativen Versenkung sah, versetzte es ihm einen Stich.

Nach einer Viertelstunde stellte Beat die Musik ab und räusperte sich. «Ich bitte nun den neuen Gast nach vorn», sagte er unvermittelt. Alle Augen richteten sich auf Marc. Er warf Meli einen fragenden Blick zu, doch sie sass mit gesenktem Kopf da.

«Ich bin als Schnuppergast nur stiller Beobachter», entgegnete er.

«Schon», wandte Beat ein, «doch wir würden gern erfahren, wer du bist und was du von uns erwartest.» Beat forderte ihn mit einer Kopfbewegung auf, sich zu erheben.

«Das wisst ihr doch längst», entgegnete Marc bestimmt.

«Wir wollen es von dir hören.»

Marc straffte den Rücken «Ich kann deine Fragen auch von hier aus beantworten», wiegelte er ab.

«Wir schätzen es nicht, wenn wir den Kopf hin und her bewegen müssen wie bei einem Tennisspiel», gab Beat zurück. Das verhaltene Lachen quittierte er mit einem Kopfnicken, als würde er einen Applaus verdanken.

Marc erhob sich langsam, blieb aber stehen. «Und...?», fragte er.

«Du bist am Zug», erwiderte Beat.

«Ich bin hier, um nachvollziehen zu können, was Melanie bewegt, an eurer Gruppe teilzunehmen. Und wie eure Meditation so aussieht.»

«Stimmt das, Melanie? Du hast es uns anders erzählt.» Nun richteten sich alle Augen auf sie.

«Ich... ich habe einen anderen Aspekt stärker gewichtet», entgegnete sie, ohne aufzuschauen.

«Was soll das», begehrte Marc auf, «ist das ein Verhör...?»

«... Ruhig, ganz ruhig? Wir pflegen in diesem Raum Respekt, Achtsamkeit und Harmonie. Stimmt doch, oder?» Beat schaute in die Runde. Einzelne nickten.

«Wer stört denn hier die Harmonie? Hinter deiner jovialen Art versteckt sich eine gehörige Portion Aggression», entgegnete Marc.

«Hört, hört. Es wird Zeit, dass er mit einer gründlichen Meditation seine Wahrnehmung schult.»

«Aber sicher nicht bei dir», gab Marc zurück.

Alle blickten gebannt zu Beat hoch, der breitbeinig und mit verschränkten Armen auf dem Podium verharrte.

«Schau ihn dir an, Meli», forderte Marc sie auf. «Merkst du nicht, was hier gespielt wird? Mir reicht's! Kommst du mit mir raus?»

12

Marc starrte auf die Kiste, machte einen Sprung zur Seite und drückte sich an die Hauswand. Die sperrige Fracht prallte auf eine Kante und schlug einen Haken. Die Zürcherin stiess einen Schrei aus. Die Kiste sprang auf Marcs rechten Fuss und überrollte ihn. Der dumpfe Aufprall seines Kopfes auf der Steintreppe ging der Zürcherin durch Mark und Bein.

Sie schubste den erstarrten Fischer zur Seite, sprang zu Marc und kniete neben ihm nieder. Er wimmerte kaum hörbar. «Wo tut es dir weh?», fragte sie, bekam aber keine Antwort.

Rasch öffnete sie zwei Knöpfe seines Hemdes und tastete den Hals ab. Nach längerem Suchen spürte sie einen schwachen Puls. «Gib mir ein Zeichen. Bewege deine Hand oder einen Finger», forderte sie ihn auf.

Langsam hob er den rechten Arm und deutete mit dem Zeigefinger an den Kopf.

«Und der Fuss? Schmerzt er auch?» Marc nickte unmerklich. «Eine Wolldecke oder ein langes Brett», schrie die Zürcherin.

Der Fischer rannte zur Baustelle am Hafen und brachte ein Brett. Zusammen mit herbeigeeilten Touristen trugen sie Marc in die Taverne.

«Ich habe den Arzt alarmiert», sagte Dimitri. «Es dauert aber eine Weile, er ist in Katapola.»

Mist, fluchte die Zürcherin vor sich hin. «Dann ruf ihn nochmals an. Er soll sofort einen Helikopter bestellen.»

«Das darf er erst, wenn er den Patienten untersucht hat.»

«Sag ihm, ich sei eine Pflegefachfrau und könne sehr wohl beurteilen, dass er in Lebensgefahr sei», log sie.

Rasch kontrollierte sie seine Ohren. «Es eilt wirklich», rief sie Dimitri zu.

«Du musst wach bleiben», forderte sie Marc auf, bekam aber keine Reaktion. Nun schrie sie ihn an. «Nicht einschlafen, das ist gefährlich.»

Immer mehr Leute strömten herbei. Sie beobachtete sein Gesicht, entdeckte aber immer noch keine Regung. Erneut tastete sie seine Halsschlagader ab. Noch schwächer, stellte sie fest und kämpfte gegen die Tränen.

Sie bohrte ihre Fingernägel in seine Wange. «Wie heisst du? Sag mir deinen Namen.» Ihr schien es, als würden sich seine Lippen leicht bewegen. Er schloss die Augen und hauchte seinen Namen mit einem schmerzverzerrten Gesicht, doch sie verstand ihn nicht. «Lauter», forderte sie ihn auf und beugte sich über ihn.

«Marc», flüsterte er.

«Und dein Familienname?»

«Daugwalder. Marc Daugwalder», hauchte er.

Sie wischte mit der Hand den Schweiss von seinem Gesicht. Als sie erneut seinen Puls fühlte, verdrehte er seine halb geschlossenen Augen. Ihre Knie zitterten. «Nein», schrie sie, «komm zurück, Marc.»

Er riss die Augen auf und starrte sie mit leeren Augen an. Dabei entdeckte sie, dass aus dem rechten Ohr ein dünner Blutstrahl rann.

Dimitri bahnte sich einen Weg durch die Umstehenden. «Der Helikopter ist unterwegs», erklärte er, «doch der Meltemi bläst so stark, dass noch unsicher ist, ob der Pilot oben auf der Chora landen kann.»

«Nein, nicht auch noch. Verschwört sich denn alles gegen uns?», flüsterte die Zürcherin vor sich hin.

«Bist du allein hier?» Marc stöhnte und nickte unmerklich.

Der Fischer kniete sich neben sie und stammelte: «Sorry, I'm so sorry.»

Sie stand auf und begleitete ihn aus der Taverne. Er habe es ja nicht absichtlich getan, versuchte sie ihn zu beruhigen.

Als sie zurück war, öffnete Marc die Augen, als wollte er ihr etwas sagen. Sie neigte sich zu ihm hinunter.

«Ich kann nicht mehr.»

Sie nahm seine Hand. «Gib nicht auf, du wirst nicht sterben. Kämpfe weiter. Zu zweit schaffen wir es. Hörst du das Horn? Der Krankenwagen kommt.»

Zwei Sanitäter bahnten sich mit einer Bahre den Weg durch die Umstehenden. Sie half ihnen, Marc vorsichtig auf die Liege zu betten. Er stöhnte bei jeder Bewegung.

Als die Männer ihn aus der Taverne trugen, hatte sich das halbe Dorf in der Gasse versammelt. Sie tuschelten in kleinen Gruppen. Die Zürcherin war erleichtert, dass sie die Verantwortung an die Sanitäter abgeben konnte, ihre Knie zitterten aber immer noch, als sie ihnen folgte.

Die Fahrt mit den vielen Kurven der Bergflanke entlang kam ihr endlos vor. Als sie aufs Meer hinausschaute, kämpfte sie gegen die Verzweiflung an. Das Wasser schien zu kochen, Sturmböen türmten es zu hohen Wellen, die Schaumkronen wurden abrasiert und schossen wie ein Sprühregen in die Luft. Das Ambulanzfahrzeug schaukelte und wurde immer wieder auf die andere Strassenseite versetzt.

Sie kontrollierte seinen Puls, der kaum mehr spürbar war. Mit aller Kraft drückte sie sein Handgelenk und schrie ihn an. Sie schaute den Begleiter verzweifelt an, doch dieser zuckte nur mit den Schultern. Offenbar kein Sanitäter, erkannte sie. Muss ich Marc künstlich beatmen, fragte sie sich. Ihn mit einer Herzmassage unterstützen? Und wenn er innere Blutungen hat? Drücke ich dann den letzten Resten Blut aus seinen verletzten Organen?

«Der Arzt!», rief der Chauffeur.

Sie schaute durch die Windschutzscheibe und sah ein blaues Auto.

«Der Arzt, Marc. Er ist gleich da. Halte durch!»

Es kam ihr wie eine Erlösung vor, als der junge Inselarzt ins Ambulanzfahrzeug stieg. Sie schilderte ihm den Unfall und zeigte ihm das blutverschmierte Ohr. Der Arzt mass den Blutdruck. Als er die Werte sah, verzog er das Gesicht. Sie schaute ihn fragend an.

«Der Kreislauf ist sehr schwach, ich hoffe, ich kann ihn stabilisieren.»

Mit ruhiger Hand steckte er Marc eine Infusion.

«Enthält die Infusion auch Schmerzmittel?», fragte sie.

Der Arzt nickte. «Der Patient ist in einem kritischen Zustand, er muss sofort nach Athen», sagte er und gab dem Fahrer ein Zeichen. «Zum Glück ist der Helikopter schon unterwegs.»

Sie liess sich in den Sitz zurückfallen. Ihr war, als habe sich sein Gesicht etwas entspannt. Als sie auf den Landeplatz neben der Chora abbogen, fiel ihr zuerst der Windspion auf, der wie eine pralle Wurst waagrecht im Wind stand.

Die Zürcherin musste sich mächtig gegen die Böen stemmen, um sich auf den Beinen zu halten. Sie entdeckte den Helikopter über dem Meer, der sie an ein grimmiges Insekt mit bulligen Augen erinnerte. Heftige Windstösse liessen ihn absacken und im nächsten Moment wieder in die Höhe katapultieren. Sie schaute den Chauffeur fragend an.

«Der Pilot kennt den Meltemi und die Möglichkeiten seiner Kiste», beruhigte er sie. «Notfalls kann er unten in Katapola landen, doch dann verlieren wir eine halbe Stunde.»

Mit einem Schlag holte sie die Ohnmacht wieder ein. Gebannt verfolgte sie jede Bewegung des Helikopters, der sich schlingernd dem Landeplatz näherte. Als der Pilot aufsetzen wollte, erfasste ein Windstoss seine Kiste und versetzte sie seitwärts. Ihr stockte der Atem.

13

Die Bilder vom Meditationsraum von Beat liessen Marc nicht mehr los. Er sah immer wieder Meli, die versteinert auf ihrer Matte sass. Die Hausglocke riss ihn aus seinen Gedanken. Widerwillig öffnete er die Tür. Draussen stand eine ältere Frau, in der Hand einen Blumenstrauss. Marc war mit einem Schlag hellwach.

«Blumenservice. Ein Strauss für sie.»

«Von wem?», fragte er und gab der Frau ein Trinkgeld.

«Keine Ahnung», entgegnete sie. «Steht auf der Karte.»

Er riss den Brief auf, der an einer Rose hing. Nach dem ersten Satz sank er in den Sessel. Reglos verharrte er einen Moment. Er ahnte die Fortsetzung und schmiss den Strauss an die Wand.

Nach einer Weile erhob er sich und bückte sich nach dem Brief. «Ich glaube, wir leben in zu unterschiedlichen Welten. Obwohl ich dich noch immer sehr mag, ist es besser, wenn wir uns trennen. Ich habe Angst vor weiteren Verletzungen. Angst, dass wir uns noch mehr wehtun. Nun kannst du ungehindert den Gipfel des Lebens erklimmen. Gib Acht auf dich. Und vielen Dank für alles. Herzlich Meli.»

Wie gelähmt starrte er auf die Zeilen. Ein Strauss, eine Karte und tschüss. Marc nahm die Blumen und köpfte sie mit einer Schere. Der Rest ist Stacheln, sagte er vor sich hin. Mit grimmigem Gesicht und den Stielen in den Händen machte er ein Selfie. Bevor er auf *Senden* drückte, hielt er einen Moment inne. Nein, das ist nicht Meli, entschied er und legte das Smartphone weg.

Marc braute sich einen starken Schwarztee und legte Bruce Springsteen auf. Dann nahm er die geköpften Rosen und öffnete das Fenster. Er holte mit seinem Arm weit aus und warf die stachligen Überreste in den Hof hinunter. Mit Tränen in den Augen zerriss er die Karte in kleine Schnipsel.

Marc nahm das Bild von Meli vom Schreibtisch und verstaute es in der Schachtel mit den alten Fotos. Als er sie in den Schrank legen wollte, fiel sie zu Boden. Die Fotos übersäten den Teppich. Beim Aufräumen fiel ihm ein Strandbild in die Hände. Auf der Rückseite stand *Die ersten Ferien am Meer, Graziosa, 21. Juni 1985*. Die kleine Insel neben Lanzarote kannte er nur noch von den Erzählungen seiner Eltern. Die Mutter half ihm auf dem Bild, eine Sandburg zu bauen, sein Bruder Stefan sass auf einem blauen Badetuch und fuchtelte schreiend mit den Armen, in der rechten Hand eine rote Kinderschaufel.

Mit seinen rundlichen Armen und den Pausbacken glich er den Barockengeln in der Kirche, die er jeweils bei den Gottesdiensten bestaunt hatte.

Die Erinnerung an die Gottesdienste löste bei ihm ein beklemmendes Gefühl aus.

In der Kirche hatte er als Knabe seine Augen immer wieder umherschweifen lassen. In der Sakristei stand die Mutter Gottes auf ihrem Sockel, von der Decke schaute Gott in seinem wallenden blauen Gewand herab. Immer wieder spukten ihm komische Fragen durch den Kopf. Mama hatte keine Freude daran.

Weshalb sieht Gott aus wie wir Menschen, wollte er einmal wissen. Als er sie an Maria Himmelfahrt gefragt hatte, warum die Mutter Gottes immer noch auf ihrem Sockel throne, wenn sie doch aufgefahren sei, hatte sie ihm eine Ohrfeige verpasst.

Auch Pfarrer Peterhans tauchte in seinen Erinnerungen auf. Marc sah ihn im Geist immer noch auf der Kanzel, als sei es gestern gewesen. Seine Mittelfinger hatten ihn an kleine Würste erinnert, der Hals war direkt am Kinn angemacht. Wenn er sich mit beiden Händen auf die Brüstung stützte und mahnend zu ihm hinunterschaute, hatte er sich vor dem Mondgesicht mit den dunklen Augen und dem grauen Haarkranz gefürchtet.

Marc stellte auch seien Vater Fragen. Als er einmal im Fernsehen Bilder von kleinen Kindern mit dünnen Ärmchen und dicken Bäuchen gesehen und seinen Vater fragend angeschaut hatte, bekam er zur Antwort: «Hunger macht einen dicken Bauch.»

«Das verstehe ich nicht», hatte er entgegnet. «Wenn sie nichts essen, können sie doch nicht dick werden.»

Marc verstand auch nicht, weshalb Gott sie hungern liess. Oder warum wir kein Brot nach Afrika schickten.

«Zu weit weg», hatte Vater geantwortet.

«Und was ist mit den Bananen? Die sind doch gleich weit weg und kommen trotzdem zu uns.»

Vater hatte nur mit den Schultern gezuckt.

14

Als der Helikopter in die Höhe schoss, stand der Zürcherin die schiere Verzweiflung ins Gesicht geschrieben. Sie ging zum Arzt und schaute ihn fragend an. Er deutete nach vorn. Sie traute ihren Augen kaum. Der Pilot drehte erneut bei, legte die Schnauze seiner Kiste tief und stemmte sie gegen den Wind. Meter um Meter kämpfte er sich vorwärts, Haken in alle Richtungen schlagend. Sie flehte die Wettergötter an, den Meltemi für einen Moment zu zähmen. Doch schon versetzte ein neuer Stoss die Maschine seitlich und brachte sie in Schieflage. Im letzten Moment konnte der Pilot sie in die Höhe reissen. Ihr Magen verkrampfte sich.

Noch einmal, flehte sie. Als ob er es gehört hätte, unternahm der Pilot einen neuen Anlauf. Langsam näherte er sich. Als er über dem gelben Landekreis schwebte, schrie sie «Jetzt». Schon prallte der Helikopter unsanft auf.

Sie machte einen Luftsprung. Ein junger Arzt sprang heraus, duckte den Kopf und eilte zum Ambulanzfahrzeug. Er liess sich vom Inselarzt briefen und warf einen Kontrollblick auf Marc. Als er und der Sanitäter Marc zum Helikopter trugen, forderte der Arzt sie mit einer Kopfbewegung auf, einzusteigen.

Plötzlich wurde ihr bewusst, dass ihr ein Höllenritt drohte. Dabei hatte sie nur schon die Angst gepackt, als sie die Landeversuche beobachtet hatte.

Der Arzt wies ihr den Platz neben dem Piloten zu. Dieser nickte ihr aufmunternd zu und streckte den rechten Daumen nach oben. Der Wind rüttelte bedrohlich am Helikopter. Sie klammerte sich an die Armlehne, der Motor heulte auf, die Kiste schnellte in die Höhe.

Die Zürcherin wurde in den Sitz gedrückt und musste einen Schrei unterdrücken. Bevor sie sich vom Schreck erholt hatte, versetzte eine Böe den Helikopter horizontal, um danach abzusacken.

Die Häuser der Chora, die an einem markanten Felsen kleben, schossen nach oben. Plötzlich krachte es, als breche ein Rotorblatt ab oder die

Maschine auseinander. Mit Schluckbewegungen versuchte sie, ihren Magen zu beruhigen. Sie mochte sich nicht ausmalen, welche Qualen Marc durchlitt.

Als sie allmählich an Höhe gewannen und über dem offenen Meer flogen, wurden die Böen sanfter. Sie lehnte sich in ihren Sitz zurück und warf einen Blick auf das vom Wind gepeitschte silberblaue Meer und die Inselwelt. Unter ihnen lagen die Inseln Kufonissia und Schinoussa. Sie hatte sich auf der Fahrt von Naxos nach Amorgos gewünscht, die Kykladen einmal wie ein Vogel zu überfliegen. Dass sich ihr Wunsch auf diese Weise erfüllen würde, konnte sie nicht ahnen. Sie drehte sich Marc zu. Sein schmerzverzerrtes Gesicht zeigte ihr, dass er kein sehr starkes Mittel bekommen hatte.

Weit im Norden sah sie das verschwommene Häusermeer von Athen, gehüllt in eine Dunstglocke. Die Akropolis überragte die Stadt und die umliegenden Hügel. Es kam ihr alles unwirklich vor. Der Helikopter landete sanft auf dem Dach des Athener Hospitals. Ohne ein Wort zu wechseln, luden zwei Sanitäter Marc auf die fahrbare Liege und eilten zum Lift. Sie deutete dem Piloten mit einer Verneigung ihre Hochachtung an.

Der Arzt, dem sie gefolgt war, bat sie, vor dem Operationstrakt zu warten. Er werde sie nach der Untersuchung informieren, sagte er und verschwand hinter der grossen Pendeltür.

Eine bleierne Schwere überfiel sie. Trotzdem fand sie keine Ruhe, sondern ging im kahlen Gang auf und ab. Die Handläufe wirkten speckig und waren abgewetzt, die graue Musterung des Bodens war kaum noch zu erkennen. Die am Ende des Gangs aufbewahrten Betten schienen selbst behandlungsbedürftig zu sein. Der Geruch nach Desinfektionsmitteln schlug ihr auf den leeren Magen.

Sie durchmass den unwirtlichen Gang ohne Pause. Nach einer Stunde hielt sie es nicht mehr aus und öffnete die Tür, in der Marc verschwunden war, einen Spalt. Eine ältere Ärztin und ein junger Kollege sassen vor einem Bildschirm und studierten ein MRI-Bild. Der Arzt deutete ihr an, hereinzukommen. «Eine schwere Schädelfraktur», informierte er sie. «Hier hat ihr Freund eine leichte Hirnblutung.» Er zeigte auf eine helle Stelle. Hirnblutung, Blitztod, Hirnschädigung, gefährliche Operationen, schoss es ihr durch den Kopf.

Der Arzt schien ihre Gedanken zu erraten: «Wenn die Blutung stabil bleibt, müssen wir ihn nicht operieren», beruhigte er sie.

«Wie erkennen sie das?»

«An seinem Kreislauf und den Hirnfunktionen», antwortete er und legte seine Hand auf ihren Arm.

Ob er transportfähig sei, wollte sie wissen, doch die Ärztin wiegelte ab. Noch nicht, antwortete sie, notfalls müsse er in ein künstliches Koma versetzt werden.

Sie erschrak und fragte, ob sie ihn sehen könne.

Der Arzt führte sie in die Intensivstation. Die Apparate, die sein Bett umrahmten, wirkten gespenstisch. Die Kabel und Schläuche erinnerten sie an gefrässige Schlangen, die sich an seinem Körper und Kopf festgebissen hatten.

Sie nahm Marcs Hand und sprach ihn an, doch der Arzt gab ihr zu verstehen, dass ihr Freund zu sediert sei, um sie wahrzunehmen. Es berührte sie eigenartig, dass er Marc als ihren Freund bezeichnete. Er stellte sich als Vassili Papandru vor und führte sie in den Gang hinaus. Sie solle sich am nächsten Morgen bei ihm zu melden.

Sie fühlte sich leer, als sie mit einem Taxi in die Stadt fuhr. Eine Mischung aus Erschöpfung und Melancholie ergriff sie. Plötzlich fühlte sie sich einsam. Die verstopften Strassen und kahlen Häuserschluchten wirkten feindlich. Am liebsten wäre sie nach Piräus gefahren und mit dem nächsten Schiff auf eine kleine Insel geflohen.

Sie hatte Hunger, verspürte aber keinen Appetit. Die Vernunft lenkte sie in ein gesichtsloses Lokal. Sie bestellte Keftedes und einen griechischen Salat. Mit den Fleischbällchen lag sie selten falsch.

Sie legte das Handy auf den Tisch und stocherte lustlos im Teller herum. Plötzlich holten sie die Bilder der letzten Stunden ein. Sie kamen ihr surreal vor. Ein böser Traum, aus dem es kein Erwachen gab. Wenn ich geahnt hätte, dass das Schicksal Marc und mich auf diese dramatische Weise zusammenführen würde, hätte ich mich in Langada auf ein Gespräch mit ihm eingelassen, überlegte sie. Schliesslich ist er mir sympathisch rübergekommen.

Sie kaufte eine Zahnbürste und quartierte sich in einem Hotel ein.

Ihr Handy riss sie aus dem Schlaf. Sie schaute auf die Uhr. 7:40 Uhr. Papandru. Sofort war sie hellwach.

«Gute Nachricht», sagte der Arzt, «die Hirnblutung ist stabil.»

«Ah, schön», gab sie mit belegter Stimme zurück. «Ist er über dem Berg?»

«Nicht ganz, Hirnblutungen können heimtückisch sein. Aber die Prognose ist deutlich besser. Wenn sich bis zum Mittag keine Komplikationen ergeben, ist er transportfähig.»

Sie liess sich aufs Kissen zurückfallen und starrte an die Decke. Wieso geht mir sein Schicksal so nah, fragte sie sich und atmete erleichtert auf. Weil wir zusammen gelitten haben? Weil ich Teil seines Unfalls wurde? Weil ich um sein Leben gebangt habe? Oder ist da sonst noch etwas?

Nach dem Frühstück nahm sie ein Taxi. Die Tür zu Papandrus Büro war geschlossen. «Ein Notfall», radebrechte eine junge Pflegerin auf Englisch und führte sie zu Marc. Er schlief tief, sein Gesichtsausdruck wirkte entspannt. Sie nahm ihn zum ersten Mal richtig wahr.

Vorsichtig nahm sie seine Hand und streichelte den Arm. Vielleicht nimmt er die Zuwendung wahr und fühlt sich etwas geborgener, überlegte sie. Sie war überrascht, wie sanft sich seine Haut anfühlte. Ihr war, als huschte ein Lächeln über sein Gesicht.

Nach einer halben Stunde kam Papandru und bat sie in sein Büro. Auf seinem Pult türmten sich Papierstapel. Er kümmere sich lieber um die Patienten als um den Bürokram, sagte er. So lang es die Spitalleitung nicht schaffe, ein vernünftiges Programm für die Krankengeschichten zu installieren, bleibe er im Bummelstreik.

«Die Bilder von heute Morgen sind ermutigend», bestätigte er, «der Chefarzt hat das Okay für den Transport nach Zürich gegeben. Ich nehme an, sie fliegen mit.»

Sie räusperte sich. «Super», antwortete sie leicht verlegen, «doch ich bin nicht seine Freundin. Ich lernte Marc flüchtig auf Amorgos kennen und wurde zufällig Zeugin seines Unfalls.»

«Ah so», entgegnete der Arzt. «So viele Zufälle können kaum zufällig sein.» Er zwinkerte ihr zu. «Oder sollte ich es eine glückliche Fügung nennen? Ihr zwei würdet bei mir problemlos als attraktives Paar durchgehen.»

«Darf ich sie zu einem Kaffee einladen?», fragte sie. «Ihr toller Einsatz wäre mir auch ein Glas Champagner wert.»

«Wollen sie auch noch mit mir anbandeln?»

«Nein, nein», gab sie schmunzelnd zurück.

«Schade», sagte er und lachte herzlich. «Melden sie sich, wenn es mit Marc nichts wird. Ich würde gern einmal in einem Zürcher Spital arbeiten.»

«Ich nehme sie beim Wort», erwiderte sie keck.

«Champagner sucht man im Spitalrestaurant vergeblich, aber ich habe eine Kaffeemaschine.»

Er streckte ihr die Hand entgegen: «Ich bin Vassili. Doch nun musst du mir erzählen, wie du zur Retterin deines unbekannten Freundes geworden bist.»

«Bist du mit allen Klienten so jovial?»

«Wo denkst du hin. Die meisten Angehörigen würde ich am liebsten aus dem Spital bugsieren. Viele reagieren hysterisch und überhäufen uns mit unsinnigen Forderungen. Und oft mit Vorwürfen.»

Als sie ihm den Unfall von Marc geschildert hatte, nickte Vassili anerkennend.

«Du kannst ja meine persönliche Sanitäterin werden. Wir wären ein Dreamteam.»

«In Athen oder in Zürich? Doch eigentlich ist mir nicht ums Scherzen...»

«Das war kein Scherz», protestierte er. «Ich meine es ernst!» Er setzte eine strenge Miene auf.

«Die letzten 24 Stunden haben mir ziemlich zugesetzt. Und, so komisch es klingen mag: Ich fühle mich auch ein wenig mitschuldig.»

«Mitschuldig?», fragte Vassili und schaute sie überrascht an.

«Hätte ich Marc nicht gewarnt, wäre er nicht zur Seite gesprungen und die Kiste an ihm vorbeigedonnert.»

«Ach so!», entgegnete Vassili. «Ein eigenwilliger Gedanke. Philosophisch eine interessante Überlegung, doch du hast alles richtig gemacht, auch wenn es ungünstig herausgekommen ist. Du konntest die Bahn der Kiste nicht vorausahnen. Stell dir vor, du hättest nicht geschrien und die Kiste hätte Marc unter sich begraben. Dann könntest du dich hintersinnen.»

Er machte eine Pause und fügte an: «Das Leben ist eine endlose Verkettung dummer Zufälle und falscher Entscheide.»

Sie hob die Hand zum Protest, doch Vassili hielt ihren Zeigefinger und wandte ein, dass er täglich vor einer solchen Situation stehe. Als Notfallarzt habe er keine Zeit für Untersuchungen und müsse rasch Massnahmen treffen, die über Leben und Tod entscheiden würden. Nichts zu unternehmen aus Angst, einen Fehler zu begehen, sei keine Option. «Das ist Teil des bösen Spiels, das sich Leben nennt», schloss er.

«Das ist mir bewusst», entgegnete sie, «doch meine Gefühle richten sich nicht nach logischen Kriterien.»

«Einverstanden, doch du kriegst die Schuldgefühle nur in den Griff, wenn du sie mit logischen Argumenten und Einsicht in die Schranken weist.»

Sie nickte gedankenverloren.

«Ich bin übrigens täglich mit einem Paradox konfrontiert, das einem ähnlichen Muster folgt», nahm er den Faden wieder auf. «Ich bin überzeugt, dass wir Menschen unseren Planeten zugrunde richten, wenn wir die Bevölkerungsexplosion und den Konsum nicht bremsen. Wäre ich konsequent, müsste ich die Unfallpatienten sterben lassen. Oder meinen Beruf an den Nagel hängen. Doch die Empathie ist stärker als die Logik, also versuche ich alles, um die Menschen zu retten.»

«Danke für den Steilpass. Die Gefühle dominieren auch bei mir die Ratio.»

Er nickte anerkennend. «Dieser Punkt geht an dich.»

Vassilis Handy schlug an. «Oriste ... ne, ne», sagte er und stand rasch auf.

«Ein Notfall», fügte er an, «Flug nach Thirassia.»

Beim Abschied schrieb er seine Handynummer auf einen Zettel und gab ihr einen Kuss auf die Wange.

Sie fuhr mit dem Taxi nach Piräus und nahm die Fähre zurück nach Amargos. In Ägiali wurde sie wie eine Heldin empfangen und überall zu einem Ouzo eingeladen, doch ihr war nicht ums Feiern. Am Strand fiel ihr der Himmel auf den Kopf, und die Buchstaben in den Büchern schienen das passende Wort zu suchen. Sie machte lange Spaziergänge und vergrub sich sonst in ihrem Zimmer. Die Inselwelt hatte für sie die Magie verloren. Ihr schien es, als liege plötzlich ein Schatten auf ihr. Oder war in ihr etwas zerbrochen, das den Kykladen den Charme raubte, fragte sie sich. Oder lag es am Schrei von Marc, den sie nicht mehr aus ihrem Kopf brachte?

Sie blieb zwei Nächte und nahm dann die Skopelitis nach Naxos.

Nach der sechsstündigen Fahrt setzte sie sich ins nächste Hafenrestaurant und bestellte Gigantes, die grossen Bohnen an einer Tomatensauce. Kaum hatte sie den ersten Bissen genommen, schlug ihr Handy an.

«Hallo, ich bin's, Marc.» Sie verschluckte sich beinahe. «Wo steckst du? Wieder auf Amorgos? Ich kenne nicht einmal deinen Namen», sprudelte es aus ihm heraus.

«Bist du noch da?»

«Ja, ja. Ich bin nur etwas sprachlos. Du klingst so wie vor drei Tagen in Langada ...»

«...meine letzten akustischen Absonderungen von mir in Ägiali waren für dich wohl ein Schock.»

«Sie hinterliessen mindestens einen bleibenden Eindruck.»

«Deine Stimme kam mir nach dem Unfall auch nicht wie Schalmeien rüber. Sie hallt immer noch wie ein Lautsprecher in meinem Kopf nach. Ich habe dich verwünscht, als du mich angeschrien hast, doch jetzt könnte ich dich umarmen. Ohne dich wäre ich wohl hinüber gesegelt.»

«Ach was. Übrigens heisse ich Melanie. Doch woher hast du meine Nummer?»

«Sie stand im Arztbericht.»

«Aha, Vassili...»

«Wer ist denn Vassili?»

«Der Arzt, der uns auf Amorgos abgeholt hat.»

«Ach so. Hast du ihn bezirzt?»

«Nein, aber er dachte, wir seien ein Paar. Doch wie geht es dir?»

«Zuerst möchte ich dir danken und dir die Medaille als Lebensretterin um den Hals hängen.

Zu allem Überfluss habe ich dir auch noch die Ferien versaut. Das tut mir leid.»

«So ist das Leben... Man kann sich sein Schicksal nicht aussuchen. Schliesslich hast du dir auch nicht gewünscht, dass der Fischer seine Kiste fallen lässt. Aber was macht dein Kopf?»

«Er brummt kräftig. Doch was ist mit dir?»

«Nicht ablenken, ich will wissen, wie es dir wirklich geht.»

«Ich hänge an einem Morphinschlauch, der so dick ist wie eine Ölpipeline. Sonst müsste das Spital bis zum 5. Stockwerk hinauf wegen Lärmbelästigung evakuiert werden.»

«Oh, das tut mir leid. Und der Fuss?»

«Der wurde gestern operiert. Die Chirurgen haben beim Sortieren der Knöchelchen einen Puzzlewettbewerb veranstaltet.»

Melanie musste das Lachen unterdrücken. «Du kennst wohl gar nichts ...»

«... Selbstironie ist die beste Therapie. Kann ich dir wenigstens die Umtriebe ersetzen?»

«Das besprechen wir bei einem gemeinsamen Essen in einem griechischen Restaurant in Zürich.»

«Prima Idee. Sie beschleunigt meine Genesung um Lichtjahre. Trotzdem möchte ich wissen, was mit dir ist.»

«Ich bin zurück auf Naxos und versuche, die Ferienstimmung wieder zu finden.»

«Und alles wegen mir», stöhnte er.

«Nein, wegen des Fischers», entgegnete sie.

«Oh, ich muss aufhängen, die Krankenpflegerin kommt. Ich dürfte eigentlich nicht telefonieren. Tschüss. Bis bald.»

15

Das Herz schlug ihr bis zum Hals, als sie an die Zimmertür klopfte.

Sie hatte lang überlegt, wie sie ihn begrüssen sollte.

«Schön, dass du kommst. Auf diesen Moment habe ich gewartet», kam er ihr zuvor. Er streckte ihr die Hand entgegen, zog sie zu sich und küsste sie auf die Wangen.

«Bei einem Schutzengel darf man das, er ist schliesslich ein geistiges Wesen», gab er zu bedenken.

Melanie musste schmunzeln. «Nicht nur», ergänzte sie.

«Umso besser», entfuhr er Marc.

Sie schauten sich in die Augen, als hätten sie sich noch nie gesehen.

«Die Atmosphäre eignet sich zwar nicht für ein Date, die spezielle Situation macht den Makel hoffentlich wett», sagte er.

Melanie schaute die Apparate an, die am Kopfende seines Bettes aufgereiht waren. «Eine eindrückliche Parade», stellte sie fest. «Helfen dir die Maschinen auch?»

«Sie sind mein grosser Bruder, der mich überwacht.»

«Und die Schmerzen? Du wirkst recht entspannt.»

«Das liegt an dir und am Morphium.» Er zeigte auf die Infusion, die in seiner linken Hand steckte. «Und du? Bist du gut heimgekommen?»

«Das ist unwichtig, erzähle von dir», forderte sie ihn mit einem warmen Blick auf. Sein Strahlen verdrängte die Bilder und Geräusche von seinem Unfall.

Marc erzählte, er könne sich nicht an alle Einzelheiten erinnern. Er sehe nur noch, wie die Holzkiste auf ihn niedergedonnert sei. «Dann wurde es dunkel. Irgendwann hörte ich eine Stimme. Deine Stimme. Mir war, als platze mein Kopf. Deine Worte wirkten wie Blitze und hallten fürchterlich in meinem Schädel nach. Ich konnte dich kaum verstehen.»

Marc machte eine Pause, weil sich Melanie mit dem Handrücken eine Träne abwischte. Sie forderte ihn mit einer Kopfbewegung auf, fortzufahren.

«Ich war wie betäubt. Mir schien, als segelte ich zwischen zwei Welten hin und her. Ausserdem war mir speiübel. Schmerzen durchzuckten meinen Körper. Ich wusste nicht, ob sie vom Kopf oder vom Fuss ausgingen. Sie waren überall. Ich kam mir wie ein schlabbriger Pudding vor und hatte das Gefühl, mein Hirn laufe aus. Als ich deine Stimme von weit hörte, hätte ich am liebsten geschrien: 'Lass mich in Ruhe, ich will gehen.' Doch mir fehlte die Kraft, ich brachte keinen Ton hervor.»

Marc legte eine weitere Pause ein.

«Ich hatte mit allem abgeschlossen, wollte nur noch erlöst werden. Egal wie. Mir wäre alles recht gewesen. Die Übelkeit raubte mir die Lebenskraft, die Schmerzen den Willen.»

«Dann hast du mich verflucht, weil ich dein Leiden verlängert habe?»

«Soweit konnte ich gar nicht denken. Ich fuhr schon durch den Tunnel und sah am Ende das helle Licht, das mich magisch anzog. Deine Stimme kam mir wie eine Alarmsirene vor. Heute bin ich dir unendlich dankbar dafür.»

«Und die Hirnblutung?», fragte Melanie.

«Der Kopf hat beinahe eine Tür bekommen.» Marc griff mit der rechten Hand an die Stirn und machte eine Drehbewegung.

«Gestern stellten die Ärzte im MRI eine leichte Veränderung fest und wollten schon Bohrer und Säge hervorholen. Der Chefarzt hat mir dann noch eine letzte Chance gegeben, die ich zum Glück gepackt habe.»

Melanie sass kerzengerade auf ihrem Stuhl.

Eine Krankenpflegerin streckte den Kopf ins Krankenzimmer. «Ende der Besuchszeit, der Patient muss sich noch schonen.»

«Dieser Besuch ist Balsam für mich», protestierte Marc.

«Vielleicht für Herz und Seele», entgegnete sie, «aber nicht für den Kopf. Der kann keine Aufregung brauchen.»

Melanie erhob sich und küsste Marc auf die Wangen. «Wann verkraftest du den nächsten Besuch?»

«Morgen», gab er zurück und staunte über seinen eigenen Mut.

Unter der Tür drehte sie sich noch einmal um und zwinkerte ihm zu.

16

Melanie fuhr nach der Schule oft ins Krankenhaus. Marc erholte sich rasch, seine Schmerzen liessen bald nach. Nach einer Woche unternahmen sie den ersten Spaziergang in den nahen Wald. Marc humpelte an Krücken. Mit jedem Tag freute sie sich ein bisschen mehr auf den Besuch bei ihm. Sie plauderten, schäkerten und erzählten sich ihr Leben. Wenn er auf dem steilen Weg Richtung Üetliberg eine Pause einlegen musste, stützte er sich gern auf sie. Von seiner Hand breitete sich ein Kribbeln über seinen ganzen Körper aus.

Nach drei Wochen feierten sie im Restaurant *Sirtaki* seine Entlassung. Es sei seine Auferstehung, frohlockte er. Nach dem zweiten Glas Wein fühlten sie sich beschwingt. Melanie war besonders gesprächig. Nach dem Essen und dem dritten Glas nahm er ihre Hand und gestand ihr, verliebt zu sein.

«Dein Geständnis überrascht mich nicht wirklich», sagte sie. Als er ihrem warmen Blick nicht mehr standhalten konnte, fragte er: «Und du?»

«Was ich?», gab sie zurück, als sei sie ahnungslos.

«Heisst das ...»

«... vielleicht ...»

«In der Liebe gibt es kein Vielleicht!»

«Wenn du meinst ...»

Melanie spürte, wie er ihre zweite Hand nahm und in ihren Augen versank.

Nach einer Weile hob Marc sein Glas und prostete ihr zu: «Ein Hoch auf den Fischer von Ägiali.»

17

Nach sechs Wochen, exakt an seinem Geburtstag, wurde Marc seinen Gips los. Er lud Melanie ins indische Restaurant *Varanasi* ein. Er sah die Welt mit neuen Augen und strotzte vor Energie. Beide bestellten einen Mango-Salat und danach Tandoori-Chicken. «Den teuersten», sagte Marc, als der Kellner nach dem Wein fragte.

Mit jedem Schluck wurden Melanies Gesten ausladender, ihr Lachen klang heller, und das kleine Muttermal an der Oberlippe schien zu hüpfen.

Sie erzählte von ihrem Schulleiter, einem kleinen rundlichen Mann, der auf seinem Hals ein haarloses Ei trage, eine Nickelbrille mit runden Gläsern auf der Nase und darin bohre, wenn er sich unbeobachtet fühle. Schweinchen würden die Schüler ihn nennen. Weil er so aussehe und obendrauf Schweingruber heisse. Es sei überflüssig, Witze über ihn zu machen, erzählte Melanie, man müsse ihn nur anschauen oder an ihn denken, um sich zu amüsieren. Ihre letzten Worte gingen beinahe in ihrem glucksenden Lachen unter.

«Kommst du zu mir auf einen Schlummertrunk?», rief sie ihm von hinten in den Helm, als sie heimwärts fuhren. Marc riss beinahe einen Vollstopp vor Überraschung. Melanie plauderte pausenlos durch das offene Visier ihres Helms.

Ihre Wohnung befand sich in einem alten Patrizierhaus. Das Holzparkett, die hohen Räume und die filigranen Stuckaturdecken weckten bei ihm Erinnerungen an die Wohnung seiner Grosseltern. Nur standen dort schwere dunkle Möbel, die ihn als Kind zu erdrücken drohten.

Der alte Riemenboden knarrte, als er die Stube betrat. Ein rostroter Designerstuhl und ein antiker Sekretär mit feinen Perlmutt-Einlegearbeiten stachen ihm ins Auge. «Ein Geschenk meines Vaters zum Abschluss des Studiums», erzählte Melanie, als sie seinem Blick folgte. Ein Biedermeier-Sofa, das frisch mit braunem Samt überzogen schien, bildete den Kontrast.

«Ein geschmackvoller Stilmix», stellte er fest und nickte anerkennend. «Gewagt, aber passend.»

An der Wand hing ein Warhol, ihm gegenüber ein Gehr. «Ist er echt?», fragte Marc.

«Ich habe ihn von meiner Grossmutter geerbt. Sie freute sich jeweils, wenn ich als Mädchen die kleinen und grossen Farbkleckse bestaunte. Sie hat mir das Bild testamentarisch vermacht. Es gab deswegen einen Familienstreit. Mein Onkel machte Zoff. Gefällt dir der Helgen?»

«Helgen? Ein imposantes Bild. Wenn ich mir überlege, was es wert ist ...»

Um den Glastisch standen Wiener Kaffeehaus-Stühle, ein bunter Kelim verband das Esszimmer mit dem Wohnraum. Den Fenstersims bevölkerten Kaktusse in allen Formen und Grössen.

«Die stacheligen Dinger sind gewöhnungsbedürftig», sagte er. «Ich hoffe, du räumst mir die Zeit dazu ein.»

«Wenn du herauskriegst, dass die Pflanzen das Abbild meiner Seele sind, wirst du es dir überlegen, mich noch einmal zu besuchen.» Melanie lächelte geheimnisvoll und gab ihm einen flüchtigen Kuss auf die Nase.

«Du bist ein Rätsel mit sieben Siegeln. Oder acht. Jedenfalls ein verdammt schönes.»

Melanie tat, als habe sie den Spruch überhört und holte eine kleine Flasche Champagner aus dem Kühlschrank. Sie füllte zwei Kristallgläser und prostete ihm zu. «Auf dich, auf das Leben. Und natürlich auf uns.»

Er nahm einen kräftigen Schluck und dachte: Mindestens neun Siegel.

Meli plauderte und kicherte ausgelassen. Er stellte das Glas ab und legte von hinten seine Arme um ihre Schultern. Sie schmiegte ihren Kopf an seine Wange. Rasch drehte sie sich und fiel in seine Arme. Eng umschlungen standen sie reglos in der Mitte der Stube. Marc kam es wie eine Ewigkeit vor.

Irgendwann schälte sich Meli aus seinen Armen, nahm ihn an der Hand und zog ihn ins Schlafzimmer. Beim Bett versetzte sie ihm einen Schubs. Marc fiel rückwärts auf die Decke. Er spürte, wie sich seine Schuhbändel lösten. Dann versank er in ihrer Welt.

Als er wieder zu sich kam und sich sein Puls langsam gesenkt hatte, zupfte er Meli am Ohr und flüsterte: «Das war ein Höhenflug in eine andere Sphäre. Ich schwebe immer noch am Fallschirm.»

«Happy landing», hauchte sie und puffte ihn sanft in die Rippen.

Marc schlang seine Arme noch einmal um ihren Oberkörper und drückte sie eng an sich.

«Ich mache uns einen Tee», schlug Meli vor.

Er liess den Kopf ins Kissen fallen. «Das ist mein Part. Willst du ihn hier oder in der Küche trinken?»

«Lieber draussen. Die Versuchung ist in der Küche kleiner ...»

«Die Küche ist aber ein einziges Reich der Verführung», protestierte Marc.

«Dort werden andere Sinne befriedigt», neckte ihn Meli und schubste ihn mit den Füssen aus dem Bett. Unter der Tür drehte er sich und schüttelte ungläubig den Kopf.

«Ist etwas?»

«Dein Körper ...»

«... verlangt nach Tee», fiel sie ihm ins Wort. Demonstrativ bedeckte Sie ihre Brüste mit den Armen und streckte ihm die Zunge heraus.

«So wirkst du noch aufreizender», konstatierte Marc und trottete mit hängenden Schultern aus dem Schlafzimmer.

In der Küche nahm er die Wasserkanne vom Holzregal und setzte Wasser auf. Verträumt stand er am Fenster. Eine Gewitterböe peitschte den Regen an die Scheibe, die Laterne warf ein fahles, gelbes Licht auf die Strasse. Der Regen schluckte die Geräusche der Autos. Angekommen, dachte er.

Meli kam in die Küche und schmiegte sich von hinten an ihn.

«Darf ich bei dir schlafen?», fragte er. «Bei diesem Wetter jagt man nicht einmal einen Hund vor die Tür.»

«Ein bisschen Abkühlung kann nicht schaden.»

«Ich drehe dir den Rücken zu. Ehrlich.»

Meli grinste. «Nach diesem Abend ist es besser, wenn jeder in sein eigenes Körbchen schlüpft.»

Schweigend tranken sie den Tee. Er suchte ihre Augen, doch sie schaute meist gedankenversunken vor sich hin.

«Geh schon», sagte sie, als seine Tasse leer war, «sonst überlege ich es mir noch einmal.»

Er nahm ihren Kopf in seine Hände und schaute ihr tief in die Augen.

«Sag mir, dass ich nicht träume.»

Sie kniff ihn in den Oberarm und schnalzte mit der Zunge. «Alles klar», bestätigte er und gab ihr einen Kuss auf die Stirn. Unter der Tür drehte er sich um und deutete einen Knicks an.

Die niederprasselnden Regentropfen spritzten bis zu seinen Knöcheln, die nasse Hose klebte ihm an den Beinen. Er hob den Kopf, verfolgte gebannt die Blitze und freute sich über die lauten Donner. Heftige Böen peitschten ihm den Regen ins Gesicht. Sein Freudenschrei wurde von der Wasserwand verschluckt.

Er erinnerte sich, dass er als kleiner Knabe jeweils am Fenster gestanden und fasziniert auf die überfluteten Strassen geschaut hatte. Die Autos waren ihm wie Schiffe vorgekommen. «Mami, wann beginnt es wieder zu regnen?», hatte er oft gefragt. Seine Mutter hatte die Frage nie recht verstanden.

18

Am nächsten Morgen musste Marc seine überquellende Lebensenergie körperlich zähmen. Er holte seine Laufschuhe hervor und rannte auf den Üetliberg. Es kam ihm vor, als fliege er über die steilen Waldwege.

Beim Aussichtspunkt setzte er sich auf eine Bank und schaute auf Zürich hinunter. Die Stadt wirkte klein, nur die Hochhäuser durchbrachen den idyllischen Blick. Er erinnerte sich an manche Spaziergänge mit den Eltern und seinem Bruder. Sie hatten Holz gesammelt und ein Feuer entfacht. Er liebte den Geruch, der aus den Flammen stieg. Geduldig hatte er die Wurst am Spiess gedreht, bis sie rundherum gleichmässig braun war.

Als er älter wurde, verloren die sonntäglichen Spaziergänge ihren Reiz. Es lag an den Streitereien mit seiner Mutter, die sich oft nach dem Besuch des Gottesdienstes entzündeten.

Ein Disput war ihm besonders in Erinnerung geblieben. Nach einem Disput warf er ihr an den Kopf, weshalb Gott seinen eigenen Sohn ans Kreuz habe schlagen lassen. Sie schlug ihre Hände vor das Gesicht und flüchtete ins Schlafzimmer. Jesus sei damals gar nicht mit Nägeln ans Kreuz geschlagen worden, rief er ihr hinterher, Verbrecher habe man mit Stricken hochgebunden.

«Die Bibel lügt», fügte er an.

«Wer erzählt das?», schrie Vater.

«Onkel Martin. Die Bibel sei von Menschen geschrieben worden, nicht von Gott, sagt er. Und ob es Jesus wirklich gegeben habe, sei nicht sicher.»

Seit den Gesprächen mit Onkel Martin kamen ihm die Gottesdienste plötzlich interessant vor. Marc prüfte jede Aussage des Pfarrers. Bei jedem dritten Satz wäre er am liebsten aufgesprungen, um laut zu protestieren. Er hielt es in der Kirchenbank kaum mehr aus.

Am Familientisch blieb die Stimmung oft bedrückt. Sogar Stefan fauchte ihn manchmal an, er solle endlich die Schnauze halten. Erst als seine Mutter einen Nervenzusammenbruch erlitt, realisierte Marc, dass er wohl zu weit gegangen war. Er spürte, dass er immer mehr Vertrauen in seinen Verstand bekam und sich freier fühlte. Nun wusste er, was sein Onkel mit der geistigen Freiheit meinte. Glaube und Verstand sind in zwei verschiedenen Welten angesiedelt, war er überzeugt. Dann wurde ihm klar, weshalb seine Mutter Angst vor seinen Fragen und Argumenten hatte. Alles stand auf dem Spiel, was ihr heilig war.

Mit achtzehn geriet sein Weltbild endgültig aus den Fugen. Es war am offenen Grab seiner Grossmutter. Als er eine Schaufel Erde auf ihren Sarg warf, beschlich ihn ein eigenartiges Gefühl. Worin liegt der Lebenssinn? Die Frage sprang ihn unerwartet an. Sie hatte sich ein Leben lang abgemüht, doch wozu? Was bleibt übrig von ihr? Ein paar schöne Erinnerungen an die Sommerferien, die er und Stefan jeweils bei ihr verbracht hatten. Und an die leckeren Weihnachtskekse. Doch Erinnerungen sind flüchtig, haben eine kurze Halbwertzeit. Braucht der Mensch etwa den Glauben an Gott, um die Sinnlosigkeit des Lebens auszuhalten?

Diese Frage beschäftigte ihn wochenlang und verunsicherte ihn. Hatte er etwas übersehen? Seine Mutter vorschnell drangsaliert? Seine Gedanken kreisten um die Frage, ob es überhaupt einen Sinn braucht. Treiben uns Sehnsucht und Lebensangst an, nach ihm zu suchen? Und nach etwas Übergeordneten, Höheren? Oder mangelt es uns an Vertrauen in uns und das Leben? Schliesslich glaubte er nach einer weiteren Diskussion mit Onkel Martin zu erkennen, dass das Leben an sich der Sinn ist.

Als Marc an die Uni ging, zog er in eine Wohngemeinschaft. Er hatte gehofft, dass sich die Beziehung zu seiner Mutter bessern würde. Doch sie war nun tagsüber allein zu Hause, ihre Welt wurde immer enger und schien sich stetig zu verdüstern. Sie rief ihn oft an und klagte ihm ihr Leid. Marc war ratlos. Früher hatte sie ihn oft tagelang nicht beachtet, nun klammerte sie sich an ihn.

Marc hielt ihre Anrufe kaum mehr aus. Ihr Überdruss quoll ungefiltert aus ihr heraus. In monotoner Stimme erzählte sie ihm ihr Schicksal.

Anfänglich ging Marc auf ihre Anschuldigungen ein, mit der Zeit realisierte er, dass seine Worte sie nicht erreichten. Dann bekam er Mitleid mit ihr. Ihre Lebensfreude schien immer mehr zu erlöschen. Selbst der Glaube gab ihr kaum noch Halt.

Marc horchte auf, als sie eines Tages behauptete, ihr Nachbar beobachte sie. «Er ist unheimlich geworden und beeinflusst mich mit seinem bösen Blick», hatte sie gesagt. «Ich spüre es, wenn er seine Wohnung verlässt. Er bleibt jeweils vor unserer Türe stehen, und mir wird ganz schwindlig.»

Marc befürchtete, dass seine Mutter Anzeichen einer Depression oder sonstigen psychischen Störung zeigte, die mit Wahnvorstellungen und Verfolgungsängsten einherging. Sie braucht dringend Medikamente, schärfte er seinem Vater ein. Notfalls müsse er sie in eine Klinik einliefern lassen.

Vater konnte sich nicht durchsetzen. Er hatte sich zu lang von ihr beherrschen lassen. Erst als sie sich eines Tages weigerte, das Bett zu verlassen, alarmierte er ihren Hausarzt. Dieser ordnete die Einweisung in die psychiatrische Klinik an.

Marc besuchte sie am nächsten Tag. Mutter lag apathisch im Bett und starrte teilnahmslos zur Decke. Auf seine Fragen reagierte sie kaum. Er versuchte vergeblich, sie in ein Gespräch zu verwickeln. Vielleicht rauben ihr die Medikamente die Energie, beruhigte er sich.

Nach einer halben Stunde hielt er es nicht mehr aus und floh aus dem Zimmer. Unter der Tür schaute er noch einmal zurück. Sie setzte sich auf und starrte ihn mit hohlen Augen und einem verzerrten Gesicht an. Es kam ihm wie ein stummer Schrei vor.

Draussen setzte er sich auf eine Bank. Er zitterte am ganzen Körper. Plötzlich überfielen ihn Schuldgefühle. Ihr verzweifelter Blick liess ihn nicht mehr los. Hatte er ihr mit seinen bohrenden Fragen den Halt im Glauben gestohlen und sie in die Verzweiflung getrieben? Oder hatte der Glaube sie aus der Bahn geworfen?

Es war das letzte Mal, dass er sie gesehen hat. Sie hatte sich am gleichen Abend aus der Klinik geschlichen und vor einen Zug geworfen.

Marc war am nächsten Abend zum Bahndamm gefahren und hatte sich an die Böschung gesetzt. Es war bereits dunkel, eine Strassenlampe warf ein fahles Licht auf die Geleise. Eine leichte Brise liess die Blätter der Birke auf der anderen Seite der Böschung rascheln. Marc zitterte und schlang seine Arme um den Oberkörper. Tonlos weinte er vor sich hin. Er ahnte nun, wie verzweifelt seine Mutter gewesen war. Er hielt es kaum aus, zwang sich aber, sitzen zu bleiben. Ich bin es ihr schuldig, sagte er sich.

Als ein Zug aus der Ferne zu hören war, zog es ihm die Eingeweide zusammen. Er schaute auf, und sah zwei Lichter. Das Geräusch wurde immer lauter. Spätestens jetzt musste sie aufgestanden sein, um rechtzeitig den Bahndamm zu erreichen, überlegte er.

Sein Herz raste. Er warf sich auf den Bauch und hielt sich die Ohren zu. Trotzdem hörte er das Rattern des Zuges so deutlich, als rollte er über ihn hinweg.

«Mutter!», rief er, doch sein Schrei ging im höllischen Lärm unter. Zitternd kroch er die Böschung hoch und rannte mit weichen Knien nach Hause.

Marc betrachtete seine Mutter auf der Ferienfoto am Strand und wischte sich eine Träne ab. Ist das die gleiche Person, die in letzter Zeit ihre Tage am liebsten im verdunkelten Schlafzimmer verbrachte? Hat der Gram sie entstellt?

Seine Mutter verfolgte ihn seit ihrem Tod im immer gleichen Traum. Er war allein im Führerstand einer Lokomotive, die durch die neblige Nacht raste. Die beiden Scheinwerfer warfen scharfe Lichtkegel, die sich bald im Nebel verloren. Die Fenster waren geöffnet, ein kalter, feuchter Luftstrom wirbelte ihm die Haare durcheinander und unterkühlte ihn bis auf die Knochen. Er zitterte vor Kälte und versuchte vergeblich, die Fenster zu schliessen.

Plötzlich stiess die Lokomotive ein lautes Signal aus, obwohl er das Horn nicht betätigte. Die Mutter, schoss es ihm jeweils durch den Kopf. Erst jetzt bemerkte er, dass die Lokomotive keine Armaturen besass. Wie

ein Irrer rannte er im Führerstand hin und her und suchte einen Brems-
knopf. Wieder ertönte das Signal, diesmal lauter und länger.

«Mutter», schrie er, doch seine Stimme ging im Lärm unter.

Dann war es totenstill. Er sah die Umrisse einer Frau, die den Kopf
nach hinten geneigt und die Arme erhoben hatte. Er erwachte jeweils an
seinem eigenen Schrei. Dabei überfiel ihn eine Trauer, wie er sie nicht
einmal an ihrem Grab empfunden hatte.

Der Traum liess ihn jeweils an den Vater denken, und er fragte sich,
wie er den Tod von Mama verarbeitete. Sie hatten nie über ihren Suizid
gesprochen, der wie eine Wand zwischen ihnen stand. Marc litt darunter.
Er wusste, dass es sinnlos war, ihn darauf anzusprechen. Denn er spürte,
dass sein Vater ihn in Verbindung mit Mutters Tod brachte. Seine Blicke
kamen ihm wie ein stummer Vorwurf vor, wenn sie über seine Mutter
sprachen.

Als die Träume seltener wurden, entwickelte er allmählich eine leise
Wut auf seine Mutter. Warum hat sie sich in der Nacht nach seinem Besuch vor den Zug geworfen? War ihr Suizid eine Anklage? Wollte sie es
ihm heimzahlen? Oder hatte sie gewartet, weil sie ihn noch einmal sehen
wollte?

19

Melanie holte einen Milchdrink aus dem Kühlschrank und machte es
sich im Fauteuil bequem. Die untergehende Sonne warf ein sanftes gelbes Licht durch das Fenster. Es war ihr Lieblingsplatz, auch wenn es reg-
nete. Der Blick über die Stadt und die sanften Hügelzüge im Hintergrund
beruhigten sie nach einem aufreibenden Schultag.

Die Blätter des Kastanienbaums begannen sich zu verfärben und
leuchteten gelb. Sie hätte den mächtigen Baum mit dem dicken Stamm
und den weit ausladenden Ästen im Schlaf zeichnen können. Manchmal
folgte sie mit ihren Augen den Verästelungen wie in Trance. Es hatte auf

sie eine meditative Wirkung, die harmonischen Strukturen mit den Augen abzutasten.

Der alte Baum war ihre Uhr durch die Jahreszeiten. Er kam ihr wie ein geduldiger Freund vor, mit dem sie sprechen konnte. Wenn sie im Garten sass, glaubte sie, seine Aura zu spüren.

Sie fragte sich oft, wie alt er war. Im knorrigen Stamm mit den Schrunden und Narben erkannte Melanie ein Gesicht. Für sie war es ein alter Mann mit einem spitzen Bart. Sie nannte ihn Kasti. Melanie hatte sich oft gewünscht, er könnte sprechen und ihr erzählen, wie viele Liebespaare sich in lauen Sommernächten unter seinem breiten Dach schon geküsst hatten.

Sie vergrub sich im Sessel und legte die Füsse auf das Stelltischchen. Wenn sie aufgewühlt war, musste Kasti besonders geduldig mit ihr sein. Es war immer häufiger der Fall. Sie wusste nicht, was mit ihr los war. Warum sie ihre Leichtigkeit verloren hatte und ein Schatten auf ihrer Seele lag. Hätte sie die Karte nicht abschicken sollen? Sie wusste, dass sie Kasti heute mit ihren Fragen überforderte.

An diesem Abend wälzte sich Melanie besonders lang im Bett hin und her. Ich bin sitzen geblieben, wiederholte sie immer wieder. Einfach sitzen geblieben. Hätte ich mit Marc den Meditationsraum verlassen sollen? Vergeblich suchte sie eine Antwort.

Sie war müde. Trotzdem hatte sie Angst, einzuschlafen. Angst vor den Träumen. Den immer gleichen Bildern. Sie zeigten, wie sie mit Marc Hand in Hand der Limmat entlangwanderte. Die Sonne spiegelte sich auf dem Wasser, Vögel zwitscherten, Kirschbäume blühten. Schweigend gingen sie nebeneinander her. Plötzlich standen sie vor einer Kläranlage. Im runden Becken drehte sich eine braune Brühe. In der Mitte bildete sich ein Wirbel. Der Gestank zwang Melanie, die Nase zuzuhalten. Marc rief ihr etwas zu, doch sie verstand ihn nicht. Er wurde wütend, verwarf die Arme und tanzte wie ein Derwisch vor der Kloake. Melanie packte ihn und wollte ihn aufhalten. Er verlor das Gleichgewicht und fiel ins Becken.

Er fiel und fiel und fiel. Gellende Schreie drangen an ihr Ohr. Seine Augen starrten sie an. Dann wurde es totenstill. Marcs Mund stand offen, er stiess stumme Schreie aus. Sein Kopf war ein Totenschädel. Dann zog ihn der Wirbel in die Tiefe und Melanie erwachte schweissgebadet.

Sie zitterte jeweils am ganzen Körper. Es dauerte oft eine Stunde, bis die Bilder allmählich aus ihrem Kopf verschwanden. Die Angst aber blieb. Sie wusste, dass sie Marc wieder zum Leben erweckte, wenn sie einschlafen würde.

20

Als Gott die Zeit erfunden hat, muss er übel gelaunt gewesen sein, überlegte Marc, als er am andern Morgen mit einem dröhnenden Kopf erwachte. Sie rast, wenn wir glücklich sind, doch sie zieht sich quälend in die Länge, wenn wir leiden. Als gönne sie uns die schönen Momente nicht und ergötze sich an unserem Elend. Vielleicht hat Gott den Satan die Zeit erschaffen lassen.

Nach einem doppelten Espresso und einem Müsli räumte er die letzten Blätter von Melis Blumenstrauss weg, die am Boden lagen. Dann setzte er sich aufs Motorrad und fuhr über den Albispass. Der Türlersee lag wie aus einem Bilderbuch geschnitten im Talkessel. Er hielt an und schlenderte dem Ufer entlang. Bewegung war die einzige Therapie, die die Zeit vorwärtstrieb.

Auf der glatten Wasseroberfläche spiegelte sich der gegenüberliegende bewaldete Hügel, der in herbstlichen Farben leuchtete. Zwei Enten schickten feine, kreisförmige Wellen über den See, wenn sie den Kopf ins Wasser tauchten. Die aufgehende Sonne blendete ihn. Nun flammten die verfärbten Laubbäume auf.

Marc legte sich auf die Bank und blinzelte schläfrig in die Sonne. Nach einer Weile stand er auf und machte 50 Liegestütze. Schwer atmend nahm er eine Handvoll Kiesel und warf die kleinen Steine weit in den See hinaus.

Marc zog sich aus und stapfte mit hochgezogenen Schultern ins kalte Wasser. Die Kiesel piksten seine Fusssohlen. Ein wohliger Schauer durchlief seinen Körper, als er sich in den See fallen liess. Er holte Atem und tauchte in die Tiefe. Das kühle Wasser kribbelte auf seiner Kopfhaut. Als er auftauchte, stiess er einen Schrei aus. Das Echo hallte vom Hügel.

Das kalte Wasser hatte ihn aus seiner geistigen Starre gerissen. Etwas ist mit Meli passiert, wurde ihm mit einem Schlag bewusst. Vielleicht hat sie mein Unfall stärker belastet, als sie sich eingestehen kann. Ein Trauma, das sich langsam entwickelte. Flüchtete sie vielleicht deswegen in die spirituelle Welt? Mit Meditation die Bilder aus Ägiali verarbeiten? Marc schöpfte Hoffnung. Früher oder später wird sie das Tief überwinden. Vielleicht mit Hilfe der Meditation.

Er spürte, wie neue Energie durch seinen Körper strömte. Mit kräftigen Zügen durchpflügte er das Wasser und überquerte den See. Er fühlte sich geborgen im Wasser, das ihn sanft umschloss und seiner Haut schmeichelte.

Als er aus dem Wasser watete, sprang ihn ein Gedanke an, der ihn wie eine Keule traf. Wenn Meli ein Trauma hat, bin ich die Ursache.

Sein Hirn glühte, er legte sich ins Gras und starrte in den Himmel, sah aber die Schönwetterwolken nicht. Die Zeit schien stillzustehen. Es muss einen Weg geben, hämmerte er sich immer wieder ein. Es muss ihn doch geben.

Plötzlich sprang er auf. Ein Blitzgedanke hatte ihn aus der Starre gerissen. Er spannte seinen Körper. «Yes», schrie er aus Leibeskräften.

Auf dem Heimweg leuchteten die Farben der herbstlichen Wälder noch stärker. Er legte seine Maschine riskant in die Kurven und genoss die Fliehkraft. Gefühle sind die Essenz des Lebens, freute er sich. Alles andere ist Beigemüse. Dumm nur, dass Emotionen die Welt auch zum Einsturz bringen können. Doch diese Variante kümmerte ihn momentan nicht.

Er fuhr auf direktem Weg zum Hauptbahnhof. Beim grossen Kiosk besorgte er sich Esoterikzeitschriften. Zu Hause machte er sich einen Jasmintee und durchforstete die Inserate mit den Kursangeboten. Er kreuzte ein Seminar mit dem Rückführungstherapeuten Bruno Baltensberger in der Mühle Rosenfeld an. Der Titel klang verheissungsvoll: «Spirituelle Wiedergeburt».

Die Reise ins Emmental versetzte Marc in Gotthelfs Zeiten. Er hatte kürzlich eine Dissertation über den volkstümlichen Schriftsteller aus dem 19. Jahrhundert lektoriert und betrachtete die sanfte Hügellandschaft mit den grossen, geduckten Bauernhäusern mit neuen Augen. Die flachen, ausladenden Dächer, die fast bis zum Boden reichten, die dunklen Holzfronten und die Geranien an den Fenstern erinnerten ihn an ein Bilderbuch über die Schweiz, in dem er als Kind oft die Kühe und Ziegen gesucht hatte. Und natürlich den Traktor und den grossen Mähdrescher.

Von weitem entdeckte er Brunos bulliges Geländefahrzeug, das vor der alten Mühle stand, die in ein Kurslokal umgebaut worden war. Das Gefährt war Marc schon auf der Homepage des Kursleiters aufgefallen. Haften geblieben war ihm auch das Referenzschreiben von Evelyne: «Bruno weckte in mir die spirituelle Liebe und die Tantra-Energie. Mein Bewusstsein ist in eine neue Dimension gewachsen.»

Er schaute vom Parkplatz durchs Fenster. Ein goldener Buddha thronte auf einem kleinen Podest im Kurssaal, am Boden lagen Matten, die Wände zierten Aquarelle mit Landschaften und Stillleben. Er zählte fünfzehn Frauen und drei Männer, die sich in kleinen Gruppen unterhielten.

Marc schlenderte im Schatten der Kastanienbäume umher und nahm eine Hand voll Kiesel, die er durch seine Finger rieseln liess. Er liebte die kühlen Steine auf der Haut. Der Blick auf die Bergketten im Berner Oberland weckte in ihm die Sehnsucht nach einer Klettertour, doch ein lauter Gongschlag rief ihn in den Kursraum.

Bruno rauschte mit seinem weissen Hemd und der hellbeigen Flanellhose in den Saal, nahm auf seinem Stuhl Platz und schaute die Teilnehmer, die sich auf den Meditationsmatten niedergelassen hatten, aufmunternd an. Mit seinem prallen Bauch und den grossen Ohren fast eine Kopie der Buddha-Statue, ging es Marc durch den Kopf.

«Es vibriert an diesem wunderbaren Kraftort schon mit einer Intensität, dass sich mir die Nackenhaare aufstellen», begrüsste er die Kursteilnehmerinnen, die erwartungsvoll zu ihm hinaufschauten. «Wir lassen uns an diesem Wochenende auf ein besonderes übersinnliches Abenteuer ein.»

Bruno forderte die Teilnehmer auf, sich kurz vorzustellen und ihre bisherigen spirituellen Erfahrungen aufzuzählen. Es dauerte fast eine Stunde, bis Marc an die Reihe kam.

«Ich habe zwar auch schon ein paar Erfahrungen gesammelt, im Vergleich zu euch bin ich aber ein Greenhorn», sagte er. Bruno nickte verständnisvoll und schien froh, dass sich wenigstens ein Teilnehmer kurzhielt.

Zur Einstimmung mussten sie auf die weiblichen Genitalien meditieren. Marc hob überrascht den Kopf. Bruno zeichnete mit den Händen die Umrisse einer Vagina in die Luft.

«Dieses wunderbare Organ symbolisiert den Ursprung allen Lebens. Wir sind darin gezeugt worden. Es markiert den heiligen Bereich des weiblichen Körpers und das Zentrum des Universums. Schliesst die Augen und visualisiert das wunderbare Organ.»

Marc blinzelte und sah, wie Bruno seine Arme weit ausgebreitet hatte. Mit seiner Stirnglatze und den am Hinterkopf verknoteten Haaren wirkte er wie ein Alt-Hippie. Die jungen Sucherinnen sehen in ihm wohl den väterlichen Meister, vermutete Marc.

«Wir werden nun den Geburtsvorgang noch einmal durchleben, damit ihr die Erinnerungen daran wachrufen könnt.» Seine tiefe Stimme hallte im kahlen Raum. «Macht euch schon mal frei.»

Marc liess seinen Blick durch die Runde schweifen. Als hätten sie längst auf das Signal gewartet, entblätterten sich alle ungeniert. Marc zögerte. «Na, los», ermunterte ihn Bruno, «oder bist du etwa in Kleidern geboren?» Von allen Seiten drang ein verhaltenes Kichern an sein Ohr. Umständlich schälte er sich aus der Hose. Ohne aufzuschauen spürte er, dass alle Augen auf ihn gerichtet waren.

Ein Blick in die Runde zeigte ihm, dass einzelne Männer ihr bestes Stück hemmungslos wachsen liessen und es stolz zur Schau trugen. Frühreif, schon vor der Geburt, konstatierte Marc. Das Grobstoffliche darf offensichtlich ungeniert mitschwingen, wenn die spirituellen Energien fliessen. Für einmal wäre er lieber eine Frau gewesen.

Umständlich faltete Marc seine Hose vor dem Bauch. «Überlass alle Regungen der Natur», ermunterte ihn Bruno. Das Kichern schwoll zu einem kollektiven Prusten an.

Bruno hatte es sich auf seinem Sessel im Lotussitz bequem gemacht. Der Meister muss sich offenbar keine Blösse geben, stellte Marc fest.

«Wir beginnen mit Encounter», schlug Bruno vor und legte *Money* von Pink Floyd auf. «Gebt alle Energie in eure Bewegungen, tanzt euch die grobstoffliche Last von der Seele. Ihr müsst schwitzen, wenn ihr die Geburt noch einmal erleben wollt. Der Kanal ist eng.»

Mit geschlossenen Augen hüpften und wirbelten sie herum, bis sie ausser Atem waren.

«Los, schreit euch nun alle Frustrationen und Ängste vom Leib. Brüllt, was eure Lungen hergeben», trieb Bruno sie an. Ein ohrenbetäubender Lärm aus 18 Kehlen hob an.

Als sie bei *Another Brick in the Wall* angelangt waren, stellte Bruno die Musik leiser. «Wunderbar. Eure Körper glänzen und glühen. Die Guys und die schwergewichtigen Girls legen sich nun Schulter an Schulter auf den Rücken. Die übrigen Ladys platzieren sich bäuchlings auf ihnen. Wer neu geboren werden will, zwängt sich nun zwischen den Körpern hindurch.»

Marc dachte an Meli, als er sich umständlich neben Beatrice legte. «Näher ran», raunte ihm Bruno zu, «Hüfte an Hüfte und Schulter an Schulter. Sonja, dir kommt die Ehre zu, das Geburtsritual zu eröffnen.»

Marc hob den Kopf, um Sonja bei ihrem Befreiungsakt zu beobachten. Wie zwei pralle Birnen baumelten ihre Brüste, als sie ihren Kopf zwischen den beiden ersten Körpern hindurchzwängte. Keuchend robbte sie sich vorwärts. Zwischendurch liess sie sich erschöpft sinken und schluchzte vor sich hin. Kurz vor dem Ziel krallte sie sich an seinem Becken fest und zog sich vorwärts. Als die Kräfte sie verliessen, rammte sie ihre Knie in seinen Bauch und befreite sich mit einem lauten Schrei. Schluchzend krümmte sie sich auf der Matte.

Marc musste alle Energie aufbieten, um an seinem Platz auszuharren. Er stellte sich vor, er spiele vor vielen Zuschauern eine tragende Rolle in einem Theaterstück.

Das Ritual nahm kein Ende. Die Schweissströme vermischten sich, das Stöhnen und die Geburtsschreie gingen ihm durch Mark und Bein. Nach einer halben Stunde war er an der Reihe. Er rammte seinen Kopf zwischen die Bäuche von Liliane und Robert.

Die Luft war knapp und stickig, der Schweiss ekelte ihn. Er dient als Schmiermittel, motivierte er sich. Als er seinen Kopf aus dem fleischigen Geburtskanal zwängte, nahm er einen tiefen Atemzug und flutschte auf den Boden.

«Willkommen in der grobstofflichen Welt», empfing ihn Bruno. «Du scheinst es besonders eilig gehabt zu haben, das Licht der Welt zu erblicken. Eine Geburt ist ein spirituelles Grossereignis für die wiedergeborene Seele, aber auch ein traumatischer physischer Kraftakt. Nur wer die beiden Ebenen bewusst zusammenbringt, kann die Schmerzen der Menschwerdung in übersinnliche Energien umwandeln.»

Unter der Dusche kam es Marc vor, als müsse er mehr als nur den Schweiss wegspülen.

Bruno forderte sie anschliessend auf, ihre Geburtserfahrungen zu schildern.

Die Teilnehmer, vor allem die Teilnehmerinnen, kamen ins Schwärmen. Julia berichtete vom tiefen Schmerz, der in ein unendliches Glücksgefühl und eine neue Leichtigkeit gemündet habe. Für Rosmarie ging nach dem Ritual ein Fenster zu einem neuen Leben auf. Und Cecile weinte vor Ehrfurcht und Ergriffenheit.

Bruno nickte. Der Kurs schien gerettet, die Teilnehmerinnen wirkten wie frisch geboren.

Marc zögerte. «Ich bin nicht so geübt im Analysieren spiritueller Erkenntnisse», wich er aus. «Deshalb möchte ich mich nicht mit dilettantischen Ausführungen blamieren. Ich kann euch aber versichern, dass es ein unvergessliches Erlebnis war.»

Bruno schaute ihn misstrauisch an und warf einen Blick auf die Uhr. «So schlank kommst du nicht davon», sagte er. «Trotzdem müssen wir den Prozess hier unterbrechen, denn das Mittagessen wartet.»

Bruno nahm gegenüber Maya Platz. Marc beobachtete, wie er ihr zwischen zwei Löffeln Suppe tief in die Augen schaute. Maya errötete, ihre Wangen glänzten.

Beatrice, die neben Marc sass, sagte ihm: «Du hast dich ganz schön durch den Geburtskanal getankt. Es scheint, als hättest du dich schwergetan.» Sie lieferte auch gleich die Diagnose: «Vermutlich hinderte dich eine karmische Belastung aus einem früheren Leben daran, die Geburt als freudiges Ereignis zu feiern.»

Marc löffelte unbeirrt seine Suppe und streute gelegentlich ein Ja ein, das auch ein Nein hätte sein können.

Der Sonntag war dem Öffnen der wichtigsten Chakren gewidmet. Seine Energiepunkte seien völlig blockiert, kritisierte Bruno, nachdem er ihm die Hand an mehreren Körperstellen aufgelegt hatte. Beim Rebirthing keuchten sie um die Wette. Sie standen breitbeinig da und füllten die Lungen im Sekundentakt, bis ihm von der Sauerstoffdusche schwindlig wurde. Um nicht das Gleichgewicht zu verlieren, drosselte er den Atem. Ein Trip ohne Drogen, stellte er erstaunt fest.

Beatrice keuchte wie ein Sumoringer nach einer Niederlage neben ihm.

«Spürt ihr, wie die kosmische Energie in eure Körper fliesst?», fragte Bruno.

Wenn er die Augen schloss, schoss ein Kaleidoskop aus Regenbogenfarben durch sein Hirn, durchsetzt mit grellen Blitzen. Rasch liess er sich fallen und landete mit einem lauten Knall auf dem Boden.

«Hast du dir weh getan?», fragte Rosmarie besorgt und beugte sich über ihn.

Er öffnete die Augen einen Spalt und griff sich mit der rechten Hand an den Kopf. «Leider. Ich gehe aufs Zimmer und lege mich kurz hin.» Ob sie ihn begleiten solle, fragte Rosmarie, doch Marc winkte ab.

Er duschte kalt, legte sich aufs Bett und starrte zur Decke. Ich habe genug gesehen und erlebt, entschied er und packte seine Tasche.

21

Seine Wiedergeburt in der alten Mühle verfolgte ihn auch nachts im Bett. Die Vorstellung, Meli könnte den lüsternen Blicken der spirituellen Sucher ausgesetzt sein, setze ihm zu. Es gäbe sicher ein Gerangel um den Platz auf ihr, überlegte er. Für den glücklichen Gewinner wäre dann der spirituelle Aspekt der Wiedergeburt zweitrangig.

Am nächsten Wochenende besuchte Marc das Seminar über Jenseitskontakte. Das englische Medium Rosmarie Bosten, eine stattliche Frau mit Pagenschnitt, leicht vorstehendem Oberkiefer, fleischigen Lippen und einem Dauerlächeln versprach den Besuchern im gut gefüllten Saal Begegnungen mit ihren Ahnen. Sie sehe im Raum einen Geist, teilte sie dem andächtig lauschenden Publikum mit.

«Er ist etwa 1.80 Meter gross, hat schlohweisse Haare mit einem Scheitel auf der linken Seite, eine breite Nase, schmale Lippen und ist etwa 75 Jahre alt. Kennt jemand diesen Herrn?», fragte das Medium.

Eine junge Frau streckte aufgeregt die Hand in die Höhe. «Das ist mein Grossvater», rief sie freudig. «Er ist letztes Jahr gestorben, wir hatten ein enges Verhältnis.» Vor Erregung kullerten ihr Tränen über die Wangen. «Ich konnte mich leider nicht von ihm verabschieden, weil ich in Thailand in den Ferien war, als er den Herzinfarkt erlitt.» Alle Köpfe drehten sich zu ihr.

«Er erzählt mir, er freue sich, dich hier zu treffen und lässt dich grüssen», vermittelte das Medium die Worte des Verstorbenen.

«Teile ihm mit, dass ich sehr traurig bin, weil ich mich nicht von ihm verabschieden konnte», sagte die Seminarbesucherin. Ihre Stimme erstickte beinahe.

Das Medium konzentrierte sich und schaute über den Kopf der jungen Frau ins Leere. Dann huschte ein Lächeln über ihr Gesicht.

«Ich kann dich beruhigen. Dein Grossvater ist dir nicht gram und freut sich über deine Anteilnahme. Weiter erzählt er mir, dass er vor seinem Ableben ein helles Licht gesehen und sich auf die andere Realität gefreut habe, ohne zu leiden. Er lässt dir auch ausrichten, dass er stets in deiner Nähe ist und ein waches Auge auf dich hat.»

Die junge Frau schluchzte. Ein paar Frauen wischten sich die Tränen ab.

Nach dem Auftritt von sieben weiteren verstorbenen Ahnen schien die mediale Kraft von Rosmarie zu erlahmen. Als sie sich verneigte und den Beifall der Besucher mit Kopfnicken verdankte, hielt sie plötzlich inne und lauschte in den Saal. Das Klatschen verstummte.

«Psssst», sagte sie, hielt den rechten Zeigefinger vor den Mund und schaute verzückt in die Höhe. «Hört ihr es? Könnt ihr die Stimme auch vernehmen? Welche Resonanz! Und erst das Crescendo! Wunderbar.»

Die Besucher schauten erstaunt um sich und lauschten in den Saal.

Rosmarie wiegte den Kopf im Takt, summte die Melodie von *Walk a Mile in my Shoes*.

«Elvis Presley», hauchte das Medium in den Saal. «Er ist es tatsächlich, unser unsterblicher Elvis gibt uns die Ehre. Was für ein Moment! Könnt ihr ihn immer noch nicht hören?»

«Ja, ich erkenne seine wundervolle Stimme», rief eine ältere Frau. Sie schloss die Augen und bewegte die Arme, als hätte sie einen Taktstock in der Hand.

Lauter Applaus erfüllte den Raum. Das englische Medium verneigte sich erneut und verliess den Raum durch den Seitenausgang.

Marc atmete draussen die kühle Herbstluft ein. Die Strasse war nass, es hatte geregnet. Der modrige Duft welker Blätter holte ihn in die reale Welt zurück. Manchmal muss man abheben, um zu erfahren, wie befreiend Bodenhaftung sein kann, ahnte er. Die Einbildung ist die Zwillingsschwester der Sehnsucht, ging es ihm durch den Kopf.

Am nächsten Wochenende machte sich Marc auf die Spurensuche nach den Engeln. Die gefiederten Wesen waren ihm bei den Recherchen in den esoterischen Gefilden wie ein Schatten gefolgt. Er wunderte sich, weshalb Engel durch fast alle Religionen und Kulturen flatterten. Nichts Neues unter der Sonne, überlegte er. So wie die unbefleckte Empfängnis und die Himmelfahrt längst vor dem Christentum ein gängiges religiöses Symbol waren.

Zusammen mit neun Frauen fand er sich im Zürcher Engelladen ein. Dort sollte er seinen Schutzengel kennenlernen und mit ihm kommunizieren. So hatte es ihm die Engelexpertin Rita versprochen, als er sich bei ihr erkundigt hatte. Zuerst meditierten sie auf die Engelfrequenz, bis die himmlischen Wesen durch das spirituelle Kraftfeld angezogen wurden. Dann stellte ihnen Rita ihren persönlichen Engel mit Namen vor. Marcs Beschützer hiess Michael.

«Der berühmte Erzengel?», wollte Marc wissen.

«Oh nein», gab Rita zurück, «der ist für höhere Aufgaben berufen.»

Marc konnte seine Enttäuschung nur schlecht verbergen.

«Deiner ist ein Abkömmling des Erzengels», tröstete ihn Rita.

Die entzückten Gesichter der Kursteilnehmer und die vibrierende Luft verrieten ihm, dass bereits ein ganzes Heer dieser himmlischen Wesen durch den Raum flatterte. Die Hingabe der Frauen berührte ihn eigenartig, er entdeckte in ihr auch eine gewisse Faszination. Sie sehen, was sie sehen möchten und ihnen versprochen wurde. Und sie spüren den Luftzug der Flügelschläge. Wenn Marc in die nach oben gerichteten

Augen blickte, die den Flug der Engel verfolgten, kam es ihm vor, als tropfe Honig von der Decke.

22

Ein Wochenende später verwandelte sich Marc in der majestätischen Bergwelt des Urner Schächentals in einen Schamanen und lernte die Naturkräfte kennen, die er in sein Bewusstsein integrieren sollte. «Wir haben die Naturverbundenheit verloren, verschüttet durch die Zivilisationsentwicklung», erklärte ihnen der Neoschamane Carlo Aufderhalden. «Wir lernen im Seminar, die Energien zu erspüren, die hier in der rauen Berglandschaft besonders intensiv fliessen.»

Carlo war ihm auf Anhieb sympathisch. Ein verschmitzter Naturbursche, der die Umgebung nicht nur übersinnlich zu ergründen versuchte, sondern auch die rauen Seiten wahrnahm. Marc fiel auf, dass er keine esoterischen Floskeln brauchte, wenn er seine mystischen Erlebnisse in der Bergwelt beschrieb. Sinnliche Spurensuche in dieser archaischen Landschaft liess er sich gern gefallen. Schliesslich ging für ihn vom Felsen ebenfalls eine besondere Ausstrahlung aus. Vielleicht entdeckst du doch noch deine spirituelle Ader, raunte er sich zu.

Am Abend wärmten sie sich auf einem Felsplateau am Feuer. Der Sternenhimmel war zum Greifen nah. Gegen 22 Uhr ging der Mond zwischen den Gipfel des Gemsfairenstocks und des Clariden auf. Sie sassen schweigend ums Feuer, warfen Bergkräuter in die Flammen und sogen den süsslich-herben Duft ein. Der Mond warf ein fahles Licht an die Felswände, deren Konturen sich schemenhaft abzeichneten. Diese Stimmung hätte er gern mit Meli geteilt. In die feierliche Atmosphäre mischte sich Wehmut.

Die nächste Reise führte ihn ins Appenzellerland. Der Titel des Seminars spukte ihm auf der Bahnfahrt wie ein Refrain durch den Kopf. «Ich und meine transformierte Sexualität.» Als er in St. Gallen angekommen war, summte er den Titel zu einer harmonischen Melodie.

Marc klaubte das Kursprogramm aus seiner Tasche. «Die schöne Hügellandschaft mit ihren weichen Formen ist der richtige Ort für die Entdeckung der spirituellen und erotischen Nischen im eigenen Selbst.» Übersinnliche Poesie. Er war gespannt.

Im Kursraum lagen 19 Matten im Kreis. Die Seminarteilnehmerinnen und -teilnehmer musterten sich unverhohlen. Adam sucht Eva? Oder eher Eva sucht Adam? Vier Männer standen fünfzehn Frauen gegenüber.

Shrila kam in einem gelben, langen Rock und einer grünen Bluse angerauscht. Alle Blicke waren auf die Seminarleiterin gerichtet. Ihr rostblondes Haar wirkte im Gegenlicht der Lampe wie ein Heiligenschein. Um die vierzig, schätzte Marc. Sie füllte den Raum mit ihrer Ausstrahlung bis in die toten Winkel.

Shrila ging von Matte zu Matte und schaute den Teilnehmern tief in die Augen. «Schön, dass du da bist», begrüsste sie alle einzeln.

«Sexualität ist die einzige tiefe spirituelle Kraft, die sich körperlich manifestiert», begann sie. «Sie stellt eine direkte Verbindung zu unserem inneren heiligen Tempel dar. Wer das übersinnliche Geheimnis der Sexualität entdeckt, stösst ein Tor in die kosmische Dimension auf und kommt auf dem Weg zur Erleuchtung schneller voran.»

Shrila setzte sich auf den Stuhl und liess ihre Beine baumeln. «Wir werden uns unserer Geschlechtlichkeit behutsam und mit Respekt nähern.» Sie betonte jedes Wort.

«Wir alle sind einzigartige spirituelle Wesen mit individuellen Seelen, die bei ihrer Wanderung durch die Epochen und spirituellen Sphären verborgene Weisheiten erfahren haben. Heute wollen wir diese ergründen und ein paar weitere Geheimnisse entdecken. Geheimnisse, die tief in unserem Bauch schlummern.»

Shrila schaute erwartungsvoll in die Runde und liess mit der Fernbedienung sanfte Harfenmusik erklingen. «Befreit euch von den engen Kleidern», empfahl sie. Im Nu landeten die Shirts und Hosen neben den Matten.

«Triviale Namen wie Vagina und Glied - eine verbale Ausgeburt der seelenlosen Mediziner - verbannen wir aus diesem Raum. Glied, puhhh, wenn ich nur schon daran denke! Schon fast eine Kriegssprache.» Shrila verzog das Gesicht.

«Wir taufen unsere heiligen Orte Savati und Mumbati.» Sie legte eine bedeutungsschwere Pause ein. «Ich nehme an, dass ihr ahnt, wer von den beiden der Lingam ist.» Sie wartete auf das Grinsen der Frauen.

«Begrüsst eure intimen Freunde, bevor wir uns näher mit ihnen befassen», forderte Shrila die Seminarteilnehmer auf. «Es sind doch unsere Freunde, oder? Vielleicht die besten, die wir haben. Auf jeden Fall die treusten.» Verstohlenes Kichern zeigte Shrila, dass die Aussage ihre Wirkung nicht verfehlt hatte.

«Das Geheimnis des Tantras liegt im spirituellen Orgasmus», nahm Shrila die Meditation wieder auf. «Die tantrischen Meister tasten sich geistig bis zur Schwelle des sexuellen Höhepunktes vor und verharren in der dichten übersinnlichen Atmosphäre. Nun explodiert ihr Kopf förmlich unter dem Gefühlsrausch. Der spirituelle Orgasmus kennt keinen Anfang und kein Ende.» Shrila forderte die Teilnehmer auf, sich allein mit der geistigen Kraft zu stimulieren.

«Ihr seid nun euer Savati oder euere Mumbati», setzte Shrila ihre Unterweisung fort. «Ja, du bist nicht mehr Marc, sondern dein eigener Mumbati. Du verschmilzt spirituell mit ihm und allen Gefühlen, die in schönen Stunden von ihm ausgegangen sind. Ein Grossmeister bringt es zu einem minutenlangen Orgasmus ohne Berührung und Ejakulation. Es soll Yogis geben, die stundenlang durch die unendlichen Weiten der sexuellen Sphäre rauschen können.»

Marc konnte seinen Blick kaum von Shrila lösen, von ihrer unerschütterlichen Überzeugungskraft ging eine eigenartige Faszination aus. Hätte es sich um ein Kolloquium über die Frage des Seins gehandelt, wäre er begeistert gewesen. Oder lasse ich mich lediglich von einer kraftvollen Frau und der erotisierten Stimmung blenden? Marc entschloss sich, die Frage erst in einer Woche schlüssig zu beantworten, wenn Suggestivkraft und vibrierende Gruppenatmosphäre verblasst sein würden.

Die grosse Offenbarung kam aber nicht über ihn. Grobstoffliche Sehnsüchte werden mit übersinnlichen und tantrischen Ritualen überdeckt und spirituell überhöht, glaubte er zu erkennen. Erotik und Mystik lösen Sturzbäche von Adrenalin und Endorphinen aus. Oder stecke ich zu tief in meinem Kopf und zu wenig im Bauch, fragte er sich.

23

Das Telefon riss Marc aus dem Tiefschlaf. «Ich bin's, dein Cousinchen. Endlich erwische ich dich. Schaltest du dein Handy eigentlich nicht mehr ein? Wie wäre es heute Abend bei mir? Du weisst schon: Lasagne.»

«Okay. Aber ich kann nicht allzu lang bleiben. Bin ziemlich beschäftigt.»

«Na hör mal! Du schmeisst den Job und hast keine Zeit? Mit dem Erbe deiner Mutter könntest du dich locker als Frührentner auf dem Sofa einrichten. Der Traum aller gestressten Werktätigen. Doch nein, der Herr ist rastloser denn je.»

Christa wohnte in einem Hexenhäuschen am Waldrand. Pfau Van Gogh stiess einen durchdringenden Warnschrei aus, als Marc die quietschende Gartentür öffnete. Ihr Mischlingshund Leopold sprang an ihm hoch und bellte freudig. Zur Begrüssung leckte ihm das struppige Tier die Hand. Von den Katzen entdeckte Pascha ihn als erster und strich ihm vor der Haustür um die Beine.

Christa drückte ihn an ihren Busen. «Wo hast du dein Temperament gelassen? Ich bin mir andere Begrüssungen von dir gewöhnt», empfing sie ihn und musterte ihn aufmerksam mit ihren runden, braunen Augen, denen nichts zu entgehen schien. Er gab keine Antwort und trat ein.

Auf dem Kachelofen, der mit Kissen übersät war, schliefen drei weitere Katzen. Das grün getäferte Wohnzimmer überquoll vor Nippsachen und Souvenirs aus asiatischen Ländern. «Es fehlen nur noch die Kristallkugel, die Krähe auf der Schulter und der Besen …»

«... ich weiss, ich weiss, ich bin eine Kitschtante», fiel sie ihm ins Wort, «aber nur, was das Wohnen betrifft. Du kennst mich ja, ich bin weder eine Hexe noch eine Eso-Tussi», betonte sie und schaute ihn herausfordernd an. «Mir liegt Nietzsche näher als ein Sri Irgendwas.»

Aus der Küche kam der Duft einer raffinierten Gewürzmischung. «Auch wenn ich wie eine Waldhexe lebe, bin ich geerdet», wehrte sie sich sie, als er ihr schnuppernd in die Küche folgte. «Du weisst, dass mich meine Arbeitskolleginnen im Stadthaus eine Emanze schimpfen.»

Sie schöpfte seinen Teller randvoll. «Deine schlotternde Hose sagt mir, dass Essen im Moment nicht deine Lieblingsbeschäftigung ist», tadelte sie ihn. «Du fällst aus dem Leim, mein Lieber. Meli?»

Marc tat, als habe er die Frage überhört. Er liebte ihre schnörkellose, unbekümmerte Art, die Welt zu sehen und zu erklären. Sie kannte kein Erbarmen, weder mit sich noch ihrer Umgebung. Doch wenn sie sich festbiss, war sie ein Ekel. Dann gab es kein Entrinnen, auch wenn die Schmerzgrenze erreicht war. Wirklich böse konnte er ihr aber nicht sein, dafür war sie viel zu liebenswürdig.

Christa langte herzhaft zu und schob eine üppig beladene Gabel in den Mund.

«Du weisst, dass ich Leute mag, die mutige Entscheide fällen. Aber nur bei klarem Verstand. Du kannst dein Leben nicht wegen Liebeskummer auf den Kopf stellen. Verliebte müsste man in eine Quarantäne stecken. Und Gehörnte sind erst recht von Sinnen. Sie gehörten in eine Ausnüchterungszelle.»

«Du bist gnadenlos. Nur weil ich nicht der Norm des fleissigen Lohnempfängers entspreche, bin ich noch lang kein Monster, vor dem du die Menschheit schützen musst.»

Christa hielt inne und beobachtete ihn scharf.

«Du hast Angst vor dem Gewöhnlichen, dem Alltäglichen. Vergiss nicht, dass der Über-lebenstrieb darauf angelegt ist, mit möglichst geringem Widerstand eine grosse Wirkung zu erzielen. Doch du verpuffst

Energien auf Schauplätzen, auf denen höchstens ein Blumentopf mit verwelkten Geranien zu gewinnen ist.»

Christa machte eine Pause und fuchtelte mit der Gabel in der Luft herum. «Unser Leben ist zu achtzig Prozent Natur. Malochen, putzen, kochen, essen, schlafen. Vielleicht zwanzig Prozent sind Kultur. Doch du stellst das eherne Gesetz auf den Kopf.»

Marc schaute sie misstrauisch an. «Du bist eine hoffnungslose Kulturpessimistin. Auch die Natur ist von geistigen Kräften durchdrungen. Und wir können uns selbst beim Liebemachen zivilisiert verhalten.»

«Hört, hört, der Weltverbesserer spricht!» Christa setzte eine verächtliche Miene auf.

«Musst du immer das letzte Wort haben?»

«Nur wenn das zweitletzte einen Widerspruch provoziert.» Triumphierend hob sie den Kopf und lächelte ihn schelmisch an.

Er wischte sich mit der Stoffserviette den Mund ab und legte sie genervt auf den Tisch.

Christa liess nicht locker: «Du weisst, dass ich dich mag. Deshalb muss ich noch zwei, drei Gedanken loswerden, sonst kriege ich einen Kropf. Dich hat die Liebe aus der Bahn geworfen, und jetzt gibst du dem Leben die Schuld. In deinem gekränkten Stolz willst du dich an der Welt rächen. Doch die Rechnung geht nicht auf, denn du bestrafst nur dich selbst.»

Sie hielt inne und verscheuchte mit der Hand eine Fliege, die sich auf den Rand der Salatschüssel gesetzt hatte.

«Wir alle suchen nach Liebe, Anerkennung und Respekt», fuhr Christa fort. «In dieser Reihenfolge. Enthusiasten ganz besonders. Wenn du glaubst, du könntest dich aus dem Umzug klinken, bestraft dich die Natur.»

Christa nahm Pascha auf ihren Schoss und kraulte ihn hinter den Ohren.

«Du bist kein Yogi, der zehn Jahre lang auf einem Baum sitzen oder einem Bein stehen kann. Eher gehe ich mit meinen 30 Kilogramm Übergewicht durch ein Nadelöhr.»

Marc hob trotzig den Kopf: «Und was ist mit den geistigen und spirituellen Kräften? Unserem Bewusstsein? Der Somatik?»

«Ach du liebe Scheisse! Hat es dich etwa auch erwischt?»

Er warf die Arme in die Luft. «Du bist extrem in deinem Urteil.»

«Aus dir spricht Meli. Oder du sprichst über mich mit ihr. Ich eigne mich nicht als Projektionsfläche. Mir gefällt die Rolle als Spiegel besser.»

«Du bist ein Vernunftsmonster», brauste er auf. «Wir sind vielfältigen Einflüssen ausgesetzt und haben ein breites Sortiment an Instrumenten und Sensorien, um Erkenntnisse und Erfahrungen zu machen.»

«Oh ja, ich weiss. Da sind auch die spirituellen und übersinnlichen. Dumm nur, dass sie noch keiner gesehen oder gemessen hat ...»

«... deshalb möchte ich ergründen, ob alles nur virtuell ist.» Er machte eine Pause und setzte eine trotzige Miene auf.

«Steht deine Höllenbahn also bereits auf der Schiene? Na, dann gute Fahrt. Ich weiss, dass es bei dir sinnlos ist, die Notbremse zu ziehen.»

«Wart's ab, ich werde dir beweisen, dass es auch ein Retourticket gibt.» Er versuchte, ein verschmitztes Lächeln aufzusetzen, doch Christa quittierte es mit einem abschätzigen Blick.

«Und, wohin geht die spirituelle Reise?»

«Es ist noch zu früh ...»

«... was sind denn dies für Manieren? Frisst meine Lasagne und macht auf Geheimniskrämerei? Geht gar nicht, mein Lieber. Das muss eine Geheimmission der gröberen Art sein.»

Für einen Moment wurde es still im Hexenhäuschen. Marc wagte nicht, den Blick zu heben. Er spürte, dass Christas Augen auf ihm ruhten. Demonstrativ streichelte er Pascha, der es sich auf seinen Oberschenkeln bequem gemacht hatte.

«Halb so wild», meinte er schliesslich, «ich will nur nicht darüber reden, bevor ich weiss, ob es funktioniert.» Er schaute auf die Uhr und beförderte Pascha mit einem sanften Schups auf den Boden.

«Okay, ich habe verstanden, auch wenn es mir verdammt schwerfällt, deine Geheimniskrämerei zu akzeptieren», antwortete Christa und stand auf.

«Ich hoffe, dass mich meine Intuition für einmal im Stich lässt», sagte sie ihm beim Abschied.

«Du weisst, wo es Lasagne gibt, wenn du dich im spirituellen Kosmos verlierst.»

24

Marc buchte mit gemischten Gefühlen das Lichtnahrungsseminar von Ellen Greve. Das australische Medium mit dem Geistnamen Jasmuheen, Duft der Ewigkeit, versprach ein Leben ohne Nahrungsaufnahme. Nie mehr essen? Ein Morgen ohne Kaffee und Müsli würde ihn in eine mittlere Depression stürzen. Er fragte sich, was Lichtesser machen, wenn sie verliebt sind. Die Nachtessen beim Inder mit Meli hatten zu den schönsten Momenten gehört.

«Statt unseren Körper mit belasteten Lebensmitteln zu verunreinigen und den Magen zu drangsalieren, werden wir uns in Zukunft vom segensreichen kosmischen Licht ernähren», eröffnete Jasmuheen den Kurs. Die attraktive Blondine unterstrich ihre überschwänglichen Worte mit ausladenden Gesten und einer bedeutungsschweren Mimik.

«Ein Gewinn für die spirituelle Entwicklung und den Geldbeutel», ergänzte sie augenzwinkernd. «Ihr könnt die Küche stilllegen und viel Zeit sparen. Bei mir funktioniert das schon seit elf Jahren. Nie mehr Gemüse rüsten und Geschirr spülen!» Jasmuheen machte eine Handbewegung, als schmeisse sie die Küchenutensilien aus dem Fenster. «Ausserdem wäre der Lichtnahrungsprozess ein effektives und günstiges Rezept gegen den Welthunger.»

Die 25 Kursteilnehmer brachen in schallendes Gelächter aus.

«Wir müssen lernen, unseren Körper zu transformieren, damit er keine Nahrung mehr braucht, sondern die Lebensenergie wie eine Pflanze aus dem kosmischen Licht beziehen kann», fuhr Jasmuheen fort. «Wenn wir fasten, meditieren und spirituelle Energien aufnehmen, verändert sich die DNA-Struktur, die Zirbeldrüse wächst an, und der Stoffwechsel stellt sich rasch um.»

Für die erste Woche verordnete Jasmuheen eine radikale Diät. Flüssige wie feste Nahrung seien tabu. Der Speichel werde ausgespuckt. Ein Problem, das sich spätestens nach drei Tagen von selbst löse, fügte sie mit einem breiten Grinsen an.

In den Wochen zwei und drei dürften sie wieder Flüssigkeiten zu sich nehmen, aber weiterhin keine feste Nahrung. Wenn der Prozess abgeschlossen sei, sollten sie es schaffen, nicht mehr essen zu müssen.

Nach zwei Tagen klebte Marcs pelzige Zunge am Gaumen, am dritten Tag begann er zu halluzinieren. Die kompromisslose Askese kam ihm unheimlich vor. Haut und Hirn schienen ausgetrocknet. Am fünften Tag sagten ihm Intuition und Vernunft, seinem Körper zu geben, wonach er schrie. Rasch öffnete er den Wasserhahn im Bad und trank in kleinen Schlucken.

Ihm war, als hätte er eine psychedelische Droge geschluckt.

Am Abend des sechsten Tages schlich Marc aus dem Kurslokal und suchte ein Restaurant. Im *Weissen Rössli* bestellte er ein Rindsfilet mit Gemüse und Nudeln.

Nach den ersten Bissen, die ihm wie eine Erlösung vorkamen, bereitete ihm das Schlucken plötzlich Mühe. Der Magen ist doch nicht schon geschrumpft? Er ass langsam und kaute jeden Bissen intensiv. Trotzdem musste er die Hälfte stehen lassen. Er ging zurück ins Kurslokal und packte seine Tasche.

25

Nach einem halben Jahr beendete Marc seine Tour durch die Kurshäuser, Vortragssäle und spirituellen Zentren. Er hatte sich oft wie ein Traumwandler zwischen zwei Welten gefühlt. Das spirituelle Vokabular kam ihm schon recht vertraut vor, und er ahnte, wie sich die Sehnsüchte der esoterischen Sucher entwickelten. Ihre Hingabe und Überzeugung beeindruckten ihn, ihr unerschütterliches Vertrauen in die geistige und übersinnliche Welt berührte ihn eigenartig.

Die Zertifikate und Urkunden der Kurse und Seminare füllten einen halben Ordner. Als er die Quittungen bündelte, erschrak er. Fast 15'000 Franken hatten seine Ausflüge ins übersinnliche Reich gekostet.

Meli hatte sich nicht mehr gemeldet, sie blieb aber Dauergast in seinen Träumen. Er liess ihr alle zwei Wochen drei weisse Rosen schicken.

Die Workshopleiter hatten immer wieder von ihren spirituellen Erfahrungen in fernöstlichen Ashrams, Tempeln und spirituellen Zentren berichtet und dabei ein besonders andächtiges Publikum gefunden. Höhere Weihen erhalten vor allem jene, die den Stallgeruch bekannter Meister und Gurus verströmen, hatte er erkannt. Initiation bedeutete Renommee. Ich kann nicht auf dem halben Weg stehen bleiben, entschied er.

Tagelang surfte er im Internet und brütete über den Karten. Die exotische Welt der Gurus und Ashrams, die in den Texten und Bildern auf ihn einströmten, berührten ihn eigenartig, sie beflügelten aber auch seine Fantasie. Er ahnte, was ihn erwartete, er konnte sich aber nicht vorstellen, wie er auf die Parallelwelt reagieren würde, in der alles sanft und harmonisch zu sein hatte.

Er heftete eine Weltkarte an die Wand des Schlafzimmers. Die erste Nadel steckte er bei Schottland ein. Er wollte sich im Meditationszentrum Findhorn aufwärmen und fit machen für die Ziele in Übersee.

Mit Wehmut schnitt er sich die Haare kurz und kaufte eine weisse Hose und ein luftiges beiges Hemd. Seine Metamorphose wollte er auch nach aussen sicht- und spürbar machen. Nicht für die Umwelt, sondern für sich selbst. Er musste den Identitätswechsel auch optisch erleben. Als er sich im Spiegel betrachtete, kam er sich verkleidet vor. Denk an Meli, mahnte er sich und wandte sich ab.

Kursteilnehmerinnen hatten ihm oft von Findhorn, der abgelegenen spirituellen Gemeinschaft im Norden von Schottland, erzählt. Dort könne er erleben, wie die spirituelle Energie in die grobstoffliche Welt wirke. Zum Beispiel an den Kohlköpfen. Genauer: An den grossen Kohlköpfen, die die Gemeinschaft anpflanze. Denn ihr Gemüse wachse in den Himmel. Die spirituelle Kraft und die Naturgeister seien der beste Dünger, der die Pflanzen in übersinnliche Höhen treibe. Der Umfang der Kohlköpfe sei monströs. Das grösste Exemplar habe 40 Kilogramm auf die Waage gebracht. Marc nannte Findhorn Cabbagevillage.

Aber auch Gott habe seine Finger im Spiel, wenn die Kohlköpfe Schicht um Schicht an Umfang zulegten, erzählten ihm die Meditationsschülerinnen.

Das Naturwunder entdeckte Eileen Caddy, die 1957 mit ihrem Ehemann Peter unweit von Findhorn ein Hotel gekauft hatte, erfuhr Marc bei seinen Recherchen. Eines Tages vernahm sie eine Stimme. So zumindest erzählte sie es bei einer Meditation. Die Stimme Gottes, wie sich herausstellen sollte.

Von diesem Zeitpunkt an war Gott ihr treuer Begleiter. Er sprach sie jeweils als *liebes Kind* oder *meine Liebe* an. Seither wachsen die Kohlköpfe zu Monsterkugeln heran.

Die Stimme Gottes sei in jedem Menschen und jedem Wesen verborgen, verkündete Eileen. Sogar in allen Dingen. Also auch im Gemüse. Hören könnten die göttliche Stimme aber nur spirituelle Sucher, die in der Stille der Meditation verharrten, erklärte sie.

«Wer sich aber meditativ auf diesen Urgrund alles Seienden einstimmt, der findet zur Quelle der Kreativität. Er wird zum Mitarbeiter im Schöpfungsprozess. Er führt zusammen mit den göttlichen Kräften die ihn umgebende Welt in neue, dem Ahnungslosen unerreichbare Dimensionen. Und er hilft in letzter Konsequenz auch der seelenlosen, gottfernen und naturfeindlichen Zivilisationen der Gegenwart in die Ganzheit zurückzufinden, die sie zum eigenen Überleben dringend braucht», las Marc.

Bei seiner späten Ankunft in Findhorn wurde er gleich in den Speisesaal gebeten. Der Empfang war herzlich. Alle Besucher und Mitarbeiter drehten ihre Köpfe und nickten ihm freundlich zu. Mehrheitlich ältere Semester sassen an den langen Tischen, die meisten Stühle waren leer. Die goldenen Zeiten sind offenbar vorbei, ging es Marc durch den Kopf.

Die biedere Atmosphäre erinnerte ihn an ein Altenheim. Ein grosser, hagerer Mann, der seine langen, grauen Haare hinten zusammengeknöpft hatte, stand auf und stellte sich als Jürgen vor. Er werde ihn auf seinem Einführungskurs begleiten. Leider sei er momentan der einzige Teilnehmer.

Jürgen, Marc schätzte ihn auf 50, wirkte mit seiner tiefen Stimme und der gemächlichen Redensart sympathisch.

Am anderen Morgen begann der Kurs mit dem Eintrittsgespräch. Jürgen fragte ihn nach seinen spirituellen Erfahrungen und seiner Motivation, das übersinnliche Bewusstsein zu entwickeln. Er stecke in einer Krise, antwortete Marc.

Krise? Privat, beruflich? Scheidung oder so?

Trennung, gab Marc zu verstehen. Seine knappen Antworten schienen Jürgen zu missfallen.

Nach der Befragung wollte Marc von Jürgen wissen, ob er ebenfalls die Stimme Gottes vernehmen könne.

Er dürfe die Geschichte nicht allzu eng auslegen, mahnte dieser. Der Alltag in einer spirituellen Gemeinschaft sei nicht immer spektakulär.

Jürgen knotete seine Haare neu. Seine Geduld schien erschöpft. Wichtig sei die geistige Entwicklung, sagte er und beendete das Gespräch abrupt. Marc hatte den Eindruck, er habe seine geistige Harmonie aus dem Takt gebracht.

Nach dem Mittagessen machte Marc einen Spaziergang in der ausgedehnten Gartenanlage. Nur ein kleiner Teil der Gemüsebeete war bepflanzt. Zerfallserscheinung, fragte er sich. Die Kürbisse, Zucchetti, Gurken und Auberginen hatten zwar beträchtliche Umfänge, aussergewöhnlich gross waren sie aber nicht. Der Pioniergeist schien erloschen, die überalterte Gemeinschaft wirkte behäbig. Vermutlich unterliegen auch spirituelle Ideen und Rituale der Macht der Routine, vermutete er. Diese Erkenntnis bewog ihn, vorzeitig abzureisen. Zum Leidwesen der älteren Damen, die ihn beim Abschied herzlich an ihre Brust drückten.

Die zweite Station lag weit draussen im Atlantik. Die dunklen vulkanischen Felsen von Lanzarote waren ihm als besondere Kraftorte gepriesen worden. Ausserdem liege das mythenumwobene versunkene Atlantis vor der Küste Lanzarotes und präge die aussergewöhnliche spirituelle Atmosphäre. Deshalb hätten sich auf den Kanarischen Inseln verschiedene Zentren und spirituelle Gemeinschaften angesiedelt.

Marc besuchte mehrere Seminare und Workshops, hielt es aber nirgends länger als zwei Tage aus. Die Meditationen unterschieden sich kaum von den Seminaren zu Hause.

Nach drei Wochen langweilte er sich. Nichts Neues unter der esoterischen Sonne, erkannte er und machte sich auf in die USA.

In New York rief Marc vom Flughafen aus das Meditationscenter der Sri Chinmoy-Bewegung an. Er hoffte, gleich in den Ashram eintreten und eine Hotelnacht sparen zu können. Er müsse das Formular im Internet ausfüllen, verlangte eine Nonne mit einem ausgeprägten englischen Akzent. Innerhalb von 24 Stunden erhalte er ein Bestätigungsmail.

Wie bitte, gab er leicht gereizt zurück, konnte sich aber einen weiteren Kommentar im letzten Moment verkneifen.

Missmutig bestieg er den Bus nach Manhatten. Er hasste Fahrten vom Flughafen in die Zentren. Nach langen Flügen verzögerte sich die Ankunft auf der Fahrt durch meist gesichtslose Aussenquartiere.

Auf der Suche nach einem Hotel stach ihm an einer Kreuzung ein Flugblatt mit dem Charakterkopf von Sri Chinmoy in die Augen, das an einem Kandelaber prangte. «Meditiere mit uns, und Du wirst fähig, Dir ein neues Leben zu kreieren», las er. Höhere Fügung oder Zufall? Marc war überrascht, dass er sich diese Frage stellte.

Er quartierte sich im nächstbesten Hotel ein und legte sich ohne Nachessen ins Bett. Am anderen Morgen fand er in der Mailbox die Erlaubnis, ins Center eintreten zu dürfen.

«Margarete», stellte sich die drahtige, blonde Norwegerin mit dem neckischen Grübchen im Kinn vor. Das Chinmoy-Center war spartanisch eingerichtet. Der Guru war omnipräsent. Bilder zeigten ihn beim Laufen, Singen, Cellospielen, Gewichtheben und in der Pose des Gurus.

«Unsere Meditation ist so vielfältig wie die Begabungen unseres Meisters», erklärte sie, als sie seinem Blick folgte. «Wir integrieren musische und körperliche Aktivitäten in unsere Meditationsübungen», klärte sie ihn auf, als sie ihn durch das Center führte. Dominiert wurde es von einem grossen Raum für Versammlungen und Meditationen. In einer Ecke standen mehrere Fitnessgeräte, Hanteln und Matten.

Auf ihrem Rundgang huschten ein paar in weisse indische Roben gekleidete Gestalten lautlos vorbei und nickten ihm zu. Ihm schien, als komme ihnen ihre eigene Existenz als Zumutung vor, als wären sie am liebsten unsichtbar. Die Auflösung des Ich im spirituellen Kosmos, fragte er sich.

Sie habe ihr Morgentraining noch nicht absolviert, er könne gleich mitkommen, schlug Margarete vor. Normalerweise würden sie ihre Aktivitäten getrennt nach Geschlechtern durchführen, doch bei neuen Schülern dürfe sie eine Ausnahme machen.

Margarete legte ein flottes Tempo vor, als sie durch die Schluchten von Manhatten rannten. Ihr eleganter und ergonomischer Laufstil verriet ihm, dass sie viele Kilometer in den Beinen hatte. Nach zehn Minuten bogen sie in einen Park ein. Sie müsse heute nach Trainingsplan zehn Kilometer trainieren, denn sie laufe am nächsten Sonntag einen Marathon, erklärte sie und nannte den Wettkampf eine dynamische Meditation.

Sie lerne dabei, mit Hilfe der spirituellen Energie Grenzen zu überwinden. Laufen sei auch ein Weg zur Selbsterkenntnis. Wenn mehr Menschen bei ihnen meditieren und sich körperlich überwinden würden, entstünde Harmonie und Frieden in der Welt. Sie würden in ihren 400 Zentren in über 60 Ländern hart daran arbeiten und viel Frondienst für eine bessere Welt leisten.

Bei der Einführung in die stille Meditation erklärte ihm Margarete, sie würden stets auf das Bild ihres Meisters meditieren, der die göttliche Energie verkörpere. Seit Sri Chinmoy seinen grobstofflichen Körper abgelegt habe, sei der geistige und spirituelle Kontakt mit ihm noch wichtiger.

«Die Konzentration liegt auf dem Herzzentrum», fügte Margarete an. «Du kannst dir Sri Chinmoy auch als die allumfassende Energie vorstellen.»

Ziel sei es, die eigene Göttlichkeit zu wecken und zu entwickeln. Dazu gehörten auch körperliche Übungen, wie zum Beispiel jeden Tag einen Kilometer rückwärts hüpfen.

«Welche Stellung hat Chinmoy in der göttlichen Hierarchie?», fragte Marc. Margarete war überrascht und musterte ihn.

Sri Chinmoy habe sich freiwillig in einen menschlichen Körper inkarnieren lassen und das Leiden eines Erdenlebens auf sich genommen, um der Menschheit seine erlösende Meditationstechnik zu vermitteln, dozierte Margarete. Als erleuchteter Lehrer sei er im Besitz des universellen Bewusstseins. Bei diesen Aussagen glänzten ihre Augen.

Sie verdanke ihm alles, was sie ausmache, erklärte sie. Auch sonst sei er ein Genie gewesen. Er habe in kürzester Zeit Hunderte Bücher und Tausende Musikstücke geschrieben und Bilder gemalt. Einmal habe er in einem Jahr 100'000 künstlerische Werke geschaffen. Auch sportlich sei er eine Ausnahmeerscheinung gewesen. Er habe dank seiner spirituellen Energie einarmig 3500 Kilogramm stemmen und sogar einen Elefanten hochheben können. Marc verkniff sich eine Bemerkung.

Er übte sich täglich mit einer kleinen Gruppe erfahrener Chinmoy-Anhänger in den verschiedenen Formen der Meditation. Die Atmosphäre wirkte bedrückend auf ihn. Gesprochen wurde wenig, meist nur über organisatorische Dinge. Lachen störte die Konzentration. Selbstkontrolle war die höchste Tugend. Lebensfreude schien die spirituelle Entwicklung zu bremsen.

Die Askese zog sich durch den ganzen Tag. Sie begann mit der Morgenmeditation um vier Uhr. Seine Konzentration bestand hauptsächlich darin, wach zu bleiben. Dazu zählte Marc auch das Zölibat. Er hätte Margarete gern gefragt, ob Chinmoy eifersüchtig auf verliebte Nonnen und Mönche gewesen wäre, weil sie ihm einen Teil ihrer Aufmerksamkeit entzogen hätten. Doch er verkniff sich die Frage, um nicht ihren Argwohn zu wecken.

Nach fünf Tagen schien Marcs Geist zu erlahmen. Das Leersein zeigte Wirkung. Die Lebensfreude hatte sich heimlich davongeschlichen. Margarete war konsterniert, als er ihr mitteilte, nicht gemacht zu sein für das entbehrungsreiche Mönchsdasein nach den Regeln von Chinmoy. Er habe doch so hingebungsvoll meditiert und so viel Achtsamkeit entwickelt, sagte sie. Sie habe auch seine geistige Verbindung zu ihrem Meister gespürt.

«Ihr sperrt das Leben aus, und Sri Chinmoy besetzt euer ganzes Bewusstsein», antwortete er und packte seine Sachen. «Schade um dich», fand er ihr beim Abschied. «Dein Guru raubt dir die Freiheit und fast alles, was dich ausmacht …»

«… schweig sofort, du entweihst unseren heiligen Tempel», herrschte sie ihn an und flüchtete in den Meditationsraum.

Draussen atmete Marc tief ein. Er hatte nicht gewusst, dass mit Abgas geschwängerte Luft ein Gefühl der Freiheit vermitteln kann. An der nächsten Strassenecke entdeckte er ein Esslokal. Obwohl er selten Fleisch ass, bestellte er ein Steak.

Kaum hatte er sich gesetzt, betrat ein Mann das Lokal und kam direkt auf ihn zu. Der Fremde stellte sich als Peer vor. Marc musterte ihn. Es sei ihm unangenehm, sagte Peer mit englischem Akzent, doch er würde ihn gern fragen, welche Beziehung er zum Chinmoy-Center pflege.

Marc stutzte. Peer wirkte aufgeregt, aber vertrauenswürdig. «In keiner», antwortete er schliesslich.

«Ich bin nicht gern aufdringlich, doch es würde mir helfen, wenn ich wüsste, weshalb du im Ashram warst.»

«Hast du mich etwa beschattet?», fragte Marc.

«Nein, nein, es geht nicht um dich, sondern um eine Nonne.»

«Ach so? Du bist der Bruder von Margarete.»

Peer zuckte zusammen.

«Du gleichst ihr», fügte Marc an.

Peer atmete erleichtert auf. «Du hast sie also gesehen?»

«Ich habe mich soeben von ihr verabschiedet.»

«Dann ist sie also wirklich hier?», fragte Peer mehr zu sich selbst als zu Marc und stiess einen Seufzer aus.

«Wieso überrascht dich das? Sie ist doch deine Schwester.»

«Zwillingsschwester», präzisierte Peer.

«Nun verstehe ich gar nichts mehr», stellte Marc fest. «Gehe doch rüber und läute an der Tür des Centers.» Er schaute Peer verständnislos an.

«Ich wusste ja nicht, ob sie hier ist.»

«Was ...?»

«... sie hat uns nicht verraten, wo sie sich befindet.»

«Das ist nicht dein Ernst!»

«Doch. Ich erzähle es dir gern, doch kannst du mir vorher verraten, weshalb du fünf Tage lang hier warst?» Peer lächelte gequält.

«Liegst du etwa schon so lang auf der Lauer?»

«Nicht pausenlos», gab Peer leicht beschämt zurück.

«Ich habe mich aus Neugier als Meditationsschüler ausgegeben.»

«Bist du etwa Journalist?»

«Nein, ich recherchiere privat, doch das ist eine lange Geschichte.»

«Da bin ich beruhigt. Ich befürchtete, du seist ein Mönch und könntest mich verraten. Seit einem Jahr haben wir kein Lebenszeichen mehr von ihr bekommen...»

«...du bist hier, um sie zu suchen?»

«Genau. Ich habe ihr leider in einem Moment der Verzweiflung geschrieben, die Chinmoy-Bewegung sei für mich eine Sekte mit einem durchgeknallten Guru. Damit habe ich den Bogen überspannt», schloss Peer und kämpfte gegen die Tränen an.

«Weshalb hast du sie trotzdem hier vermutet?», fragte Marc.

«Der letzte Brief war in New York abgestempelt. Doch das ist schon fast ein Jahr her, und ich wusste nicht, ob sie noch hier ist», antwortete Peer mit erstickter Stimme.

Der Kellner kam und warf ihnen einen fragenden Blick zu. Marc lud Peer ein, mit ihm zu essen.

«Wieso sucht deine Schwester ausgerechnet bei Chinmoy ihr Heil?», nahm Marc den Faden wieder auf.

Ihre beste Freundin aus der Schulzeit sei nach einer öffentlichen Meditationsveranstaltung der Chinmoy-Leute wie umgedreht gewesen und nach wenigen Monaten ins Zentrum eingetreten. Es sei ihr gelungen, Margarete mit ihrem Meditationsvirus zu infizieren.

Marc schnitt sich ein grosses Stück Fleisch ab, das der Kellner gebracht hatte und kaute es genüsslich. Peer zögerte. «Hast du keinen Appetit?», fragte Marc.

«Ich habe mich monatelang nach diesem Moment gesehnt, nun zittern meine Knie. Ich habe Angst, dass sie mich wegschickt und alles umsonst war.»

Marc nickte und legte Gabel und Messer zur Seite, doch Peer protestierte. «Geniesse dein Steak, du hast es verdient.»

«Du musst sie im Park abfangen, sie trainiert täglich», sagte Marc. «Wenn sie allein ist, sind deine Chancen besser. Sie verlässt das Center durch den Hinterausgang.»

«Wie hast du sie erlebt?», wollte Peer wissen und stocherte mit der Gabel in seinem Teller herum.

«Sie wirkt sehr überzeugt, du darfst dir keine falsche Hoffnung machen.»

«Ich weiss, dass ich sie nicht befreien kann, doch ich muss wieder einmal ihre Stimme hören, sie umarmen. Vielleicht hinterlassen meine Tränen an ihrer Wange Spuren bei ihr. Vermutlich muss ich aus ihrem Mund hören, dass ich in ihrem Leben keinen Platz mehr habe. Vielleicht ist es wie bei einem Unglück: Die Eltern müssen die Leiche sehen, um wirklich zu begreifen, dass ihr Kind tot ist. Auch sie können sonst die Hoffnung nicht begraben, dass alles nur ein böser Alptraum ist. Oder dass ein Wunder alles ungeschehen macht.»

Peer schob mit einer energischen Handbewegung den Teller zur Seite. Um seinen Tränen keine Chance zu geben, fragte er Marc rasch, weshalb er die fünftägige Tortur auf sich genommen habe, wenn er doch keine spirituellen Ambitionen habe.

Marc zierte sich einen Moment und gab sich schliesslich einen Ruck. In knappen Zügen erzählte er seine Geschichte mit Meli.

«Dann sind wir in gewisser Weise Leidensgenossen», stellte Peer fest. «Mit dem Unterschied allerdings, dass du wesentlich bessere Karten hast.»

Marc antwortete nicht, er wollte Peer nicht weiter entmutigen.

Beim Abschied umarmten sie sich spontan. «Du weisst, was ich dir wünsche», sagte Marc.

26

Seine Reise führte ihn weiter zur *Ramthas School of Enlightment* von Judy Z. Knight in Yelm im Bundesstaat Washington. Das amerikanische Medium besass ein international verzweigtes Kursimperium, das Zehntausende spirituelle Sucher in seinen Bann zog, wie seine Recherchen ergeben hatten. Ihr Markenzeichen: kosmische Botschaften, die sie vom Geistwesen Ramtha empfangen will.

Dem bekannten Medium eilte der Ruf voraus, spirituelle Phänomene angeblich mit dem Lügendetektor und neurologischen Experimenten wissenschaftlich beweisen zu können.

Neugierig hatte ihn auch ein Gerichtsverfahren vor dem obersten Gerichtshof Österreichs gemacht. Judy Knight hatte das Copyright auf den Namen ihres göttlichen Avatars Ramtha erkämpft, weil das deutsche Medium Julie Ravell von der Gruppe Lichtoase sich erdreistet hatte, ebenfalls Durchsagen vom gleichen Geistwesen zu empfangen. Seither besass Judy Knight das Exklusivrecht auf Ramtha. Und faktisch auf seine göttlichen Botschaften.

Marc fragte sich, wie es sich wohl anfühlen muss, das geistige Eigentum eines göttlichen Wesens zu besitzen. Ist Ramtha nun verpflichtet, dafür zu sorgen, dass seine übersinnlichen Botschaften nur von Judy Knight empfangen werden können? Kann ein weltlicher Richter überhaupt über ein göttliches Wesen bestimmen?

Vielleicht sollte ich das Copyright auf Gott und Jesus erkämpfen, überlegte Marc. Das wäre ein todsicheres Geschäftsmodell. Jeder Pfarrer löst ein monatliches Abo und kann in den sonntäglichen Predigten die beiden Namen beliebig oft verwenden. Ein solches Monopol würde die Kasse bei ihm im Minutentakt klingeln lassen, und er könnte Inseratekampagnen gegen die fortschreitende Säkularisierung lancieren, um die christlichen Kirchen vor dem Untergang und sein Businessmodell vor dem Ruin zu retten.

Bei seiner Ankunft im Zentrum erklärte ihm die adrette Dame beim Empfang, es starte sogleich eine Vorführung des Films *Who the bleep do we know*. Peggy, wie er dem Namensschild entnahm, empfahl ihm, sich der Gruppe dort drüben anzuschliessen und nachher zur Einschreibung zu kommen. Im Film würden Physiker und Neurologen spirituelle Phänomene wissenschaftlich beweisen. Voll Stolz fügte Peggy an, Schüler von Judy Knight hätten den wertvollen Film produziert.

Marc hatte viel vom Streifen gehört. Kursteilnehmerinnen waren ihm damit an den Seminaren immer wieder in den Ohren gelegen, wenn er kritische Fragen gestellt hatte. Sogar Quantenphysiker würden die spirituellen Phänomene bestätigen, erklärten sie ihm voll Stolz.

Er hatte anfänglich versucht, sie mit ihren eigenen Waffen zu schlagen. Es sei ja das Wesen der Spiritualität, dass sie sich der wissenschaftlichen Denkweise und Überprüfung entziehe. Deshalb sei es paradox, ihr mit der Wissenschaft beikommen zu wollen. Ausgerechnet sie als Esoteriker, die den Wissenschaften mit grosser Skepsis begegnen würden, riefen diese als Zeugen auf, hielt er ihnen jeweils vor. Doch er gab sein Bemühen bald auf, weil sie in ihrem Glauben unerschütterlich waren.

Marc sass gespannt im Vorführraum. Doch der Film machte ihn zunehmend ratlos, denn die Aussagen der Naturwissenschafter waren konzeptlos aneinandergereiht. Ausserdem liessen sie oft einen Bezug zu spirituellen Phänomenen vermissen. Ihm schien, als hätten die befragten Wissenschafter zum Teil keine Ahnung, dass sie als Zeugen für den wissenschaftlichen Nachweis übersinnlicher Phänomene benutzt wurden. Der anhaltende Applaus am Ende der Vorführung machte ihm klar, dass er in der Minderheit war und eine Diskussion sinnlos.

«Nun, wie war der Film», fragte ihn Peggy mit einem Leuchten in den Augen, das eine begeisternde Antwort erwartete.

«Na ja», begann Marc vorsichtig. Soll ich ehrlich sein, fragte er sich. Nein, entschied er, ich will nicht schon am ersten Tag eine Bekehrungslitanei über mich ergehen lassen. «Ich habe mir noch kein Urteil gemacht und muss die vielen Eindrücke zuerst verdauen.»

Peggys Mundwinkel kippten nach unten. «Die Statements der Wissenschafter sind doch eindeutig und glasklar», gab sie säuerlich zurück.

Marc druckste herum. «Vielleicht liegt es daran, dass meine Englischkenntnisse nicht ganz ausreichen, um alle Einzelheiten zu verstehen», wiegelte er ab.

Peggy quittierte seine Antwort mit einem mitleidigen Lächeln und kramte aus einer Schublade ein Formular hervor. «Das musst du unterschreiben, bevor du den Kurs belegen kannst», erklärte sie.

Er warf einen Blick darauf und schaute Peggy fragend an. «Muss ich ein Bekenntnis ablegen?»

«Betrachte es als Vereinbarung. Bei uns gelten gewisse Regeln. Setz dich dort drüben hin und studiere sie.»

Schon der erste Satz machte Marc stutzig. Lehre und Materialien würden dem Urheber- und Markenrecht unterliegen. Er dürfe auch nicht herumerzählen, was er glaube, von Ramtha auf telepathischem Weg, in einem Traum oder durch eine Vision vermittelt bekommen zu haben, las er weiter.

Marc hätte gern gewusst, was für spektakuläre Privatoffenbarungen Ramthas die Kursteilnehmer früher von sich gegeben haben, dass Judy Knight eine solche Massnahme ergreifen musste.

Er müsse das Recht am eigenen Bild abgeben, hiess es weiter. So könnten Aufnahmen, die während den Kursen geschossen worden seien, für Werbezwecke benutzt werden.

Als er zum Desk zurückging, streckte ihm Peggy einen Kugelschreiber entgegen.

«Und wenn ich Widerspruch einlege?», fragte Marc.

Peggy schaute ihn an, als habe sie die Frage nicht verstanden.

«Ich komme als Kunde, doch ihr verlangt Auflagen, die ich als freiheitsliebender Mensch nicht akzeptiere. Es kann doch Judy Knight egal sein, was Ramtha mir zuflüstert.»

Die Halsadern von Peggy schwollen an, das Rouge ihrer Wangen wurde immer röter.

«Unterschreiben oder gehen», forderte sie auf.

«Hoppla», gab Marc zurück, «autoritäre Allüren in einem Meditationszentrum, das Achtsamkeit und Sanftmut lehrt!»

Marc schwang grusslos seinen Rucksack auf die Schultern und machte sich davon.

Draussen setzte er sich an den Strassenrand und hielt den Daumen in die Höhe, wenn eines der raren Autos vorbeifuhr. Er blickte ins Leere und fragte sich, was Meli wohl mit den Rosen machte, die er ihr schicken liess. Vielleicht stellt sie sie auf ihren Sekretär. Oder köpft sie und wirft sie in den Grünabfall, überlegte er.

Er fühlte sich plötzlich einsam und verloren. In der spirituellen Welt schienen alle auf ihr eigenes Wohlbefinden fixiert zu sein. Alles drehte sich um die persönliche spirituelle Entwicklung. Die viel besungene Achtsamkeit galt vor allem den eigenen Wünschen und Bedürfnissen. Die Gemeinschaft, auf die alle so stolz waren, diente primär als Kulisse für die Selbstdarstellung.

Die Erkenntnis half ihm nicht, seine Stimmung aufzuhellen. Er hatte geahnt, dass seine Reise oft entbehrungsreich sein würde, doch mit einer solchen Melancholie hatte er nicht gerechnet. Sie war ihm bisher fremd gewesen.

Mit letzter Kraft stemmte er sich gegen den Drang, zum nächsten Flughafen zu fahren und ein Ticket in die Schweiz zu lösen. Er entschied sich kurzerhand, den Besuch des spirituellen Pionierzentrums Esalen in Kalifornien fallen zu lassen und nach Hawaii weiterzureisen. Er hoffte, sich am Meer und beim Surfen erholen zu können.

Vor der Weiterreise stürzte er sich in Seattle ins Nachtleben. Er sehnte sich nach dem prallen Leben jenseits von organisierter Harmonie und sanftem Wohlbefinden. Es durfte hart und deftig sein. Ein paar Stunden ohne Selbstzufriedenheit und Dauerlächeln. Ohne Duftkerzen und Räucherstäbchen.

Der Chardonnay, den er in einem gediegenen Restaurant zum Nacht-essen trank, schmeckte ihm so gut, dass er ein zweites und drittes Glas bestellte. Mit dem Alkohol, der ihm nach der langen Abstinenz rasch in den Kopf stieg, schien seine Lebensenergie zurückzukommen. Ein mus-kelbepackter Hüne mit afrikanischen Wurzeln lächelte ihm vom Neben-tisch her zu und verwickelte ihn in ein Gespräch.

«George», stellte er sich vor und streckte Marc die Hand entgegen. Er sei Footballspieler im Zwangsurlaub. Marc schaute ihn mit grossen Au-gen an. Er laboriere an einer hartnäckigen Adduktorenverletzung, er-zählte er.

George lud ihn in die Bar nebenan ein. Seine Freundin habe ihn ver-lassen, er halte es momentan schlecht zu Hause aus, erzählte George und prostete ihm mit seinem Whiskyglas zu. In einer blumigen Sprache er-zählte er ihm von seiner blonden Betty, die sich nach fünf Jahren in einen weissen Banker verliebt habe. Er betonte den Satz in einer Weise, die Marc vermuteten liess, dass die Hautfarbe eine Rolle gespielt hatte.

Weshalb es ihn nach Seattle verschlagen habe, wollte George wissen. Eigentlich wollte Marc nur sagen, er sei als Tourist hier, doch die Ge-schichte von George erinnerte ihn zu sehr an Meli. Auch der Whisky löste seine Zunge. So erzählte er ihm in groben Zügen den Hintergrund seiner Weltreise.

«Dann sind wir ja Leidensgenossen», stellte George mit feuchten Au-gen fest und schlug vor, in den Club nebenan zu wechseln. Als Marc auf-stand, musste er sich konzentrieren, um die Kurven um die Tische sau-ber hinzubekommen. Trotz den Erinnerungen an Meli fühlte er sich be-schwingt wie seit Wochen nicht mehr. Das Ohnmachtsgefühl hatte sich in Luft aufgelöst. Oder eher im Geist des Alkohols? Egal, sagte er sich und klopfte George auf die Schulter.

Im Club setzten sie sich an ein kleines Tischchen neben der Theke. Die ganz in glänzendes Metall gehaltene Ausstattung wirkte kalt, erzielte aber mit den verzerrten Spiegelungen eine surreale Wirkung. An der Bar fiel ihm eine grossgewachsene junge Frau auf, die ihre langen Beine über den Barhocker baumeln liess. Ihre fülligen braunen Haare, die einen Teil ihres attraktiven Gesichts verdeckten, erinnerten ihn erneut an Meli. Er konnte die Augen kaum von ihr lösen und wusste nicht, wann er das letzte Mal so viele Gefühle in eine fremde Frau projiziert hatte.

«Hey, gefällt sie dir?», riss ihn George aus den Gedanken. Bevor Marc antworten konnte, ging George zur Brunette. Diese erhob sich spontan und kam an ihren Tisch.

Sie streckte Marc die Hand entgegen und stellte sich als Nancy vor. Als sie ihn fragte, wer er sei, musste er sich zuerst fangen, denn er hatte sich für einen Moment in ihren hellgrünen Augen verloren.

«So, so chocolate, cheese and Matterhorn», neckte sie ihn und gab ein helles Lachen von sich, das Marc animierte, die Phase des freundlichen Smalltalks zu überspringen.

«Lässt du dich immer so rasch von fremden Männern zu einem Drink überreden?», fragte er sie.

«Weisst du nicht, wer dein Saufkumpel ist?», erwiderte Nancy, ohne auf seine Frage einzugehen.

«Oh ja», entgegnete Marc. «George ist eine eindrückliche Erscheinung, die ich lieber zum Freund habe als zum Feind.»

«Schon», ergänzte sie, «doch geh mal mit ihm auf die Strasse, und du wirst erleben, dass er an jeder Ecke um ein Selfie gebeten wird.»

«Musst du es verraten?», sagte George in vorwurfsvollem Ton zu Nancy. «Da habe ich endlich einen Kumpel gefunden, für den ich einfach nur der George bin ...»

«Dann spielst du also in der ersten Mannschaft?», fragte Marc.

«Nur wenn ich fit bin», antwortete George und lachte grollend.

«Oh, sorry», entschuldigte sich Marc, «ich konnte ja nicht wissen, dass du ein Star bist.»

«Ich musste doch meine Ehre verteidigen», flachste Nancy dazwischen, sonst könnte Marc meinen, ich sei ein Flittchen. Er darf doch wissen, dass du mit den Seahawks spielst.»

«Es ist mir eine Ehre», sagte Marc, und deutete eine Verbeugung an. «Die nächste Runde geht auf mich.» Sein Englisch ging ihm immer flüssiger von der Zunge, doch seine Aussprache wurde flüchtiger, was ihm selbst nicht auffiel. Hingegen spürte er deutlich, dass die Welt wieder weich und farbig war.

Nancy erzählte, sie sei Tänzerin und trete in einem Musical auf. Sie wollte von Marc wissen, ob er denn ganz allein durch die Welt reise. Eigentlich müssten sich doch die Frauen darum reissen, ihn zu begleiten.

«Und du?», fragte Marc, als er ihr kurz von Meli erzählt hatte.

«Auch Single», antwortete sie knapp.

Nachdem sie zwei Stunden angeregt geplaudert hatten, lud Nancy George und Marc auf einen Schlummertrunk zu sich ein. Sie wohne gleich um die Ecke.

«Wenn ich euch zwei so beobachte», stellte George fest, «dann ist es wohl besser, wenn ich mich auf den Heimweg mache.» Dabei blinzelte er Marc zu und schlug ihm seine Pranke auf die Schulter.

Vor dem Club umarmten sich die beiden Männer. «Halte die Ohren steif», empfahl ihm George und trollte sich davon.

Marc musste alle Kraft aufbringen, um kontrolliert neben Nancy herzugehen.

Ihr Wohnzimmer war klein, aber geschmackvoll eingerichtet. Ein schwarzes Ledersofa bildete einen farblichen Kontrast zum rostroten Designer-Sessel, auf dem alten, zerfurchten Holztisch stand ein wuchtiger Kerzenleuchter, und an einer hellgrün gestrichenen Wand hing Marilyn Monroe von Warhol.

Er war froh, von den Beinen runterzukommen und es sich auf dem Sofa gemütlich zu machen, während Nancy in der Küche zwei Bierflaschen holte.

«Bewunderst du mein kleines Nest», fragte sie, als sie zurückkam und lächelte schelmisch. Sie wirkte in ihrer direkten Art burschikos. «Gewagt, aber mit Stil», antwortete er. Nancy setzte sich in den Sessel und schlug die Beine übereinander. Sie erzählte von den Machtkämpfen und Intrigen im Ensemble und dem schwierigen Leben, viel unterwegs zu sein und fast jeden Abend auf der Bühne zu stehen.

Plötzlich erhob sie sich und setzte sich im Schneidersitz neben ihn aufs Sofa. In einem Reflex, den er später dem Alkohol zuschrieb, legte er seine Hand auf ihre Schulter. Nancy zeigte keine Regung und plauderte munter weiter. Von seiner Hand breitete sich eine Gefühlswelle in seinem Körper aus. Als Nancy ihren Kopf an seine Schulter lehnte, zuckte er einen Moment zurück, doch gegen die Sehnsucht nach körperlicher Nähe war er schliesslich machtlos.

Er nahm ihren Kopf in beide Hände und schaute ihr tief in die Augen. Sie erwiderte seinen Blick, im dem er kein Zögern und keine Zweifel entdeckte. Sie legte ihre Arme um seinen Hals und zog ihn sanft zu sich. Nachdem sich ihre Lippen gefunden hatten, war es um ihn geschehen.

Als er begann, ihre Bluse zu öffnen, stand sie auf und zog ihn an der Hand hinter sich her ins Schlafzimmer. Sie schubste ihn aufs Bett und zog ihm Schuhe und Socken aus. Was dann geschah, wusste er nicht mehr. Er versank in einer Art Trance, in der die Welt stehen blieb und sich der Verstand davonschlich.

Nachdem der Rausch verklungen war, stand er auf, zog sich an und flüchtete aus der Wohnung von Nancy. Unter der Tür blieb er stehen und sagte: «Es hat nichts mit dir zu tun.»

Marc brauchte mehrere Tage, bis er sich wiedergefunden hatte. Ihm schien, als sei etwas in ihm zerbrochen. Er hatte sich im Hotelzimmer eingeschlossen und einen inneren Kampf ausgefochten. Schliesslich entschied er sich, seine Reise fortzusetzen und nach New Delhi zu fliegen.

Lärm, Schmutz, Gestank und Verkehrschaos im Zentrum der Millionenstadt zogen Marc in den Bann. Er hatte schon viel über das Leben in den indischen Städten gelesen, doch wenn die vielfältigen Eindrücke real auf die Sinne treffen, werden die Vorstellungen zur blassen Idee, erkannte er schon nach kurzer Zeit.

Auch wenn die Armut unübersehbar war, fühlte er sich auf Anhieb wohl. Das ungeschminkte Leben umfing ihn wie eine zweite Haut und drang durch alle Poren. Er bedauerte, nur vorn Augen zu haben.

Pete, den er in einer heruntergekommenen Pension traf, gab ihm die Adresse eines Klosters von Varanasi. Dort gehe es richtig zur Sache, erklärte ihm der Engländer. Es brauche viel Wille und Ausdauer, um die Meditationen zu bestehen. Mehr wollte ihm Pete nicht verraten.

Die Fahrt zur heiligen Stadt am Ganges im klapprigen Bus, der nach seiner Einschätzung mindestens 50 Jahre und über eine Million Kilometer auf dem Buckel hatte, war eine Geduldsprobe. Der Chauffeur brauchte für 100 Kilometer vier Stunden. Das lag weder an ihm noch am Bus, sondern am chaotischen Verkehr. Hatte er in einem Elefantenrennen endlich einen überladenen LKW überholt, stand sicher hinter der nächsten Kurve ein Mann am Strassenrand, der mitgenommen werden wollte. Obwohl der Bus schon hoffnungslos überfüllt war, hielt der Fahrer dienstfertig an. Und schon krochen sie wieder hinter dem Laster her.

Beim Empfang im Kloster drückte ihm ein junger Mönch die Hausordnung in die Hand. Sprechen sei zwischen Sonnenaufgang und Sonnenuntergang verboten, las Marc. Tierische Produkte, Kaffee und Schwarztee ebenfalls. Er musste Lederschuhe und Gürtel abgeben.

Die Mönche würdigten ihn keines Blicks und liefen mit steinernen Mienen durch das Gelände des alten Klosters, das aus einem grossen, offenen Meditationssaal aus dunklem Holz und einem Schilfdach bestand. Im Nebengebäude war die Küche untergebracht, in der es nach offenem Feuer und Curry roch. Die Wände waren so schwarz wie der Boden der Pfannen. Angebaut war der zweistöckige Schlaftrakt. Die Mönche hausten in kleinen Mehrbettzimmern im oberen Stockwerk, die Gäste schliefen im Gemeinschaftsraum auf dünnen Matten im Parterre.

Der Stundenplan begann beim Aufgang der Sonne und endete um 21 Uhr. Zentrales Ritual war die Umrundung der Klostermauern auf den Knien. Marc stutzte. Pete hatte wohl daran gedacht, als er ihm den bedeutungsschwangeren Blick zugeworfen hatte. Doch was sollte meditativ an der Schinderei sein, die sie sich morgens, mittags und abends antun mussten? Oder hatte er falsch gelesen?

Das zweite spirituelle Element war die konventionelle Meditation im Gemeinschaftsraum.

«Es ist das gleiche mit anderen Mitteln», hatte ihm Geldün, der Vorsteher des Klosters, beim Eintrittsgespräch gesagt. Sein kahler Kopf mit den tiefliegenden Augen und den markanten Backenknochen erinnerte ihn an einen freundlich lachenden Totenschädel.

Marc fragte sich, wer den Kniegang ausgeheckt hatte. Selbstkasteiung als spirituelles Ritual? Schmerzen, um die Achtsamkeit zu fördern und das höhere Bewusstsein zu erlangen? Oder ein Disziplinierungsinstrument? Er erinnerte sich an sein eigenes Versprechen, sein Hirn temporär abzuschalten und erst hinterher Bilanz zu ziehen.

Marc fasste wortlos die Knieschoner beim Mönch Pandira, dem Feldweibel des Ashrams, und trottete ratlos zum Tor. Nun fiel ihm die Bahn auf, die die Mönche mit den Knien in den Boden gegraben hatten. Schon tauchte der erste Kahlgeschorene auf. Die Kutte hatte er mit einer weiten Hose getauscht. Elegant setzte er eine Hand vor die andere, die Knie folgten synchron. Der Mönch schaute nicht auf, als er an ihm vorbeirobbte.

Die erste Runde brachte Marc in flottem Tempo hinter sich und überholte zwei Mönche und einen Meditationsschüler aus Deutschland. Nach zwei Runden musste er das Tempo drosseln, weil ihn nicht nur die Kniescheiben schmerzten, sondern auch die Handballen brannten. Anfänglich hatte er noch die Schweisstropfen gezählt, die ihm von Kinn und Nase tropften, doch als es vor seinen Augen flimmerte, kam ihn die ganze Gegend wie eine Fata Morgana vor. Bald trocknete die sengende Sonne seine Zunge aus, sein Gehirn begann zu glühen.

Von der anschliessenden Meditation bekam er nicht viel mit.

Beim Nachtessen stellte Marc fest, dass auch das Schweigen Askese sein kann. Er trug sein Herz zwar nicht auf der Zunge, doch es berührte ihn seltsam, stumm das Gemüse-Masala und den Reis zu essen und die Tischnachbarn anzuschweigen.

Seine Knie und Hände schmerzten von Tag zu Tag mehr, und die Hoffnung auf die grosse Eingebung verflüchtigte sich. Der Sinn liegt vielleicht darin, vergeblich nach ihm zu suchen. Er war so mit sich und den

Schmerzen beschäftigt, dass sich bei der Meditation die innere Leere auch ohne Konzentration auf den Atem und den Gedankenfluss einstellte.

Am Abend des fünften Tages kam es ihm vor, als habe sich seine Kniescheibe verschoben und sein Hirn aufgelöst. Oder war es das Bewusstsein? Immerhin spürte er, dass er eine Gelassenheit entwickelte, die er angenehm empfand. Er hoffte, dass es nicht nur Fatalismus war.

Das Leben im Ashram kam ihm monoton vor, auch geistig. Alle Bedürfnisse, die über die spirituelle Ertüchtigung hinaus gingen, wurden ausgesperrt. Es gab nicht einmal einen Erfahrungsaustausch oder eine geistige Unterweisung. «Alles ist in dir angelegt», hatte ihm Geldün gesagt. Marc hoffte, dass nicht die Bequemlichkeit die Mutter des spirituellen Konzeptes war.

Als er nach einer Woche nachts seine Knie massierte, weil er vor Schmerzen nicht einschlafen konnte, stieg die Wut in ihm hoch. Er konnte die Frage, was er hier eigentlich mache, nicht mehr unterdrücken. Ist das nicht blinder Gehorsam und Selbstaufgabe? Den Körper schinden, um spirituell zu reifen?

Der Gedanke brachte sein Blut weiter in Wallung. Er rannte, die Hausordnung missachtend, in den Schlaftrakt der Mönche, klopfte an die Tür des Klostervorstehers und trat unaufgefordert ein. Der Raum war kahl, das Pult übersät mit losen Papieren, an der Wand hing das Porträt seines spirituellen Lehrers. Geldün lag auf seiner Pritsche und schaute ihn zornig an. Mit einer energischen Handbewegung wies er ihn aus dem Zimmer.

Marc liess sich nicht beirren. «Was ich hier mache, ist sinnlos. Und hirnverbrannt», warf er Geldün an den Kopf. «Ich schinde meinen Körper, um spirituelle Erfahrung zu machen. Absurd.»

Der Mönch setzte sich auf und schaute ihn mit grossen Augen an. Dann hob er zu einem grollenden Lachen an.

«Sinn?», fragte er. «Du suchst tatsächlich nach dem Sinn? Was, bitte schön, macht denn im Leben Sinn?»

Marc war perplex. Sein Zorn schlug in Neugier um. Er suchte nach einer Erklärung, doch alle Gedanken blieben irgendwo hängen.

«Ist etwas?», fragte der Mönch und setzte Teewasser auf.

Marc gab Geldün zu verstehen, dass er alles erwartet habe, nur nicht diese Antwort.

«Die Frage nach dem Sinn treibt die Menschen um, wie keine andere», erklärte der Mönch und gab Marc eine Tasse, «doch sie führt uns von uns weg. Wir suchen den Sinn und verlieren das Leben.»

«Aber», wandte Marc ein, «was soll das Leben, wenn es keinen Sinn gibt?»

«Das Sein an sich ist der Sinn des Lebens. Mehr ist da nicht. Wir sind Teil der Natur, und diese fragt auch nicht nach dem Sinn. Sie tut, was sie tun muss: Sich erhalten und vermehren. Wenn du den Sinn krampfhaft suchst, findest du nur die Sehnsucht. Und wenn das Sehnen verblasst, bleibt die Sucht. Diesen Zwang kennen wir nicht.»

Geldün machte eine Pause und strich sich mit der rechten Hand über den kahlen Schädel. «Es gibt also nichts zu suchen, schon gar nicht das Leben. Es wurde dir geschenkt. Oder auch aufgezwungen, denn es hat dich niemand gefragt, ob du das Leben annehmen willst.»

«Warum führst du dann einen Ashram, wenn es ausser dem nackten Leben keinen Sinn gibt?», wollte Marc wissen, der immer noch von Wallungen geschüttelt wurde, die seinen Körper wellenartig ergriffen.

«Um das Leiden zu überwinden, das uns das Leben so schwer macht.»

Nun wurde Marc schwindlig. Rasch setzte er sich auf den Stuhl.

«Und deshalb lässt du uns ,sinnlos‘ um das Gelände robben?» Marc schaute den Mönch entgeistert an.

«Genau. Um das Leiden zu überwinden, müssen wir leiden.»

«Das ist doch ein totaler Widerspruch», warf Marc ein, der seine Sprache wiedergefunden hatte.

«Nur für die, die am Leben kleben. Das Leben ist eine Mühsal. Und wenn es dennoch so etwas wie einen Sinn geben sollte, müssen wir danach trachten, das Schicksal besser zu ertragen.»

«Indem wir uns die Knie wund schürfen?» Marc schaute Geldün ungläubig an.

«So ist es. Wenn das Leid so selbstverständlich wird wie die Freude, realisierst du es mit der Zeit nicht mehr. Dann ist es einfach da, und das ist gut so.»

«Dann sollen wir also lernen, uns an das Leid zu gewöhnen?»

«Richtig. Doch noch wichtiger ist, dem Leiden keine Chance zu geben.» Der Mönch griff nach der dampfenden Tasse und nahm einen Schluck Tee.

«Hast du ein Rezept dafür?», fragte Marc.

«Ja», antwortete der Mönch, «aber es stammt nicht von mir, sondern von Buddha. Der Schlüssel zum leidlosen Leben liegt in der Askese. Wenn du nichts tust und nichts brauchst, gib kein Leiden.» Die Ratlosigkeit, die Marc ins Gesicht geschrieben stand, belustigte den Mönch.

«Es ist ganz einfach: Wenn du dich von der materiellen Welt abkoppelst und keine Bedürfnisse mehr hast, wirst du frei von Ansprüchen und Gier. Wenn du also keine Erwartungen mehr hast, kannst du auch nicht leiden. Dann spielen Vergangenheit und Zukunft keine Rolle mehr, dann lebst du ganz im Moment, im Hier und Jetzt.»

Marc war so aufgewühlt, dass er sich konzentrieren musste, um den Aussagen von Geldün folgen und sie einordnen zu können.

«Dann bist du Mönch geworden, um dem Leiden zu entfliehen?», fragte er schliesslich.

Geldün lachte. «Ich bin ins Kloster gegangen, um Buddha zu folgen. Das anspruchslose Leben habe ich einigermassen geschafft, mit der Askese tue ich mich aber schwer», sagte er mit einem verschmitzten Lächeln und strich mit der rechten Hand über seinen Bauch, der sich unter der Mönchskutte abzeichnete. «Aber das mit dem Leiden funktioniert ganz gut.»

«Und wo hat da die Spiritualität Platz?», wollte Marc wissen.

«Die Meditation hilft uns, die innere Balance zu finden. Als Buddha die Befreiung vom Leiden suchte, meditierte er sechs Jahre lang. Schliesslich gelangte er zur Überzeugung, dass nicht Unheil und Ungerechtigkeit für unser Leid verantwortlich sind, sondern wir selbst. Als hauptsächliche Ursache erkannte er unsere überzogenen Erwartungen und Ansprüche, unsere Sehnsüchte und Hoffnungen. Letztlich unsere Gier. Wenn wir glückliche Momente erleben, möchten wir, dass sie ewig andauern. Und den Schmerz wollen wir sofort abstellen. Beide Wünsche sind unerfüllbar und führen zur Unrast und ständigen Jagd nach der Erfüllung. Die Enttäuschungen produzieren Leid. Die Angst vor dem Leiden wird selbst ein Leiden. Wenn man sich von all diesen Mustern befreit, löst sich das Leiden auf.»

«Das klingt sehr plausibel», platzte Marc heraus. «Trifft dies auch auf die Trauer zu?»

«Ja, sogar ganz besonders. Wenn du einen geliebten Menschen verloren hast, ist der Schmerz besonders gross, und wir wünschen, dass er bald vorbeigeht. Doch diese Sehnsucht verstärkt das Leiden nur noch. Wenn wir es aber annehmen und keine Erwartungen haben, verwandelt es sich. Der Schmerz wird nicht mehr als Leiden empfunden.» Geldün hielt inne und nippte am Tee.

«Ihr kettet euch an die Welt, Besitz und Luxusleben machen euch anhängig», fuhr er fort. «Ihr lebt in dauernder Sorge, etwas zu verlieren. Den Arbeitsplatz, euer Vermögen, das soziale Prestige. Ich besitze nichts, ausser mein Leben und meine menschlichen und spirituellen Erfahrungen. Das ist befreiend. Mein Leben wird zwar immer weniger, doch mein Erfahrungsschatz und die innere Freiheit wachsen weiter.»

Marc hörte dem Mönch wie in Trance zu. Seine Worte entfalteten ein grosse Kraft in ihm. Er hatte sich zwar schon wiederholt mit dem Buddhismus auseinandergesetzt, doch nun erlangte Gautamas Lehre eine neue Bedeutung. Es kam ihm wie eine Erleuchtung vor.

«Was ich noch nicht ganz verstanden habe», warf Marc ein, «wie lösen sich Schmerz und Leiden auf?»

«Wir müsse in der Meditation lernen, alles anzunehmen als das, was es ist. Wir dürfen uns nicht gegen Schicksal und Leid wehren, sonst bleiben wir darin verhaftet. Wir spüren zwar Trauer und Schmerz trotzdem, aber wir leiden nicht darunter. Ähnlich ist es mit der Freude. Wenn sie uns erfasst, klammern wir uns an sie und möchten, dass der Glückszustand ewig anhält. Doch das ist nicht möglich, weshalb die Freude in Enttäuschung umschlägt und uns den inneren Frieden raubt.»

«Sind Entsagung und Askese nicht eine Flucht vor der Realität?», fragte Marc den Mönch und versank tief in den Stuhl.

«Das mag für euch Europäer so erscheinen, doch die Auseinandersetzung mit dem Leid ist ein entscheidender Aspekt des Lebens. Für euch ist die Realität in erster Linie die Welt der Dinge. Ihr glaubt, dass Konsum glücklich macht. Ihr befasst euch vom Morgen bis zum Abend mit der äusseren Welt und assoziiert Leben mit Besitz. Das führt zur Entfremdung.»

Geldün nahm den letzten Schluck Tee und nickte Marc aufmunternd zu. «Ich schlage vor, dass wir uns nun schlafen legen. Komm morgen nach der Meditation wieder zu mir, damit wir besprechen können, was du weiter tun willst. Übrigens verdankst du deine neuen Erkenntnisse dem Knieritual.» Der Mönch zwinkerte Marc zu und lachte schelmisch.

Am andern Morgen war Marc bei der Meditation so konzentriert wie selten. Er sinnierte Themen nach, die ihn bisher kaum interessiert hatten. Oder deren Bedeutung ihm verborgen geblieben war.

Er meditierte vor allem auf die Frage, wie es sich ohne Sinngebung leben lässt. Er hatte immer geglaubt, dass ein Lebenssinn Orientierung bedeuten würde. Doch Geldüns Einstellung zum Leben eröffnete ihm eine neue Perspektive. Er hatte mit der sprichwörtlichen Leere vieler Esoteriker nichts anfangen können, doch plötzlich begann der Begriff in seinem Bewusstsein Raum einzunehmen.

Geldün empfing ihn nach der Meditation herzlich und schenkte ihm Tee ein.

«Liege ich richtig in der Annahme, dass du wenig geschlafen hast und trotzdem nicht müde bist?», fragte der Mönch.

«Macht die ‚richtige‘ Meditation hellsichtig?», gab Marc zurück und lächelte verschmitzt. «Du hast recht, ich brachte kaum ein Auge zu.»

«Dann macht das Umrunden des Ashrams auf den Knien für dich keinen Sinn mehr», entschied der Mönch.

«Was jetzt», begehrte Marc auf.

«Ich verwende dieses Mal den Begriff in eurem Sinn», antwortete der Mönch.

«Du hast mein Weltbild auf den Kopf gestellt. Deshalb wollte ich eigentlich weiter auf den Knien gehen ...»

«... ich spüre, dass meine Worte in dir nachhallen. Deshalb schlage ich vor, dass du austrittst und mich für Unterweisungen besuchen kommst.»

Marc starrte den Mönch überrascht an. «Quasi in Privataudienz?»

«Quasi», gab der Mönch zurück und lächelte.

Marc ging in den Schlafsaal zurück und legte sich auf seine Pritsche. Er fragte sich, ob das alles nur ein Wachtraum ist. Ihm war, als häute er sich geistig.

Nach einer Weile packte er seinem Rucksack und verliess den Ashram. Draussen schauten ihn die Mönche und spirituellen Sucher, die an ihm vorbei robbten, überrascht an. Das Sprechverbot erlaubte ihnen nicht, sich zu erklären und zu verabschieden. Er suchte ein Guesthouse in der Nähe und quartierte sich ein.

Marc besuchte Geldün nun täglich. Der Mönch wies ihn zuerst an, bei der Meditation auf die innere Leere und den Atem zu achten. Als nächsten Schritt musste Marc die Gelassenheit thematisieren. Die Zwillingsschwester der Gelassenheit sei das Loslassen, hatte ihm der Mönch gesagt und beigefügt, er solle sich dabei vor allem an Melanie erinnern. Oder eben nicht.

«Denk daran», mahnte er ihn, «der Trennungsschmerz verschwindet nicht, aber du leidest nicht mehr darunter.»

Die Ausstrahlung Geldüns zog Marc in seinen Bann. Die innere Ruhe und Überzeugung des Mönchs übertrugen sich auf ihn. Er hatte sich das Lehrer-Schüler-Verhältnis autoritärer vorgestellt.

Nach zehn Tagen umarmte Geldün ihn und schenkte ihm ein kleines Amulett mit einem Buddha. «Du kannst nicht Buddha werden», erklärte der Mönch beim Abschied, «das Amulett soll dich aber daran erinnern, dass es sich lohnt, jeden Tag einen kleinen Schritt auf seinem Pfad zu tun.»

Die lange Busfahrt nach Dharamsala zur Exilgemeinde der Tibeter im Norden Indiens war eine Tortur. Er fand keine Ruhe, um zwischendurch zu meditieren, denn auf der Strasse tobte ein gnadenloser Kampf um jeden Meter Asphalt, der ihn in Atem hielt. Wenigstens war er auf der Seite des Stärkeren. Das alte rote Ungetüm eines Busses, in dem er sich durchschütteln liess, wirkte auf die Gegner einschüchternd, weshalb sie auch mal aufs Kiesbett auswichen, um nicht einen Flankenhieb abzubekommen.

Vortritt hatte, wer zuletzt vom Gas ging und die Bremse nur als Notfallinstrument betrachtete, erkannte Marc. Und Notfälle waren höchstens Kühe, die weder Hupe noch Gaspedal besassen.

Die Chauffeure mit den mächtigen Vehikeln schienen die Hupe mit der Bremse zu verwechseln. *Blow horn* stand hinten auf den Lastwagen. Diese Losung war ein ehernes Prinzip, dem alle motorisierten Verkehrsteilnehmer leidenschaftlich gern nachkamen. Machogehabe im Verkehr. Er fuhr jeweils zusammen, wenn ein LKW-Fahrer mit seinem verstärkten Dreiklanghorn die Luft zum Vibrieren brachte.

Höhepunkt der Verkehrsorgie waren die Geisterfahrer, die sehr wohl wussten, was sie taten. Eigentlich wussten sie es nicht wirklich, aber sie taten es im vollen Bewusstsein. Zum Beispiel dann, wenn ihr Dorf auf der falschen Seite der Autobahn lag, und sie den Umweg über die Einfahrt nicht in Kauf nehmen wollten.

Die heiligen Kühe als Geisterfahrer waren da schon eher entschuldigt. Überhaupt liebten sie den Asphalt. In den Städten bevorzugten sie die Strasse als Rastplatz zum Wiederkäuen. Da sie Herdentiere sind, tun sie es gern im Verband. Das Hupkonzert, das sie mit ihrem stoischen Tun provozierten, schien sie nicht im Geringsten zu beunruhigen.

Ihre Assimilation ans Stadtleben faszinierte Marc. Gemächlich pflügten sie sich durch das Verkehrsgewühl. Verstopfte Kreuzungen, in denen auch Radfahrer steckenblieben, waren für sie nicht wirklich ein Hindernis. Selbst die kampferprobten Buschauffeure zirkelten ihre klapprigen Ungetüme vorsichtig um die vierbeinigen Verkehrsteilnehmer herum.

Marc zerrte manchem Rind und mancher Kuh einen Plastiksack aus dem Mund. Die göttlichen Wesen schienen nicht zu begreifen, dass Plastik keinen Nährwert hat und den Magen bedrohlich verstopft.

Besonders schlaue Exemplare der behuften Spezies machten es den Bettelmönchen gleich und zogen von Restaurant zu Restaurant. Hatte der Koch kein Einsehen, stapften sie ins Lokal. Eine wirkungsvolle Strategie, denn nun kam der Kellner mit Gemüseresten angerannt, weil er befürchtete, eine unappetitliche Bescherung aufputzen zu müssen.

Die Toleranz fand einzig bei den Gemüsehändlern ihre Grenze. Der Gemüsemarkt kam ihnen wohl vor wie Kindern eine Märchenlandschaft aus Schokolade und Bonbons. Eine kleine Unaufmerksamkeit des Händlers, und seine sorgfältig drapierte Auslage wies eine Lücke auf, die den Magen der Kuh füllte. Stockhiebe waren ihnen sicher, doch diese schienen sie so ungerührt wegzustecken wie das Hupen der Autos.

Marc hatte genug von Stundenplänen, Hausordnungen und Schlafsälen und leistete sich in Dharamsala ein Hotelzimmer, das ein Sitzklo, ein Bett ohne durchgeknetete Matratze und einen Spiegel ohne blinde Flecken hatte. Er wollte für ein paar Tage in den indischen Alltag eintauchen, ohne sich an Meditationszeiten halten zu müssen.

Stundenlang schlenderte er durch die Strassen und Gassen. Er liebte das Gewusel der fliegenden Händler, Marktbesucher, Passanten, Müllsammler und Träger, die ganze Möbelstücke auf dem Kopf balancierten.

Besonders angetan hatten es ihm die spindeldürren Rikscha-Fahrer, die stehend in die Pedalen ihrer dreirädrigen rostigen Fahrräder traten, um ihre sperrigen Gefährte in Schwung zu halten. Sie transportierten nicht nur schwergewichtige oder alte Passagiere, sondern alles, was sich irgendwie festbinden liess. Ihre niedlichen Hupen, die sie mit einem Gummibalg betätigten, gingen in der Kakophonie des Verkehrslärms unter. Hauptsache, die Fahrrad-Chauffeure hatten ebenfalls eine Stimme im Strassenorchester.

Seine Lieblingsorte waren die Märkte. Ein Kaleidoskop an Farben und Düften. Vor den in bunte Saris gekleideten Marktfrauen türmten sich Berge von Gemüse, Früchten und Gewürzen.

Um die Fleischabteilungen machte er einen Bogen. Nicht nur, weil es sehr streng roch. Nein, die Inder betrachten nur die Kühe als heilig. Lebewesen, deren Bestimmung es ist, in der Pfanne zu landen, haben ein Hundeleben.

In einem Innenhof beobachtete er ein paar Knaben, die leidenschaftlich Fussball spielten. Als Ball benutzten sie einen mit Schnüren umwickelten Papierknäuel. Damit kickten barfuss um Ruhm und Ehre. Er staunte, wie sich die Kids mit der unförmigen Kugel technisch versiert Richtung gegnerisches Tor trippelten. Als ihm der Ball beim Vorbeigehen vor die Füsse rollte, holte er aus und erzielte mit einem scharfen Schuss ein Tor. Die Spieler stutzten einen Moment, dann lachten sie und spendeten Marc Applaus. Einzig der überrumpelte Torhüter fand seine Einlage nicht lustig.

Als Marc ein paar Strassen weiter einen Laden mit Plastikbällen entdeckte, kaufte er ein rotes Exemplar und ging zurück zu den Kids. Sie erkannten ihn von weitem und winkten ihm zu. Er nahm den Ball hinter seinem Rücken hervor und kickte ihn in einem hohen Bogenschuss aufs Spielfeld. Zuerst wurde es still im Hinterhof, dann brach ein lautes Freudengeheul los. Schliesslich spielte Marc eine Weile mit und wurde von den Knaben als Held gefeiert.

Seine Haare waren inzwischen nachgewachsen. Er schüttelte den Kopf über sich, dass er sie geschoren hatte. Nun stimmten die Proportionen wieder, wenn er am Morgen in den Spiegel schaute. Und er verstand, wie sehr der Schopf die Identität prägt. Die Wortschöpfung *Haarpracht* bekam für ihn plötzlich einen Sinn. Wohl deshalb scheren sich buddhistische Mönche ihre Köpfe, überlegte er. Der kahle Schädel soll die Eitelkeit brechen und Uniformität erzeugen. Weltliche Bedürfnisse werden verbannt, weil sie Stolpersteine auf dem spirituellen Pfad sein könnten. Der Kahlschnitt raubt auch einen Teil der Identität, war er überzeugt. Ein Effekt, der durchaus erwünscht war.

Drei Wochen lang besuchte Marc in Dharamsalam Klöster, Ashrams, Meditationszentren und Yoga-Farmen. Er sah die spirituelle Welt mit neuen Augen. Geldün hatte ihm eine neue Perspektive eröffnet. Er getraute sich kaum, den Begriff zu gebrauchen, doch die Unterweisungen des Mönchs hatten so etwas wie ein Erweckungserlebnis bewirkt.

Es gelang ihm inzwischen recht gut, sich geistig zu versenken und in die spirituelle Welt einzutauchen. Der Skeptiker in ihm verhielt sich erstaunlich ruhig. Seine Gelassenheit hatte auch damit zu tun, dass die spirituellen Zentren buddhistisch geprägt waren und wenig Raum für esoterische Eskapaden zuliessen.

Wenn er sich bei den Meditationen besonders gut versenken konnte, fühlte er sich leicht benebelt, als habe er einen Joint geraucht. Er nahm alles aus einer gewissen Distanz wahr, und es schien ihm, als verliere das Leben an Schwere.

27

Um sich nicht zwei Tage lang an die Sitzlehne eines Busses klammern zu müssen, nahm Marc die Eisenbahn nach Pune. Das war bequemer, dauerte aber auch länger, denn die indischen Züge scheinen viereckige Räder zu haben. Marc hatte sich nach den Erfahrungen und Erkenntnissen bei Geldün überlegt, die Reise abzubrechen, doch die Neugier auf das Osho-Zentrum war schliessslich stärker. Er hoffte auch, Einblick in die geistige Welt von Beats Guru zu gewinnen, der sich ursprünglich Bhagwan genannt hatte.

«Zum Aidstest!», forderte ihn der Türhüter beim Empfang mit strenger Miene auf.

«Aidstest? Ich bin nicht zu Vögeln gekommen», entgegnete Marc gereizt.

«Du vielleicht nicht, aber die attraktive Frau, die es mit dir treiben möchte», antwortete der schmächtige Blonde, ohne seiner frivolen Bemerkung ein ironisches Lächeln oder Augenzwinkern hinterherzuschicken. «Es gibt die schnelle Variante, die kostet aber mehr.»

«Beim Vögeln?», gab Marc den Ahnungslosen.

Der Sannyasin schaute ihn prüfend an.

«Nur ein Witzchen», fügte Marc schnell an.

«Dann also ab in jene Kolonne», antwortete der Türhüter.

Missmutig liess Marc sich stechen. Oshos Erbe der sexuellen Freizügigkeit wirkt offenbar über seinen Tod hinaus, konstatierte er. Freie Liebe für freie spirituelle Sucher. Und ein mystisches Biotop für Betuchte, stellte er fest, als er beim Warten im Einschreiberaum die Preisliste studierte. Gratis ist wohl nur der Beischlaf, falls sich zwei verwandte Seelen treffen, die täglich den Eintrittspreis von rund 28 Franken bezahlen.

«Chandra», stellte sich der in Weinrot gekleidete Sannyasin vor, nachdem der Test zu Marcs Gunsten ausgefallen war. Der schelmisch lächelnde Schwede führte ihn durch den grossen Ashram. Wellness-Tempel, Meditationsräume, Swimmingpool und Bars in einem kunstvoll angelegten tropischen Garten. Gepflegt, luxuriös, gediegen. «Meditation muss nicht zwingend in einer spartanischen Umgebung stattfinden», sagte ihm Chandra, als Marc sich über das Lifestyle-Ambiente wunderte. Das asketische Leben von Geldün und seinen Mönchen kam ihm in den Sinn.

Sein Unbehagen wollte sich auch auf dem Rundgang nicht verflüchtigen. Er erinnerte sich an das 5. Gebot von Oshos Weisheiten, das er beim Warten in einer Broschüre gelesen hatte: «Ein Nichts zu werden ist das Tor zur Wahrheit. Denn schon das Nichts selbst ist das Mittel, das Ziel und die Erfüllung.» Nach nichts roch es hier nun aber wirklich nicht.

Besonders stolz war der dunkelhaarige Schwede mit der schiefen Nase und dem langen Hals auf das Meditationsresort, Multiversity genannt. Es sei wohl das weltweit grösste Zentrum für persönliches Wachstum, erläuterte Chandra. Hier würden alle westlichen Therapiemethoden und östlichen Heilpraktiken gelehrt, aber auch esoterische Wissenschaften, kreative Künste, Tantra, Zen, Sufismus und meditative Therapien. «Einzigartig ist, dass für alle Kurse die Meditation als Grundlage dient – egal, ob sie den Körper, den Verstand, die Gefühle oder subtile Körperenergien ansprechen», ergänzte Chandra.

«Subtile Körperenergien?», fragte Marc nach.

«Du wirst es bald selbst erfahren mit deinem Luxusbody», zwinkerte ihm Chandra zu. «Der Kopf ist jedenfalls nicht gemeint.»

Wer die heiligen Bezirke betreten wolle, müsse sich ins dunkelrote Gewand werfen, ermahnte ihn sein Führer. Dem Samadhi, dem Grab des Meisters, dürfe er sich nur in weissen Socken nähern. Ich wüsste nicht, weshalb ich diesen Ort aufsuchen sollte, überlegte Marc. Schliesslich ist der göttliche Meister mit dem markanten Gesicht, dem langen Bart und den dunklen Knopfaugen auf Bildern omnipräsent.

«Ah ja», schloss Chandra seine Führung, «das hätte ich beinahe vergessen – es gibt bei uns natürlich auch ein Nachtleben. Du kannst zwischen Tanzpartys, Kino, Theater, Varieté und gelegentlichen klassischen Konzerten wählen.»

Das Tagesprogramm bestand aus verschiedenen Osho-Therapien, Meditationen, Yogastunden und Massagen.

«Noch etwas», sagte Chandra, als sie auf dem Rückweg am Schönheitssalon vorbeikamen, «hier kannst du dich fit für das Abendprogramm machen.»

Marc begann mit einer Kundalini-Meditation, die ihm Chandra wärmstens empfohlen hatte. Es sei quasi die Königsdisziplin von Osho und daure eine Stunde. Im Kursraum versammelten sich mehrere Dutzend Teilnehmer. Osho-Lehrerin Jandip forderte sie auf, sich 15 Minuten lang zu den rhythmischen Klängen eines Instrumentalstückes so richtig durchzuschütteln.

Die Schüttelmeditation soll wie eine Energiedusche wirken, erklärte die 75jährige Französin. Sie sei eine Osho-Anhängerin der ersten Stunde, erzählte sie stolz und schaute in die Runde, als erwarte sie Applaus. Ihr Temperament war ungebrochen, den Enthusiasmus für ihren verehrten Meister hatte sie konserviert. «Die Entspannung muss bis tief in den Bauch wirken», erklärte Jandip. Das ganze Sein soll bis in die Grundfesten erschüttert werden, damit es fliessen könne, habe Osho doziert. Die schlanke Osho-Therapeutin demonstrierte den ersten Teil der Meditation vor und liess bei ihren ekstatischen Bewegungen ihren Körper elegant wirbeln. Ihre schlohweissen langen Haare flogen in alle Richtungen.

Marc fiel es schwer, sich gehen zu lassen. Die Schüttelbewegungen hatten für ihn etwas Spastisches und wirkten auf ihn exaltiert.

In Phase zwei mussten sie so wild wie möglich tanzen. Dann leitete Jandip sie an, die Bilder, die ihnen zuflogen, in ihr Bewusstsein zu integrieren. Schliesslich mussten sie sich auf den Boden legen und in der Stille verharren, um die innere Balance zu finden.

Als die Meditationsmusik verklungen war, ging Jandip auf Marc zu und bat ihn um ein kurzes Gespräch. Marc stutzte. Eine Avance? «Du warst gehemmt», erklärte sie bestimmt.

«Na und?», antwortete Marc.

«Weshalb so verhalten? Du bist doch sportlich.»

«Ich habe das erste Mal an einer Kundalini-Meditation teilgenommen», gab Marc zurück, doch Jandip gab sich mit seiner Antwort nicht zufrieden.

«Trotzdem stimmt etwas nicht.»

«Was denn?»

«Das würde ich gern von dir wissen.» Ihr durchdringender Blick trieb Marc das Blut in den Kopf.

«Ich weiss es so wenig wie du.»

«Ich hoffe, dass du nicht eine Rolle spielst, die mir nicht gefällt. Du könntest Journalist sein, der undercover hier rumschleicht.»

«Würdest du mich rauswerfen, wenn es so wäre?»

«Zügle dein Temperament», sagte sie in scharfem Ton und liess Marc grusslos stehen.

Draussen umhüllte ihn der Duft blühender Oleandersträucher. Trotz des Ärgers fühlte er sich überraschend leicht. Die Mischung aus körperlicher Verausgabung und meditativer Versenkung hat es offenbar in sich, stellte er fest. Eine erstaunliche Erkenntnis von Osho, der selbst ein Leben in Zeitlupe geführt hatte. So jedenfalls kam ihm der bedächtige Meister in den Videos rüber.

Marc hatte sich vorgenommen, den Pool zu meiden. Die Hitze zwang ihn aber, gelegentlich einen Sprung ins Wasser zu machen. Dabei fiel ihm auf, dass auch hier die Frauen in der Überzahl waren.

Nach einem erfrischenden Bad zog er sich in den grossen Osho Teerth Park zurück und las zwei kleine Bücher des Gurus. Bei der Lektüre erschloss sich ihm bald das Erfolgsgeheimnis des schlauen Inders. Er servierte den spirituellen Suchern aus dem Westen seine fernöstlichen Weisheiten in mundgerechten Häppchen, die auf ihre hedonistischen und sexuellen Bedürfnisse zugeschnitten waren.

Sein zentrales Stilmittel war die Provokation, erkannte Marc. Mach sie zur Schnecke und sie fressen dir aus der Hand. Seine Anhänger lachten über die unsinnigen Anweisungen, führten sie aber aus, weil sie glaubten, sie gehörten zur spirituellen Entwicklung. Die vielleicht raffinierteste Form der Indoktrination, überlegte er.

Befreit euch von euren materiellen Bindungen und den irdischen Begierden, lehrte er sie. Aber nicht durch Verzicht oder Askese, sondern durch das grenzenlose Ausleben irdischer Bedürfnisse. Macht auf Sodom und Gomorrha, haut auf den Putz, signalisierte er ihnen. Als gäbe es kein

Morgen. Konsum komplett, bis unter die Bettdecke. Wühlt euch hemmungslos durch den Zivilisationsmüll. Vögelt bis zur Erschöpfung. Danach habt ihr das Weltliche überwunden und seid ihr reif für die spirituelle Entwicklung, interpretierte Marc die Philosophie von Osho.

Noch wilder als beim Kundalini ging's bei der dynamischen Meditation her und zu. Rasandra, eine schlanke, blonde Amerikanerin mit einem Honiglächeln forderte sie auf, breit hinzustehen und nach Leibeskräften zu atmen. «Schaltet eure Gedanken ab und holt alles aus eurer Lunge heraus», forderte sie. «Atmet mit aller Kraft aus, für das Einatmen sorgt der Körper von selbst.»

Bald setzte ein kollektives Stöhnen ein. Schon nach kurzer Zeit wurde Marc schwindlig. Er musste gegen die inneren Widerstände ankämpfen und weiter tief einatmen. Dann lief ein Kribbeln durch seinen Körper, und er befürchtete, ohnmächtig hinzufallen. Die Sauerstoffdusche bewirkte Halluzinationen, als habe er eine psychoaktive Droge geschluckt.

Als ihre Kräfte nachliessen und sie wie torkelnde Junkies wankten, forderte Rasandra sie auf, sich auszutoben. «Lasst eure Körper explodieren, schreit, heult, weint, hüpft, tanzt, werft die Arme in die Luft.» Im Nu verwandelte sich der Meditationssaal in ein Tollhaus. Das laute Schreien und Stöhnen tat ihm körperlich weh. Marc war peinlich berührt und schaute sich die Szene verwundert an. Intuitiv kam ihm das Bild eines Irrenhauses vor 100 Jahren hoch. Er konnte sich nicht überwinden, ins kollektive Geheul einzustimmen und sich gehen zu lassen.

Er stellte sich vor, was für ein merkwürdiges Bild er abgeben würde und schlich sich davon. Er brauchte eine halbe Stunde, bis sich seine Sinne und die Wahrnehmung wieder justiert hatten.

Beim Stöbern im Bücherregal kam ihm Oshos Buch *Die goldene Zukunft* in die Hände. Er blätterte wahllos darin und stiess auf ein Kapitel, das ihn neugierig machte. «Kinder sollten nicht bei ihren Eltern leben, sondern in kommunalen Wohnhäusern, damit die Eltern nicht ihren Geist vergiften können», las er. Einen Vater und eine Mutter zu haben sei psychologisch gefährlich, weil sie diese nachahmen würden. Marc stutzte und suchte vergeblich nach einer Begründung.

Eine weitere Aussage brachte sein Blut in Wallung. Blinde oder verkrüppelte Kinder sollen in den ewigen Schlaf versetzt werden, empfahl der Guru. Sie würden später in einem neuen, perfekten Körper wiedergeboren, denn durch Genanalysen, künstliche Befruchtungen und Schwangerschaftskontrollen könnten Missbildungen eliminiert werden. Euthanasie aus Menschenliebe? Ausserdem könnten quasi Designerbabys gezüchtet werden, las er weiter. Bestünde beispielsweise ein Mangel an Physikern, könnten Samen und Eier von Physikgenies gekoppelt werden.

Der Guru mit dem sanften Lächeln als Verkünder faschistoider Ideen? Und keiner seiner Tausenden von Sannyasins scheint's zu kümmern. Marc wunderte plötzlich nichts mehr. Beat kam ihm in den Sinn.

Er stöberte weiter im Buch herum. Es dauerte nicht lang, bis er wieder den Kopf schüttelte. Durch seine Meditationen müssten die Menschen von den zivilisatorischen Prägungen befreit werden, schrieb der Guru weiter. Sollten vielleicht deshalb Kinder nicht bei ihren Eltern aufwachsen?

Osho verkündete in seinem Buch auch ein politisches Programm. Nur geistig gereinigte Personen sollten an einer Universität studieren oder ein politisches Amt bekleiden dürfen, las Marc weiter. Als gereinigt gelten für Osho Menschen, die durch seine Meditationen von der zivilisatorischen Indoktrination befreit worden sind.

Hat Beat dieses Buch gelesen, fragte sich Marc. Hat er die faschistoiden Ideen widerstandslos geschluckt? Er packte sofort seine Sachen und verliess das Osho-Dorf. Als er durchs Tor des goldenen Käfigs ging, atmete er tief ein. Das quirlige, laute und chaotische Leben draussen kam ihm wie eine Erlösung vor.

Marc machte sich mit einem Bus auf die lange Reise nach Kerala, den südlichsten Bundesstaat. Das letzte Ziel führte ihn zum Ashram von Amma, die von ihren Anhängern als göttliche Mutter verehrt wird.

Ein letztes Mal war die Busreise ein Highway to Hell. Südlich von Cochin liess er sich von einem kleinen Kursschiff durch das verzweigte Kanalsystem der Backwaters führen. Er sass auf einer wackeligen Bank auf dem Deck und liess auf dem klapprigen Motorboot die tropische Sumpflandschaft an sich vorbeiziehen.

Seeadler kreisten über den Palmen, blau-rote Eisvögel sassen geduldig auf Markierungspfosten, badende Kinder winkten ihnen kreischend zu, Bauern in ihren Nussschalen trieben Hunderte Enten auf dem Wasser vor sich her, Frauen wuschen ihre Kleider und Pfannen im Fluss. Ihre einfachen Hütten machten Marc klar, dass auch eine paradiesische Landschaft mit viel Wasser und idealen Landwirtschaftsbedingungen keine Garantie für Wohlstand und ein sorgenfreies Leben sind.

Als sie nach drei Stunden um eine langgezogene Kurve bogen, traf ihn beinahe der Schlag. Drei Hochhäuser, das grösste zwölf hässliche Stockwerke hoch, ragten auf einer idyllischen Lagune zwischen dem Meeresufer und dem Hauptkanal in die Höhe und liessen die Palmen wie Bonsaibäumchen erscheinen. Sie wirkten auf Marc wie in den Himmel ragende Mahnfinger der apokalyptischen Art. Fehlt nur noch, dass sie Feuer speien, schoss es ihm durch den Kopf.

Der riesige Ashram von Amma, der Mutter der unsterblichen Glückseligkeit, stand als sperriger Fremdkörper bei Amritapuri. Wie kann eine Frau, die sich als erleuchtete Meisterin sieht und sich mit göttlichen Attributen schmückt, die unberührte Landschaft derart verschandeln, fragte sich Marc. Übersinnliche Fähigkeiten müssen offenbar nicht mit ästhetischem Empfinden korrespondieren, stellte er fest.

Der spartanische Ashram widerspiegelte die nüchterne Architektur. Die Inneneinrichtung war kahl und lieblos. Hier hole ich mir bei 35 Grad eine Erkältung, befürchtete er. Amma, mit vollem Namen Mata Amritanandamayis, sieht offenbar keine Notwendigkeit, den Aufenthalt der vielen westlichen Besucher gemütlich zu gestalten. Einzig der Tempel war nach hinduistischer Tradition reich geschmückt. Sie wolle Ordnung und führe die Schulen, Spitäler und Hilfsprojekte mit straffer Hand, hatte ihm ein Mitarbeiter erklärt.

Auch die Schlafsäle verströmten den Charme einer muffligen Militärkaserne. Marc mied wenn immer möglich den kahlen Raum. Es hatte auch mit der stickigen Luft zu tun. Und mit den schlaftötenden Tönen, die aus unzähligen schnarchenden Mündern drangen.

Die Hunderten Besucher aus aller Welt wuselten in froher Erwartung durch den Ashram und verwandelten die Umgebung in ein spirituelles Bienenhaus. Sie waren gekommen, um von der göttlichen Mutter an die Brust genommen zu werden. Denn Amma wird von ihren Hunderttausenden Devotees im In- und Ausland als heilige Umarmerin verehrt.

Oft nehme sie ihre Anhänger bis zu 15 Stunden lang pro Tag an ihre Brust, hatte ihm Yvonne beim Engelkurs in Zürich erzählt. Unermüdlich jette sie mit einem riesigen Tross um die Welt, um in grossen Sälen die spirituellen Sucher für ein paar Sekunden mit göttlicher Energie zu segnen. Inzwischen sollen bereits 35 Millionen in den Genuss des Rituals gekommen sein.

Wozu das gut sein soll, hatte Marc Yvonne gefragt. Das könne sie nicht erklären, er müsse es selbst erleben. Amma verbreite eine göttliche Aura, die sich auf die Umarmten übertrage. In diesem Fluidum könne alles passieren. «Ich hatte den Eindruck, einen Moment der Erleuchtung zu erleben und einen Blick in die höheren Sphären zu erhaschen. Es war für mich eine Form der Transformation», hatte sie ihm mit glänzenden Augen erzählt. Sie habe eine Freundin, die nach einer Umarmung durch Amma ihre Psoriasis losgeworden sei.

Marc hatte Glück, denn Amma war nicht auf einer ihrer Umarmungstourneen, wie ihm die Empfangsdame sagte. Sie leite in den nächsten Tagen die Darshans, die Zusammenkünfte, selbst.

Amma achtete peinlichst auf die Einhaltung der Geschlechtertrennung. So war nicht erlaubt, nachts der schwülen Hitze in den Schlafsälen zu entrinnen und sich mit der Matte auf dem Flachdach gemütlich zu machen. Männlein und Weiblein hätten sich schliesslich unter dem unschuldigen Sternenhimmel begegnen können.

Marc ging am Abend früh in den Tempel und sicherte sich in einer kleinen Loge im hinteren Teil einen Stuhl. Allmählich füllten sich die Reihen. Die Besucher flüsterten, um die heilige Atmosphäre nicht zu stören, wie Marc vermutete. Oder gebietet es die Ehrfurcht vor der göttlichen Mutter?

Als die in orange Gewänder gekleideten Swamis, quasi das Direktionskomitee, und die in gelbe Tücher gehüllten Brahmacarins, die Adjudanten Ammas, auf dem Podest Platz nahmen, verstummten die Besucher. Erst bei näherem Hinsehen entdeckte er in der Mitte der Männergarde die unscheinbar wirkende, in weiss gekleidete Amma.

Doch als sie aufstand, breitete sich die Aura der stämmigen, wie eine abgekämpfte Bäuerin wirkende Inderin mit dem struppigen Haar und der dunklen Haut bis in die hinterste Ecke aus und lehrte den Tempeldämonen das Fürchten.

Breitbeinig setzte sie zu ihren Bhajans an, den lauten Gesängen. Mark erschrak. Mit ihrer durchdringenden Stimme brachte sie ihre ganze Autorität zum Ausdruck. Amma nutzte die gesamte Bandbreite ihres kräftigen Organs, um ihre Gemütslage auszudrücken. Sanfte Gesänge wechselten mit Schreien und Wehklagen ab. Sie ruderte mit den Armen, verrenkte sich und wirkte in ihrem ekstatischen Zustand entrückt.

Er schaute sich um und sah lauter verzückte Gesichter. Verkörpert sie die Mutter aller Mütter? Obwohl sie selbst keine Kinder hat? Ihr Gesicht wirkte für ihn nicht sonderlich weich.

Am Schluss des Darshans stellte er sich auf der linken Seite des Tempels in die lange Schlange der männlichen Devotees. Auch hier die Geschlechtertrennung, stellte er fest. Im Hintergrund säuselte indische Musik.

Die Ergriffenheit stand den spirituellen Suchern ins Gesicht geschrieben. Nach der kurzen Umarmung wischte manche Anhängerin eine Träne ab, die aus den leuchtenden Augen kullerten. Marc schien, als suchten die spirituellen Sucher bei der kinderlosen Urmutter die ultimative Geborgenheit. Doch was treibt Amma an, sich beim Umarmungsritual täglich stundenlang zu kasteien? Er wusste es nicht.

Als er vor ihr stand, starrte er sie an. Ihr strenger Blick wirkte abweisend. Er zögerte, doch ein in Weiss gekleideter Ordnungshüter forderte ihn energisch auf, in die Knie zu gehen. Amma schaute ihn fragend an, zog ihn schliesslich an den Schultern zu sich und drückte ihn an ihren Busen. Marc war froh, als sie ihn aus ihren Armen entliess.

Ein Ordnungshüter folgte ihm und stellte ihn draussen zur Rede. Weshalb er gezögert habe, vor Amma niederzuknien, wollte er wissen. Ob er Journalist sei, oder ob ihn Tredwell geschickt habe?

Marc schaute den Inder verständnislos an. «Wer ist Tredwell?», fragte er. Der Inder brummte etwas vor sich hin und liess ihn stehen.

Marc wälzte sich auf seiner Matte. Es lag nicht nur am Schnarchen der Schläfer, sondern auch an der Begegnung mit der Guru-Frau. Er versuchte vergeblich, die Faszination ihrer Anhänger zu ergründen. Oder lag es an ihm, dass der spirituelle Funke nicht auf ihn übergesprungen war? Mangelte es ihm an Sehnsucht und Offenheit?

Auch der Auftritt des Ordnungshüters ging ihm nicht aus dem Gedächtnis. Was hat es mit dieser Tredwell auf sich, fragte er sich.

Die Neugier trieb ihn in den Aufenthaltsraum, wo er Wlan-Empfang hatte. Google führte ihn rasch zum Buch *Holy Hell*. Marc pfiff leise durch die Zähne. Die heilige Hölle der göttlichen Mutter? Die Müdigkeit hatte sich mit einem Schlag verflüchtigt. Gail Tredwell arbeitete 20 Jahre lang als enge Mitarbeiterin und rechte Hand von Amma, las er in einer Rezension.

Sie sei autoritär gewesen und habe manchmal ihre Mitarbeiter malträtiert, erzählte Tredwell in einem Interview. Sie selbst sei wegen Kleinigkeiten von ihr geschlagen, blutig gekratzt und gebissen worden. Ausserdem habe Amma nicht selbstlos und zölibatär gelebt, wie sie vorgebe, sondern heimlich Sex mit mehreren ihrer engsten Swamis gehabt, die eigentlich auch enthaltsam leben sollten.

Tredwell kritisierte Amma, die Tochter eines armen Fischers, auch wegen ihrer Gier. Geld und Goldschmuck habe die göttliche Mutter wie ein Magnet angezogen. Mit den im Ausland eingenommenen Spendengeldern hätten enge Mitarbeiter oft Goldschmuck gekauft und unter ihren Mönchskleidern nach Indien geschmuggelt. Die Wertgegenstände habe sie zu Hause in einer Kühlbox versteckt. Das Geld sei nur beschränkt in die sozialen Hilfswerke von Amma geflossen, sondern auf mehrere Konten. Dort soll sie rund 100 Millionen Dollar lagern. Davon profitieren würde vor allem auch ihre neunköpfige Familie.

Marc hielt inne. Die übersinnlichen Rituale eine lukrative Selbstinszenierung?

Er besuchte noch drei Tage lang die Darshans, verzichtete aber auf die Umarmung von Amma. Tagsüber wanderte er stundenlang der Küste entlang und folgte den verzweigten Kanälen. Die Kinder winkten ihm zu und schienen überrascht, einem Touristen an Land zu begegnen. Sie sahen sie sonst nur auf den Booten und den grossen Holzschiffen, die als schwimmende Hotelzimmer die Backwaters durchpflügten.

Er recherchierte weiter und stiess auf einen Artikel im *Tages-Anzeiger*, der seinen Puls in die Höhe schnellen liess.

Die Zeitung wies anhand von Bankunterlagen nach, dass Amma tatsächlich 100 Millionen Dollar hortete. Umarmung als Businessmodell? Der Journalist konfrontierte die Inderin bei ihrer Europatournee in Winterthur mit seinen Recherchen, las Marc. Während sie weiter ihre Anhänger umarmt habe, habe sie seine Fragen beantwortet.

Amma bestätigte laut Artikel die Kontoauszüge. Sie wisse nicht, wie lang sie mit ihren 60 Jahren noch die Kraft für die Umarmungstourneen habe, antwortete sie. Deshalb müsse sie vorsorgen, um die Sozialprojekte auch in Zukunft finanzieren zu können.

Marc konnte das Argument grundsätzlich nachvollziehen. Aber 100 Millionen Dollar? In Indien hat das Vermögen umgerechnet eine Kaufkraft von mindestens einer halben Milliarde. Ganz zu schweigen davon, dass es keine interne Kontrollinstanz gibt, wie Tredwell schrieb.

Er packte seinen Rucksack und ging zur geschwungenen Brücke, die über den Kanal führte. Als er sich ans Ufer setzte, breitete sich eine Ruhe in ihm aus, begleitet von einem starken Glücksgefühl. Seit der Begegnung mit Geldün fühlte er sich befreit.

Marc war nicht entgangen, dass viele Sinnsucher an ihren Ansprüchen scheiterten. All ihre Hoffnungen und Sehnsüchte hatten sie in den Trip zu den indischen Gurus und Meistern investiert. Das spirituelle Projekt musste ein Erfolg werden, notfalls unter Aufbietung aller verfügbaren Einbildungskräfte. Sie mussten finden, was sie suchten. Koste es, was es wolle.

Marc spürte, dass ihm die Entschleunigung des Lebensrhythmus' innere Ruhe und Gelassenheit verschaffte.

Und Meli? Er hoffte, dass sie dabei war, sich wieder zu finden. Er ahnte nun, weshalb sie Geborgenheit in der spirituellen Welt suchte.

Marc fuhr mit gemischten Gefühlen zum Flughafen von Trivandrum. Er freute sich auf die Heimkehr, musste sich aber vor zu grossen Hoffnungen schützen. Wenn es um Meli ging, entfalteten Geldüns Meditationen und Ratschläge keine Wirkung. Er brachte Bilder nicht aus dem Kopf, Meli würde ihn am Flughafen empfangen und in ihre Arme schliessen.

28

Zu Hause warf er seinen Rucksack in eine Ecke, setzte die Kaffeemaschine in Betrieb, tischte Brot und Käse auf, die er im Flughafen gekauft hatte und startete den Computer. Käse hatte er am meisten vermisst. Mit vollem Mund gab er den Namen von Meli ein und nahm einen Schluck Weisswein. Idaplatz. Umgezogen, schoss es ihm durch den Kopf. Und Beat? Sein Puls beschleunigte sich. Er hatte gehofft, gelassener zu reagieren.

Er setzte sein Smartphone in Betrieb, das er zu Hause gelassen hatte. Sieben Kurzmeldungen von Meli. Als er ihre Botschaften gelesen hatte, liess er sich in den Sessel fallen. «Danke für die Blumen. Liebe Grüsse, Melanie.» Sieben Mal ein ähnlicher Satz.

Auf der Homepage von Beat hatte sich nicht viel verändert. Einzig das Album schien um ein paar Aufnahmen gewachsen zu sein. Auch Google war nicht schlauer über ihn geworden. Ist denn bei ihm die Zeit stillgestanden, fragte er sich. Oder läuft sein Laden schlecht?

Am andern Morgen holte Marc die Tagebücher seiner Reise hervor. Ratlos blätterte er darin herum. Holprig und bruchstückhaft, ärgerte er sich. Das wirft mich um mindestens zwei Monate zurück.

Ein Rohtext ist immer ein Steinbruch, versuchte er sich zu beruhigen. Aus dem Augenblick geboren und eine Laune festhaltend. Er verstand nun die Autoren, die ihm als Lektor gesagt hatten, sie könnten ihre Texte nicht mehr lesen, wenn sie einmal gedruckt seien. In jedem zweiten Satz würden sie eine rhythmische Unebenheit, ein schiefes Adjektiv oder eine verquere Formulierung finden. Und erst die falschen Bilder! Unverrückbar stünden sie auf der Seite. Als Zeugen ihrer Blindheit und ihres sprachlichen Unvermögens.

Er schrieb wie ein Besessener. Der Gedanke, dass Meli nur ein Steinwurf entfernt wohnte, trieb ihn zusätzlich an. Er legte das Telefon weit von sich, damit er nicht der Versuchung erlag, ihre Nummer zu wählen. Mehr als fünf Stunden Schlaf gönnte er sich nicht. Das Fisch-Curry, das er am Mittag oft bei Charlies Take Away holte, stellte er neben die Tastatur und nahm zwischendurch einen Bissen.

Marc schrieb gegen die eigenen Zweifel an. Oder war es bereits Verzweiflung?

Schon als Jugendlicher hatte er den Wunsch geäussert, sein Leben einmal mit Schreiben zu verdienen. Er wollte die Welt erobern und verändern. Er hatte sich geärgert, dass sich das Leben der Erwachsenen stets Erfolg und Geld drehte.

Gegen diese Gleichgültigkeit wollte er anschreiben. Für Gerechtigkeit kämpfen, die Menschen aufrütteln.

In der Mittelschule hatten ihn die Mädchen umschwärmt. Aber nur, bis sie ihn näher kennengelernt hatten. Dann nannten sie ihn einen Rebellen. Normen und Dogmen waren ihm suspekt, Prinzipien sowieso, und Grenzen akzeptierte er nur ungern. Er hatte Visionen, aber kaum Gesinnungsgenossen, die sie mit ihm teilten.

Nach drei Wochen geriet sein Schreibfluss ins Stocken, die Tastatur wirkte klebrig. Seine Gedanken schweiften immer häufiger ab. Er stand oft auf dem Balkon und sog die kühle Luft ein. Der Spätsommer verwandelte abends den mit Schleierwolken überzogenen Himmel in ein pastellenes Farbenmeer.

Marc verordnete sich jeden Tag eine Biketour oder einen Waldlauf. Wenn der Puls bei 160 Schlägen angelangt war, fühlte sich sein Kopf wieder frei an, und die Gedanken flossen leichter.

Als die ersten Herbstgewitter aufzogen und den Regen gegen die Fenster peitschten, schloss er das letzte Kapitel ab. Nach der zweiten Überarbeitung zog er den Stecker des Computers. Er wusste nur zu gut, dass es ihn wieder rettungslos in den Text hineinziehen würde, wenn er sich noch einmal in ihn vertieft hätte. Marc war erleichtert, doch er wusste nicht, ob das Manuskript brauchbar war. Er hatte die Erfahrung gemacht, dass die wenigsten Autorinnen und Autoren fähig waren, ihre eigenen Texte einzuschätzen.

Am 20. Oktober schickte er sein Manuskript mit einem Mausklick an den Verlag. Sein ehemaliger Chef hatte sich erweichen lassen, seinen Titel ins Programm aufzunehmen. «Die Medien lynchen mich, wenn ich esoterischen Habakuk verlege», hatte er Marc gedroht. Nachdem er das Manuskript gelesen hatte, war er etwas milder gestimmt.

Plötzlich hielt Marc inne. 20. Oktober? An diesem Tag hatte sich seine Mutter vor den Zug geworfen. Das zeitliche Zusammentreffen der beiden Ereignisse berührte ihn eigenartig. Er hatte nicht mehr so oft an sie gedacht, doch der emotionale Moment löste eine unerwartete Gefühlswelle in ihm aus.

29

Melanie warf sich in den Fauteuil, streifte die Hausschuhe ab und verknotete ihre Beine zum Lotussitz. Seufzend fuhr sie mit der rechten Hand durch ihre Haare, die ihr heute besonders widerspenstig vorkamen. Sie war zu abgekämpft, um sich auf das Wochenende zu freuen. Sie ärgerte sich über den Schuldirektor, der ihr ausgerechnet am Freitag sieben Lektionen aufs Auge gedrückt hatte.

Sie fröstelte und schaltete den Elektroofen ein. Der winterliche Nordwind drückte die Kälte durch die Ritzen der alten Fenster. Sie machte sich einen Jasmintee und nahm gedankenverloren einen Prospekt vom Tisch, den sie aus dem Briefkasten gefischt hatte.

Als sie darin zu blättern begann, fiel ein Brief heraus. Sie hob ihn auf und erschrak. Die Schrift der Adresse kam ihr bekannt vor. Intuitiv drehte sie den Umschlag. Eine von Hand gemalte Taube. Amorgos, schoss es ihr durch den Kopf. Marc hatte in der Taverne von Nikos eine ähnliche Friedenstaube auf seine Papierserviette gezeichnet, wie sie beim kurzen Blick zu ihm hinüber bemerkt hatte.

Die Erinnerungen waren mit einem Schlag wieder da. Klar und scharf. Der Unfall auf Amorgos, die Besuche im Spital, die gemeinsamen Essen, die erste Nacht, ihre Ohrfeige. Melanie war überrascht und verwirrt von den Gefühlen, die sie überfluteten.

Hastig riss sie den Umschlag auf. «Einladung zur Buchvernissage». Sie erschrak. Ein Buch? «Ich freue mich, dich bei der Präsentation begrüssen zu dürfen. Das Buch ist dir gewidmet. Titel und Inhalt sind noch geheim.»

Melanie starrte fassungslos auf die Karte und las sie wieder und wieder, als könnte sie hinter den Buchstaben eine geheime Botschaft entdecken.

Plötzlich sah sie die Kiste. Im Zeitlupentempo rumpelte sie auf Marc zu und überrollte ihn.

Dann begannen die Äste des Kastanienbaums vor ihrem Fenster zu tanzen. Ein Buch, das mir gewidmet ist? Nach 18 Monaten! Was hat das mit mir zu tun, überlegte sie. Ihr wurde kalt und heiss.

Die Rosen! Ich hätte ahnen müssen, dass da noch was kommt.

Wieder schoss eine Hitzewelle durch ihren Körper. Will er die Zeit zurückdrehen? Es mir heimzahlen? Mich beschämen?

Wie hatte sie nur so herzlos sein können! Ein Strauss, ein Kärtchen. Aus. Nach allem, was gewesen war. Ich war von Sinnen, gestand sie sich ein. Blind.

Ich hätte wissen müssen, dass er sich nicht kommentarlos zurückziehen würde, schalt sie sich. Er nicht.

Sie hatte sich immer wieder gefragt, warum sie die Kraft nicht aufgebracht hatte, sich mit ihm auseinanderzusetzen. Sie wusste, dass sie ihn verletzt hatte. Dass sie ihm eine Erklärung schuldig war. Warum war ich so blockiert, warum habe ich es nicht geschafft? Ich hatte mich verloren, gestand sie sich ein.

Sie starrte aus dem Fenster, die Einladung immer noch in der Hand. Ein Roman, fragte sie sich. Marc und Belletristik? Kaum. Kurzgeschichten über die Liebe und feige Freundinnen? Ein Reisebuch über die Kykladen, über seinen Unfall? Nein, nein, das passt alles nicht zu ihm.

Melanie startete den Computer und gab seinen Namen in der Suchmaschine ein. Nichts. Vielleicht schreibt er unter einem Pseudonym. Doch würde er dann eine Vernissage veranstalten? Und mir das Buch widmen? Sie fuhr sich immer wieder mit den Händen durch ihre Haare.

Schliesslich heftete sie seine Karte an die Pinwand. Sollte sie ihn anrufen? Danke für die Einladung. Ich komme natürlich nicht, will mich nur abmelden ... kannst du mir verraten ... schicke mir bitte das Buch ...

Sie holte Brie. und Ziegenkäse aus dem Kühlschrank, schob gefrorene Brötchen in den Backofen und entkorkte eine Flasche Weisswein. Mit der Fernbedienung schubste sie Schubert an.

Mit starrem Blick schaute sie an die Wand und steckte den Käse in den Mund. Das Knacken des knusprigen Brotes machte sie nervös. Der kühle Wein schmeckte ihr heute nicht.

Melanie ging früh ins Bett. Sie hoffte, durch den Schlaf von ihren kreisenden Gedanken erlöst zu werden. Vergeblich. Wirre Träume schreckten sie immer wieder auf, sie konnte sich aber nicht mehr an die Handlungen erinnern. Da waren indische Tempeldämonen, grimmige Schamanen, fratzenhafte Geistwesen. Am Morgen nahm sie die Einladung von der Pinwand und versteckte sie unter dem Tischschoner.

In der Nacht vor der Vernissage nahm sie eine Schlaftablette. Trotzdem wälzte sie sich eine Stunde lang hin und her und schlief unruhig. Als der Wecker schrillte, fühlte sie sich gerädert.

Im Unterricht war sie dünnhäutig, brauste unmotiviert auf. Während den Nachmittagsstunden entglitt ihr Blick in immer kürzeren Abständen zur Uhr. Der weisse Saal im Volkshaus ist doch viel zu gross, ging es ihr durch den Kopf. Den füllen nicht einmal bekannte Schriftsteller.

Zu Hause machte sie sich einen kleinen Salat. Das leise Ticken der Küchenuhr störte sie zum ersten Mal. Sie setzte sich auf die andere Tischseite. Mit der Uhr im Rücken erschien ihr das Geräusch noch lauter.

Ich gehe nicht, sagte sie sich immer wieder. Schliesslich weiss ich nicht einmal, wie ich ihn begrüssen sollte. *Sorry, hatte damals einfach keine Kraft und Zeit. Ging mir alles zu nah, war verwirrt, hatte ein schlechtes Gewissen.* Doch wenn ich zu Hause bleibe, gehe ich erst recht durch die Hölle. *Was hat er über mich geschrieben? Kommt auch Beat in seinem Buch vor?* Der Gedanke liess ihr Herz rasen. *Und wenn er vergeblich auf mich wartet? Dann lasse ich ihn ein weiteres Mal hängen, verletze ihn noch einmal.*

Melanie warf einen kurzen Blick aus dem Fenster. Es schneite immer noch leicht. Die Dächer waren weiss überzuckert, der Schnee schluckte den Verkehrslärm. Sonst setzte sie sich jeweils in ihren Fauteuil und genoss die winterliche Atmosphäre. Als Kind hatte sie stets versucht, eine einzelne Flocke auszuwählen und sie bei ihrem Tanz auf den Boden zu verfolgen. Doch heute war der Schnee für sie nur ein weisser Vorhang.

Sie zog sich um und schminkte sich dezent. Für den Fall, dass sie sich doch noch entscheiden würde, hinzugehen.

Als sie eine Halskette suchte, fiel ihr der silberne Armreif in die Hände, den ihr Marc nach seiner Entlassung aus dem Krankenhaus geschenkt hatte. Ein Zeichen, dass sie gehen sollte? Oder den Schmuck verschenken? Sie konnte sich nicht entscheiden.

Vorsorglich ging sie zur Haltestelle der Strassenbahn. Der Schnee hatte den Fahrplan durcheinandergewirbelt. Die Autos krochen im

Schritttempo vorüber. Bei Schneegestöber gerät die Zeit aus dem Takt, stellte sie fest. Endlich zuckelte die Strassenbahn daher. Sie setzte sich in die hinterste Bank und schaute gedankenlos aus dem Fenster.

Beim Eingang des Volkshauses warteten ein paar Dutzend Leute. Wahrscheinlich eine zweite Veranstaltung im Blauen Saal, vermutete Melanie. Eine junge Frau in hohen Stiefeln und mit einem roten Umhang verteilte Nummern. «Ich will nur zur Buchvernissage», sagte Melanie.

«Dann bist du hier richtig», antwortete sie und gab ihr einen Zettel. Er enthielt die Ziffer 57.

«Was hat es damit auf sich?»

«Eine Überraschung, du wirst schon sehen.»

Die Tür zum Weissen Saal war noch geschlossen. Im Gang standen rund 80 Personen, zur Mehrheit Frauen. Wollen sie alle zu Marc? Sie musterte die Besucher. Und erschrak. Neben elegant und teuer gekleideten Besucherinnen entdeckte sie viele in bunten weiten Röcken, Schlabberhosen und Gesundheitsschuhen. Die älteren Frauen trugen lange graue Haare. Sie kannte dieses Publikum. Kalter Schweiss trat ihr auf die Stirn. Oder wurde seine Vernissage in den Blauen Saal verlegt? Sie musste sich an eine Säule lehnen.

Der Strom riss nicht ab. Viele kannten sich und umarmten sich innig. Plötzlich ging die Saaltür auf. Die Umstehenden drehten ihre Köpfe. Marc erschien im Türrahmen und schaute erwartungsfroh durch die Reihen. Sie wollte sich hinter der Säule verstecken, doch Marc hatte sie bereits erspäht und bahnte sich einen Weg durch die Leute, die respektvoll zurückwichen und ihm mit ihren Blicken folgten. Manche grüssten ihn und wollten ihn umarmen, doch er nickte nur flüchtig und pflügte sich weiter durch die Wartenden.

Er blieb vor ihr stehen und breitete die Arme aus. «Schön, dass du gekommen bist», begrüsste er sie und schaute ihr in die Augen. Er machte einen Schritt auf sie zu und umarmte sie sanft. Die Besucher beobachteten ihn und registrierten jede Regung. «Ich weiss, du hast gezögert und mit dir gerungen. Aber nach allem, was war, musstest du einfach kommen.»

Meli wurde rot und schaute verlegen zu ihm hoch.

«Es gibt Energien, die sind stärker als unser Wille», fuhr er fort. «Aber lassen wir das. Ich freue mich einfach, dass du gekommen bist.»

Er trat einen Schritt zurück und schaute an ihr herunter. «Du hast dich kaum verändert und bist so ...» er zögerte, «... wie ich dich in Erinnerung habe. Wenn es dir so gut geht, wie du aussiehst, bist du ein Glückskind.»

Sie rang mit sich und suchte nach Worten. «Es geht mir nicht schlecht ... ich meine, es geht mir eigentlich gut ... nichts Besonderes, ich unterrichte halt noch.»

«Meditierst du noch?»

«Gelegentlich.»

«Prima.»

Meli schaute ihn verständnislos an.

«Am Donnerstagabend?»

Sie wich seinem Blick aus.

«Ja meistens, äh ... unter anderem ...»

Marc legte ihr den Arm auf die Schulter und führte sie in den Saal.

Christa, die die Szene aus sicherer Distanz beobachtet hatte, heftete sich unbemerkt an ihre Fersen.

«Diese Leute hier ... zu deiner Vernissage?»

«Ja, es scheint so.»

Meli schluckte leer. «Diese bunten Besucherinnen?»

«Auch diese.»

«Und das Buch?»

«Lass dich überraschen.»

Er führte Meli zu einem reservierten Stuhl in der vordersten Reihe. «Ich muss mich noch um ein paar Sachen kümmern. Wir haben sicher nachher noch Zeit, miteinander zu plaudern.» Marc liess sie stehen und ging ins Foyer hinaus. Melanie schaute ihm mit versteinertem Blick nach.

Der Saal hatte sich inzwischen gefüllt. Marc schloss die Tür und ging zur Bühne.

Der Geräuschpegel verebbte, alle Augen waren auf ihn gerichtet. Er blieb vor Meli stehen und überreichte ihr das Buch: «Das erste Exemplar gehört dir.»

Sie stand auf und starrte auf den Deckel. «Die neue Esoterik». Ein stummer Schrei stand auf ihrem Gesicht. Sie wurde bleich und sank in den Stuhl.

«Oh, das wollte ich nicht ...» Er legte seine Hand auf ihren Arm.

Meli rang nach Atem. Sie hielt das Buch in der Hand, als sei es zerbrechlich. Dann fiel ihr Blick auf den Untertitel. «Für seriöse spirituelle Sucher». Der stilisierte Sonnenaufgang auf dem Titelbild verschwamm vor ihren Augen. Am unteren rechten Rand entdeckte sie die Umrisse einer Friedenstaube. Ohne es wahrzunehmen, schüttelte sie den Kopf. «Du? ...», sagte sie und schaute ihn ungläubig an. «Wegen mir?»

Er lächelte und zuckte mit den Schultern. «Ich muss, die Besucher warten.»

Meli schlug das Buch auf. «Für Melanie», stand auf der ersten Seite. Gedruckt in dezenter Zierschrift. Vor ihren Augen begannen die Buchstaben zu tanzen.

Hastig ging sie das Inhaltsverzeichnis durch. Ihr Blick blieb auf dem Titel «Tantra und Meditation» kleben. Sie überflog das Kapitel und suchte Beats Name, fand ihn aber nicht. Erleichtert atmete sie auf.

Als sie weiterblätterte, entdeckte sie eine kleine Karte mit einer von Hand gezeichneten Taube. «Gutschein für den Einführungskurs in die neue Esoterik». Einführungskurs? Marc als Meditationslehrer? Sie klappte das Buch zu und schaute fassungslos zu Marc auf die Bühne.

Marc liess seinen Blick langsam durch die Zuschauerreihen wandern.

«Jetzt weiss ich, wie es sich anfühlt, ein Guru zu sein», hauchte er ins Mikrophon und lachte verschmitzt. Der Saal brach in schallendes Gelächter aus.

«Besonders willkommen heissen möchte ich die vielen Freunde, die ich in den letzten Monaten an Kursen und Workshops in der Schweiz und rund um die Welt kennengelernt habe. Die Erkenntnisse meiner Studien und Reisen habe ich in diesem Buch zusammengefasst.» Marc streckte es in die Höhe und las «Die neue Esoterik.»

Er verkündete, dass jeder zehnte Gast einen Gutschein für sein Einführungsseminar in die neue Esoterik gewonnen habe. Die Lose mit den runden Zahlen seien Treffer.

«Ich war bis vor eineinhalb Jahren ein überzeugter Skeptiker», erzählte Marc. «Ich nahm von der Welt nur wahr, was sich messen und nachweisen liess. Bis mir eine wunderbare Frau die Liebe kündigte, weil ich nicht bereit war, hinter die Dinge zu schauen.» Das Raunen im Saal trieb Melanie das Blut in den Kopf.

«Als Strafe auferlegte ich mir ein einjähriges Experiment. Ein halbes Jahr lang las ich Bücher über Mystik, Spiritualität und Esoterik und besuchte viele Seminare und Workshops. Dann folgte eine halbjährige Wanderzeit, die mich rund um die Welt führte.»

Er machte eine Pause und liess seinen Blick durch die Reihen schweifen.

«Ich besuchte Klöster, Ashrams, Schamanen, spirituelle Meister und Gurus. Dabei entdeckte ich, welch geistige Kraft in der Meditation steckt. Die Skepsis verfolgte mich, aber weiterhin, bis mir ein buddhistischer Mönch eine alternative Perspektive auf die spirituelle Welt aufzeigte.»

Marc hielt inne und schaute über die Köpfe hinweg, als erwarte er eine Eingebung.

«Ich deponierte aber meinen Kopf nicht an der Garderobe der Ashrams, sondern versuchte, die spirituellen Erfahrungen auch intellektuell zu reflektieren. Daraus entstand eine Synthese aus intuitiver und kognitiver Spiritualität, oder eben die neue Esoterik.» Marc hob sein Buch noch einmal in die Höhe. «Zwischen diesen Buchdeckeln findet ihr das Resultat.»

Ein Raunen ging durch den Saal. Marc wusste nicht, ob er mehr Zustimmung oder Skepsis heraushörte.

«Ich bin auf meiner Reise beeindruckenden Lehrern begegnet», fuhr er fort, «ich lernte aber auch Meister und Gurus kennen, die auf der Suche nach der Erleuchtung über ihr grosses Ego stolperten.»

Das Lachen einzelner Besucher ging rasch im Murren unter.

Er schaute zu Meli hinunter, die wie versteinert auf ihrem Stuhl sass.

«Ich verstehe eure Skepsis», beschwichtigte er rasch, «doch wir dürfen die suggestive und verführerische Kraft spiritueller Rituale nicht unterschätzen, die leicht missbraucht werden kann.»

Im Saal breitete sich eine Unruhe aus. Er sah, wie Meli die Armlehne umklammerte.

Marc hob beschwichtigend seine Arme.

«Ich widme in meinem Buch viel Raum den seriösen spirituellen Meistern. Beeindruckt und geprägt haben mich vor allem die buddhistischen Klöster, in denen sich die Mönche streng am Vorbild von Siddhartha Gautama orientieren. Sie leben asketisch und entsagen der Welt, um das Leiden zu überwinden. Wenn ich dagegen an das hedonistische Leben im Osho-Club bei Puna denke, kommen wir Zweifel, ob wir mit unserem westlich geprägten Esoterikboom auf dem richtigen Pfad sind.»

Wieder musste er eine Pause einlegen und warten, bis sich das Raunen gelegt hatte.

«Eigentlich geht es mir bei meiner Synthese darum, die buddhistische Prinzipien in unsere Spiritualität zu integrieren. Mir ist bewusst, dass wir mit unserem modernen Lebensstil und den wirtschaftlichen und sozialen Bedingungen den reinen Buddhismus nicht umsetzen können. Doch wir sollten eine Annäherung wagen und unsere Konsummentalität auch in spirituellen Belangen überdenken. Wie das möglich ist, zeige ich im Buch auf.»

«Hör doch auf mit deinem psychologischen Geschwurbel», rief ein Zuhörer dazwischen, «mit Esoterik hat das nichts zu tun, mit einer neuen schon gar nicht.» Verhaltenes Gelächter liess Marc innehalten.

Nach einer kurzen Pause fügte er an: «Spirituelle und grobstoffliche Phänomene durchdringen und bedingen einander. Das Übersinnliche lässt sich nicht vom alltäglichen Leben abkoppeln. Wenn wir meditieren, laufen auch psychische und hirnphysiologische Prozesse ab. Wer spricht denn dauernd von Ganzheitlichkeit? Ganzheitlich bedeutet eine Synthese von feinstofflichen und grobstofflichen Dingen.»

Marc sprach gegen die wachsende Unruhe im Publikum an. Einzelne Besucherinnen standen auf und verliessen den Saal. Er spürte, dass er die Mehrheit gegen sich hatte und ihm das Geschehen entglitt. Rasch versuchte er, das Publikum mit der Geschichte von Geldün zu besänftigen, doch die Stimmung war bereits gekippt.

«Du predigst Demut und Bescheidenheit, schwingst dich aber selbst zum Guru auf», rief ein Mann dazwischen.

«Genau», unterstützte ihn eine Frau, die Marc nicht ausmachen konnte, «ich kenne dich. Dein aggressiver Auftritt im *Chitradurga* sagt alles.»

Marc erkannte, dass es sinnlos war, seine Ideen zu verteidigen.

«Ich lade euch zum Apero ein, vielleicht kann im persönlichen Gespräch meine Haltung deutlich machen. Fundiert Aufschluss gibt aber das Buch, das ihr mit 20 Prozent Rabatt kaufen könnt.»

Mit einem Sprung verliess er die Bühne.

Meli stand auf und schaute ihn verlegen an. Sie suchte nach Worten. «Ich bin sprachlos», sagte sie schliesslich. «Alles wegen mir?» Sie kämpfte mit den Tränen.

«Nicht nur, aber ein bisschen schon», versuchte er sie zu beruhigen.

«Mir ist längst bewusst, dass ich mich unmöglich verhalten habe. Es tut mir sehr leid, doch ich war völlig blockiert und ...»

«... lass nur, die Wunde blutet nicht mehr.»

«Schon, aber ...»

Christa, die sich unbemerkt unter die Besucher gemischt hatte, gesellte sich zu ihnen und puffte Marc in die Rippen.

Er schreckte zurück. «Du ...? Woher ...»

«Spirituelle Intuition der höheren Art.» Christa prustete los.

Das Blut schoss ihm in den Kopf. Bitte, jetzt nicht, flehte er sie in Gedanken an.

«Du darfst dein Cousinchen nicht unterschätzen.» Sie schaute ihn herausfordernd an.

«Was für ein Auftritt! Mein Vetter Marc als Schriftsteller. Und volles Haus bei der Vernissage. Aber das falsche Publikum ...»

«... bitte ...», unterbrach er sie. «Es ist jetzt nicht der Moment ...»

Christa liess sich aber nicht beirren. «Alles wegen dir», stellte sie fest und warf Melanie einen fordernden Blick zu.

«Komme ich wieder einmal ungelegen?», fragte Christa.

«Ja», antwortete Marc bestimmt. «Sehr sogar.»

«Das bin ich mich gewöhnt. Übrigens: Seit wann habt ihr denn wieder Kontakt?»

«Eigentlich ...», antwortete Melanie zögerlich.

«... seit heute», fiel ihr Marc ins Wort.

«Ich glaube ...», sagte Melanie und machte Anstalten, sich zu verabschieden.

«... nein, bitte, bleib noch», bat Marc.

Sie schaute beschämt zu Boden.

Ein paar Besucherinnen baten Marc um ein Autogramm.

Rasch kritzelte er Unterschriften in seine Bücher und warf zwischendurch einen Blick auf Meli, die verloren dastand.

«Übrigens», stellte Christa triumphierend fest, als er sich wieder ihr zuwandte, «ich habe die Nummer 90 gezogen. Was für ein Scheissglück. Es wird mir ein Vergnügen sein, im Lotussitz zu deinen Füssen zu sitzen. Ich garantiere dir, dass wir spätestens am dritten Abend nur noch zu zweit sein werden. Du und ich. Dann können wir genauso gut in meinem Hexenhäuschen auf meine Lasagne meditieren.»

Marc warf ihr einen erbosten Blick zu. Sie hob beschwichtigend die Hände. «Ich sehe ja ein, dass ich an der falschen Veranstaltung bin.» Sie gab Marc einen Kuss auf die Wange und machte sich davon.

Als Marc sich umschaute, war Meli verschwunden.

«Scheisse», fluchte er und bahnte sich rasch einen Weg zum Ausgang.

30

Melanie wälzte sich im Bett. «Wir müssen den Buddha in uns finden.» Sein Satz hallte wie ein Hintergrundgeräusch nach. Ein Jahr lang von Workshop zu Workshop. Eine Tortur für ihn. Oder hat er tatsächlich eine geistige Metamorphose vollzogen? Ihr Kopf glühte.

Schweissgebadet stand sie unter die Dusche und liess das Wasser minutenlang über ihren Körper perlen. Danach ging sie in die Küche und machte sich einen Beruhigungstee. Mit der Tasse in der Hand stand sie am Fenster und schaute in die Nacht hinaus. Ihr Blick prallte an der Dunkelheit ab.

Als sie kalte Füsse bekam, ging sie zurück ins Bett.

Die Glockenschläge von der fernen Kirche machten ihr klar, dass sie schon zwei Stunden lang wach lag. Eineinhalb Jahre Phantomliebe? Die Rosen kamen ihr in den Sinn. Ich hätte es wissen müssen.

Irgendwann hatten die quälenden Gedanken sie so sehr ermüdet, dass der Schlaf die Oberhand gewann. Doch das Karussell drehte sich weiter. Im Traum standen sich Beat und Marc auf der Bühne des Volkshauses gegenüber und schrien sich an. Melanie verstand kein Wort, sie konnte die beiden Stimmen nicht auseinanderhalten.

Als sie sich die Ohren zuhalten wollte, erwachte sie und zitterte am ganzen Körper.

31

Ein Sonnenstrahl, der eine Lücke zwischen den Vorhängen gefunden hatte, traf seine Augenlider. Mit einem tiefen Seufzer schüttelte Marc die Tempeldämonen ab, die ihn im Traum drangsaliert hatten. Unter der Dusche sang er laut: *Sie ist gekommen.*

Marc drückte den grünen Knopf der Kaffeemaschine und spurtete los. Die Zeit reichte exakt, um die Zeitung zu holen. Geriet er aus dem Rhythmus, war die Tasse bis zum Rand gefüllt, und er musste sie vorsichtig zum Mund führen. Bei einem Fehltritt schwappte die braune Brühe leicht über. Die Form stimmt, stellte er fest, als er die Maschine stoppte.

Er setzte sich an den Küchentisch und schlug die Zeitung auf. Geistesabwesend blätterte er darin und überflog Titel und Einleitungen. In Gedanken war er noch bei Meli.

Plötzlich sprang ihn eine Überschrift an. «Antiguru sagt Esoterikern den Kampf an». In der Einleitung las er seinen vollen Namen. Mist, fluchte er vor sich hin.

Hastig überflog er den Artikel. Sein Puls kletterte mit jeder Zeile höher. «Als er die Leichtgläubigkeit der Esoteriker und ihre spirituelle Konsummentalität geisselte, ging ein Raunen durch das Publikum. Der Autor setzte sein rhetorisches Feuerwerk fort. Zuerst erntete er Zwischenrufe, dann verabschiedete sich ein Teil der spirituellen Sucher beleidigt. Der Eklat war perfekt.»

Er las den Artikel ein zweites Mal. Dann schlug er mit der Faust auf die Zeitung und zerknüllte sie.

Er suchte die Telefonnummer der Redaktion heraus.

«Hallo, können sie mir den Journalisten oder die Journalistin mit dem Kürzel alb. geben?»

«Um was geht es?»

«Um den Artikel über den Antiguru», antwortete Marc der Sekretärin.

«Ich versuche, sie mit Herrn Albertini zu verbinden.»

Er drehte die Kaffeetasse, bis ihn das Quietschen nervte, das das Porzellan auf der Glasscheibe erzeugte.

«Albertini!»

Marc hielt den Hörer zwanzig Zentimeter vom Ohr entfernt.

«Ich bin der Antiguru und möchte gern wissen, was sie bewogen hat, einen Artikel über meine Veranstaltung zu schreiben.»

«Gratuliere. Endlich einer, der es wagt, den Esoterikern den Spiegel vorzuhalten.»

«Sie haben ihren Text so zugespitzt, dass er ein falsches Bild von der Buchvernissage zeichnet», protestierte Marc. «Ich bin auch kein Guru ...»

«... habe ich auch nicht geschrieben.»

«Nein, aber ein Antiguru ist auch eine Art Guru.»

«Moment mal. Wer schafft es schon, den Weissen Saal des Volkshauses zu füllen?» Albertini schickte seiner Aussage ein grollendes Lachen hinterher.

Marc unterbrach das Gespräch nach einem knappen Gruss und fluchte laut vor sich hin.

Er startete widerwillig den Computer. 253 Klicks seit gestern auf seiner Homepage. Er wusste nicht, ob er sich freuen sollte. Rasch öffnete er die Mailbox. «Verräter!», las er im Titel der ersten Nachricht. Der Absender hatte die Adresse bds147. Feigling, zischte er vor sich hin. Die meisten Mails enthielten Beschimpfungen. Nur erzürnte Leser reagieren, versuchte er sich zu beruhigen.

Eine lange Mail weckte seine Neugier. Eine Daniela schrieb, ihre Mutter sei vor einem Jahr an Brustkrebs erkrankt und habe hellsichtige Medien, Naturheilärzte und Geistheiler konsultiert. «Manche warnten sie dringend vor einer Bestrahlung oder Chemotherapie. Das Gift beeinflusse ihre Schwingungen negativ, zerstöre ihren Körper und schwäche die Selbstheilungskräfte. Mein Bruder ist Arzt und wollte sie zu einer medizinischen Behandlung überreden. Doch sie liess sich nicht umstimmen. Auch das Argument, sie habe eine statistische Heilungschance von 80 bis 90 Prozent prallte an ihr ab.»

Marc goss Milch in den Kaffee und nahm einen Schluck.

Nach drei Monaten habe sie heftige Schmerzen bekommen, las Marc weiter, doch der Heiler habe ihr dringend abgeraten, Schmerzmittel zu schlucken, weil diese das Immunsystem schwächen würden. Vier Monate später sei die Brust aufgebrochen. Unser Bruder habe ihr den baldigen Tod prophezeit, doch sie habe sich weiterhin dem Heiler anvertraut. Vor einem Monat sei sie unter unerträglichen Schmerzen gestorben.

Marc stand auf und marschierte im Wohnzimmer hin und her. Im Gehen räumte er Dinge weg, die herum lagen. Dann holte er den Staubsauger hervor. Das tat er nur, wenn es ganz schlimm kam. Er traktierte fluchend den Teppich.

Nachdem er auch den hintersten Winkel im Schlafzimmer gesaugt hatte, setzte er sich wieder an den Computer. «Meine Mutter hatte ihre karmische Belastung abgetragen und galt als erleuchtet», schrieb Daniela weiter. «Sie hätte also gar nicht erkranken dürfen. Kannst du dir das erklären? Ich möchte mich für den Kurs anmelden und dein Buch bestellen. Vielleicht können wir einmal darüber sprechen.»

32

«Hallo, hier ist Madame Lasagne», tönte es ihm in einer Lautstärke entgegen, die ihn zusammenzucken liess. «Sprichst du noch mit mir?»

«Die Lust hält sich in engen Grenzen», antwortete er. «Dein Auftritt gestern war völlig daneben.»

«Kann ich verstehen, war aber nötig. Die Veranstaltung war ziemlich krud. Ich musste dein Hochamt auf menschliche Dimensionen zurechtstutzen. Hoffentlich kannst du mir verzeihen. Denn ich möchte es nicht mit einem Guru verderben. Sorry: Antiguru.»

«Dir entgeht auch gar nichts. Spionierst du mir etwa hinterher?» Marc warf sich aufs Sofa.

«Wo denkst du hin. Ich habe zuverlässige Quellen. Kommst du heute Abend zu Rioja und Lasagne? Das bringt dich wieder auf den Boden. Oder wirst du schon zu sehr von deinen Verehrerinnen in Anspruch genommen?»

«Lass die Sprüche! Es ging mir vor allem um Melanie ...»

«... ihr seid furchtbar kompliziert», unterbrach sie ihn. «Ah, ich muss. Meine Chefin. Also bis um 19 Uhr.»

Als Marc am Abend Christas rostige Gartentür öffnete, stiess einer der Pfauen einen durchdringenden Warnschrei aus, und Kater Pascha stolzierte ihm gemächlich entgegen. Unter der Tür hielt er Christa einen Blumenstrauss hin. «Eigentlich hätte ich dir einen grossen Kaktus bringen müssen», begrüsste er sie.

«Nun übertreib mal nicht. Ich habe Melanie nur auf sanfte Weise über die Zusammenhänge deines irrwitzigen Projektes aufgeklärt.»

«Sanft. So sanft, dass sie die Flucht ergriffen hat!», brauste Marc auf.

«Ich wusste ja nicht, dass sie ein so zartes Pflänzchen ist. Doch komm zuerst rein, bevor du mir die Leviten liest.» Sie zog ihn am Arm über die Schwelle.

«Ich mag mich nicht erinnern, von dir je Blumen bekommen zu haben. Eine Belohnung für gestern? Dann nehme ich den Besen mit besonderer Freude entgegen und bedanke mich artig.»

«Pass nur auf, dass du damit nicht davonreitest.»

«Ha, ha, soll das witzig sein?» Christa riss eine Schnute und schubste ihn in ihre Hexenstube.

«Mal im Ernst, mein lieber Vetter.» Sie zog den Ausdruck genüsslich in die Länge. «Dein gestriger Auftritt war mindestens von der Performance her überzeugend.» Christa zwinkerte ihm zu, als freute sie sich darüber, auch einmal ein Kompliment anbringen zu können. «Die Form hat den Inhalt aber um Längen übertroffen.»

«Das Experiment war für mich eine gute Erfahrung.»

«Das sagen alle, die Mist gebaut haben. Wer eineinhalb Jahre und ein kleines Vermögen investiert, kann nicht zugeben, dass der Einsatz für die Katze war.»

«Abgerechnet wird am Schluss», entgegnete er.

«Glaubst du im wirklich, Melanie mit deinen Eskapaden zurückzugewinnen?»

«Ich tat es ja nicht nur wegen ihr.»

«Aber hauptsächlich», erwiderte Christa. «Bist du tatsächlich von der esoterischen Synthese und Buddhas Askese überzeugt?»

«Ich habe erkannt, dass wir Menschen eine spirituelle Seite haben, die wir nicht verdrängen sollten ...»

«Oh, die Suppe». Christa sprang auf und hastete in die Küche. Bald kam sie mit zwei dampfenden Tellern zurück.

«Tomatensuppe». Er streckte die Nase in die Luft. «Bei Suppen und Lasagne bist du unschlagbar. Wie bei deiner Begabung, Hoffnungen und Illusionen zu zerstören.»

«Das ist eine edle Aufgabe und kann schmerzliche Bruchlandungen verhindern», entgegnete Christa triumphierend. «Warum nur werde ich von der ganzen Welt missverstanden?»

«Du machst nicht den Eindruck, als würdest du darunter leiden.»

Christa gab ihm unter dem Tisch einen Tritt ans Schienbein. «Doch mal ehrlich: Man kann Esoterik nicht veredeln.» Sie hob das Weinglas und prostete ihm zu. Beim Klirren der Gläser sprang Kater Pascha zu ihm hoch.

«Was hat uns der ganze übersinnliche Zauber gebracht? Mehr Gerechtigkeit? Dass ich nicht lache! Mehr Menschlichkeit? Nicht die Bohne! Mehr Moral? Das schon gar nicht.» Sie machte eine Pause und schien zu überlegen.

«Ich hab's», sagte sie und fuchtelte mit dem Löffel herum. «Religion hat uns sakrale Bauten beschert, die wir auf unseren Reisen bestaunen dürfen. Die Pyramiden von Gizeh. Ein Wunderwerk des Aberglaubens! Die Tempel von Ankor Wat. Phänomenale Bauwerke! Die Stupas von Bagan in Burma. Unerreicht! Doch Hunderte Arbeiter sind bei der heiligen Schinderei draufgegangen.»

«Ich weiss, ich weiss, doch die Zeiten sind vorbei. Aber du kannst nicht abstreiten, dass Meditation auch ohne Klimbim möglich ist. Sie wirkt beruhigend und regt den Geist an.»

Pascha grub die Krallen in seine Hose. Er nahm die Katze am Schopf und beförderte sie in hohem Bogen auf den Kachelofen.

Christa holte die Lasagne und rief aus der Küche: «Das erledige ich ohne Guru bei einem Glas Rotwein auf meinem Hexensessel.»

«Wie hat Meli auf dich gewirkt?», fragte Marc, als Christa ihm den Teller füllte.

«Ein attraktives Weibsbild, aber zu zart für dich. Optisch passt's prächtig, doch eine Beziehung lebt nicht von der Fassade. Auch eine Edelstute ist es nicht wert, sich ihretwegen auf den Kopf zu stellen. Und nach eurer Vorgeschichte ... Aber auch Hexen können sich irren.»

«Vor meinem Unfall war Meli nicht so zart besaitet. Mein Kampf gegen den Tod hat bei ihr offensichtlich eine posttraumatische Reaktion ausgelöst.»

Marc streichelte mechanisch Mausi, das rote Katzenweibchen, das inzwischen Paschas Platz eingenommen hatte.

«Hast du deswegen Schuldgefühle? Veranstaltest du den ganzen Zirkus aus Mitleid?» Christa schien überrascht zu sein.

«Nicht nur. Ich hoffe auch, dass sie das Trauma überwindet», antwortete Marc und fügte rasch an: «Übrigens habe ich den Eindruck, dass du deine gute Stube noch mehr mit Krimskrams überstellt hast. Sie würde sich für meine Hexenseminare anbieten.»

«Du bist nicht bei Trost! Du und zwölf geile Eso-Tussis in meinen Räumen? Die Wohnung wäre für alle Zeiten entweiht und derart elektrostatisch aufgeladen, dass meinen Katzen alle Haare zu Berge stehen würden.»

Er lachte so heftig, dass Mausi erschrocken auf den Boden sprang.

«Du bist für mich immer noch ein Rätsel», stellte Christa fest und schob eine Gabel Lasagne in den Mund.

«Schön, dass ich dich auch mal überraschen kann», gab Marc zurück und nippte am Weinglas.

Zum Tiramisu unterhielt Christa ihn mit Episoden aus dem Stadthaus. Sie arbeitete als Mediensprecherin von Stadträtin Erika Elmer und konnte die Stadtheiligen, wie sie die Exekutivmitglieder spöttisch nannte, trefflich mimen.

«Wenn du nicht den Lohn von ihnen beziehen würdest, könntest du mit dieser Parodie im Bernhard-Theater auftreten», stellte Marc fest.

«Übrigens», fügte er an: «Wer hat dich auf meine Einladung aufmerksam gemacht?»

«So, so, das möchtest du wissen?»

«Na komm schon, zier dich nicht.»

«Ok», besänftigte sie Marc. «Im Stadthaus wimmelt es von esoterisch durchgeknallten Sekretärinnen und Sachbearbeiterinnen. Sie sprachen in den Pausen immer wieder von deiner Vernissage. Ich hütete mich natürlich, mich zu outen.»

«Dir bleibt gar nichts verborgen», stöhnte er und schaute auf die Uhr. «Oh, schon spät. Ich muss.»

33

Am nächsten Morgen schrillte der Wecker um sechs Uhr. Marc wollte die Wohnung noch etwas aufräumen, bevor Daniela kam. Ich als Therapeut und Tröster? Er musste sich zuerst mit dem Gedanken anfreunden. Missmutig räumte er Souvenirs von der Bar und staubte sie ab. Der Krimskrams muss weg, entschied er und holte einen Abfallsack.

Um acht Uhr klingelte es. Er schaute durch den Spion und pfiff leise durch die Zähne. Sie begrüsste Marc mit einem forschen Blick. Fünfundzwanzig, schätzte er. Auffällige dunkle Augen, braune Haare, kunstvoll hochgesteckt. Daniela strahlte ihn erwartungsfroh an. Trauer? Keine Spur. Vielleicht überspielt sie mit dem entwaffnenden Lächeln ihre Verlegenheit, überlegte er.

Sie setzten sich an den Salontisch, und Daniela erzählte von ihren esoterischen Erfahrungen und vom qualvollen Tod ihrer Mutter.

«Ich verstehe einfach nicht, weshalb sie sterben musste», sagte sie mit Tränen in den Augen.

«Wer bei einem aggressiven Krebs auf eine schulmedizinische Therapie verzichtet, spielt mit dem Leben», antwortete Marc. «Viele Heiler überschätzen ihre Möglichkeiten. Ich glaube nicht, dass wir Menschen fähig sind, mit unseren feinstofflichen Kräften gezielt auf die grobstoffliche Welt einzuwirken. Gegen einen aggressiven Krebs sind alternative Methoden oder Geistheilung weitgehend machtlos.»

Daniela schaute ihn mit grossen Augen an.

«Seit Generationen versuchen medial begabte Menschen, die Trennung zwischen Natur und Religion zu überwinden. Unser Körper unterliegt in erster Linie biologischen und medizinischen Gesetzen. Deshalb kommen wir mit Geistheilung allein selten ans Ziel.»

Daniela drückte sich tief in den Sessel. «Heisst das, es gibt die übersinnliche Welt gar nicht?», fragte sie irritiert.

«Das habe ich nicht gesagt», beschwichtigte Marc. «Doch wenn wir die beiden Welten verschmelzen könnten, wären wir erleuchtet. Dann wären Wunder auf der grobstofflichen Ebene an der Tagesordnung. Es gäbe keine Krankheiten mehr, und deine Mutter hätte nicht sterben müssen.»

Sie schaute ihn verständnislos an. «Aber die Chakren, die Aura, das Karma, die Wiedergeburt ...» stammelte sie und holte ein neues Taschentuch hervor.

«Schon, doch die Kraftpunkte und der feinstoffliche Zweitkörper sind klar auf der spirituellen Ebene angesiedelt und funktionieren nach den Kriterien der geistigen Welt ...»

«Die spirituellen Kräfte wirken doch auch auf den Körper», wandte Daniela ein.

«Schon, doch die Effekte sind begrenzt», wiegelte er ab. «Auch Ärzte berücksichtigen die Psychosomatik.»

Marc spürte, dass sich Daniela nicht mit seinen Antworten abfinden konnte und fügte rasch hinzu: «Man kann mit übersinnlichen Ritualen die geistigen Energien ein Stück weit stärken und die Selbstheilungskräfte fördern. Das reicht aber nicht, um schwere Krankheiten zu heilen.»

Daniela insistierte: «In den Spitälern sterben aber auch viele Patienten an Krebs.»

«Sicher. Aber die Ärzte können eine klare Diagnose stellen, die Krebsart bestimmen und die Wahrscheinlichkeit einer Genesung anhand statistischer Werte berechnen. Ausserdem hat die traditionelle Medizin eine ganze Palette an wirksamen Therapien entwickelt. Die Onkologen machen den Patienten auch keine falschen Hoffnungen.»

«Viele Versprechen der Heiler sind vielleicht übertrieben, aber sie geben ihren Patienten wenigstens Trost und Hoffnung.» Daniela warf ihm einen trotzigen Blick zu.

«Was nützt den Patienten ein wenig Trost, wenn sie bald darauf sterben?», fragte Marc und kämpfte gegen seine wachsende Ungeduld.

«Ich habe auch schon Freunde durch Handauflegen geheilt.»

«Aha, du heilst selbst?» Marc rollte die Augen. «Welche Krankheiten hatten denn deine Freunde?»

«Erkältungen, Grippe, Magenkoliken, Kopfschmerzen ...»

«Woher nimmst du die Gewissheit, dass du die Heilung bewirkt hast?» Marc stand auf und holte einen Kugelschreiber vom Schreibtisch. Er musste seine Finger beschäftigen.

Daniela stellte schnippisch fest: «Wenige Tage nach meiner Behandlung waren sie beschwerdefrei.»

«Diese Beschwerden klingen meist von allein ab. Unser Körper ist immer noch der beste Arzt. Oder Heiler. Eine Heilmethode muss sich bei schweren, akuten Krankheiten beweisen ...»

«... aber ich kenne Heiler, die Krebsheilungen dokumentiert haben.»

«Und weshalb ist deine Mutter gestorben?»

Daniela heulte los. «Das möchte ich von dir wissen.»

Marc schaute sie ungläubig an. «Das musst du den Heiler fragen, der sie behandelt hat.»

«Er will nicht mit mir darüber sprechen», gab Daniela kleinlaut zurück.

«Warum wohl? Vielleicht, weil er deine Mutter auf dem Gewissen hat und fürchtet, du könntest ihn einklagen?»

Daniela sprang auf und wischte sich die Tränen ab. Schluchzend fragte sie, ob sie sich im Bad zurecht machen könne. «Ich kann so nicht auf die Strasse.»

Er gab ihr einen Waschlappen und startete den Computer. Um sich abzulenken, spielte er das chinesische Geduldspiel Mahjong. Zwischendurch schaute er immer wieder zum Badezimmer.

Nach zwanzig Minuten kam Daniela heraus und erklärte: «Ich glaube, ich werde den Kurs bei dir doch nicht besuchen.»

«Ist wohl besser so», antwortete er knapp.

Daniela war erleichtert und wollte wissen, was sie ihm schulde.

«Nichts», antwortete er, «du bist mit meiner Leistung ohnehin nicht zufrieden.»

Unter der Tür blieb sie stehen und fragte: «Hast du Erfahrungen mit Jenseitskontakten? Ich habe meine Mutter am Tag vor ihrem Ableben im Stich gelassen. Es lässt mir keine Ruhe. Ich möchte mich auf medialem Weg bei ihr entschuldigen und mich von ihr verabschieden.»

«Heiliger Strohsack», rief Marc. Daniela zuckte zusammen und verliess hastig das Haus.

Am andern Morgen schwang sich Marc auf sein Motorrad und fuhr Richtung Schlieren. Der Morgennebel beschlug das Visier seines Helms, die feuchte, kalte Winterluft drang durch Ärmel und Kragen seines Lederkombis, das ihm seit seiner Weltreise ein wenig zu gross war. Saukalt, fluchte er vor sich hin.

Das Auto von Bernadette stand bereits auf dem Parkplatz. «Entschuldige die Verspätung.» Er rieb sich die kalten Hände, legte den Helm auf den Tisch und schaute sich interessiert um.

«Keine Ursache. Ich habe die Zeit genutzt, um die Arbeiten der Handwerker zu kontrollieren.» Bernadette, die er an einem Seminar über die geistige Transformation kennengelernt hatte, kam freudig auf ihn zu und umarmte ihn.

«Und? Gefällt es dir?»

«Wirklich toll», bestätige Marc.

Sie richteten ihre Blicke zur Decke und drehten sich um die eigene Achse. «Diese Farbverläufe schafft nur ein Könner seines Fachs», schwärmte Bernadette. «Die dunkle Decke ist zwar nicht ganz stilreines Feng-Shui, aber optisch das Bijou des Raumes.»

Marc nickte anerkennend.

«Kannst du auch mit den Stellwänden leben?», fragte Bernadette. «Wir müssen den Hall brechen und den Energieabfluss bremsen. Ich weiss zwar, dass du nicht viel auf Feng-Shui gibst, aber du wirst die Wirkung bald spüren. Übrigens, ich habe eine Überraschung für dich», fügte sie hinzu und schaute Marc mit einem erwartungsvollen Blick an. «Sie steht in deinem Praxisraum. Schliesse die Augen.» Sie nahm ihn an der Hand und führte ihn ins Nebenzimmer.

«Jetzt kannst du sie öffnen.»

Marc schaute auf einen Biedermeierfauteuil, der mit Purpursamt überzogen war.

«Wow», stiess er hervor. «Ein schönes Stück.»

«Ein Geschenk von mir. Du machst dich sicher gut darin.»

«Oh, vielen Dank. Aber ist das nicht ein bisschen protzig?»

«Überhaupt nicht. Es muss auch optisch klar werden, wer die geistige und spirituelle Autorität ist. Würde unterstreicht Glaubwürdigkeit, und Glaubwürdigkeit schafft Bindung.» Bernadette deutete eine Verbeugung an.

«Schon, aber ich will mich nicht in Szene setzen ...»

«... trotzdem. Die Meditationsschüler sind sich ein gewisses Setting gewohnt. Wenn die Form nicht stimmt, fühlen sie sich irritiert und der Inhalt verpufft.»

Sie trugen den Sessel in den Meditationsraum und stellten ihn aufs kleine Podest.

«Los, setz dich rein», ermunterte Bernadette ihn. «Soll ich dazu Schubert laufen lassen?»

«Ich bitte dich!», entgegnete Marc und liess sich widerwillig auf dem Fauteuil nieder.

Bernadette klatschte in die Hände. «Wow, die Frauen werden auf dich fliegen. Wenn ich nicht schon in guten Händen wäre, würde ich die vorderste Matte reservieren.»

Marc stand rasch auf und winkte ab.

Sie tranken an der Theke einen Saft, während Marc von seiner Reise durch Asien erzählte. Bernadette wollte schon oft nach Indien, hatte aber Angst vor dem Kulturschock. Auch Marcs Schilderungen vermochten sie nicht zu überzeugen.

Auf dem Heimweg versuchte Marc sich vorzustellen, wie er am besten auf dem Fauteuil Platz nehmen sollte. Mit übereinander geschlagenen Beinen? Die Arme auf die Lehnen gestützt? Oder sollte er ihn nur als Dekoration benützen?

34

«Wir meditieren auf den Willen zur Freiheit», sagte Marc und stellte die Musik von *Back to Earth* etwas leiser. Die neun Kursteilnehmerinnen und drei Kursteilnehmer schauten immer noch staunend um sich.

Marc rankte auf seinem Fauteuil hin und her.

«Wir müssen geistig frei sein, um innerlich leer zu werden», fuhr er fort. «Wir sind schicksalhaft an die materielle Realität gebunden und können uns deshalb der geistigen Welt nur dialektisch nähern. Wer seine Erfahrungen aus der grobstofflichen Realität auf der Reise in die spirituellen Sphären verdrängt, spaltet einen Teil seines Bewusstseins ab.»

Marc machte eine Pause und schaute in ratlose Gesichter.

«Konzentriert euch auf die Synthese der beiden Realitäten. Spürt, wie ihr ganz bei euch seid, wenn ihr es schafft, die beiden Welten zu verbinden.»

Er hielt inne und schaute in die Runde. Ein paar Teilnehmer hielten die Augen geöffnet und wirkten verunsichert.

«Offenbar seid ihr euch solche Gedanken nicht gewöhnt», unterbrach er die Meditation. «Betrachtet spirituelle Rituale als religiöse Betätigung. Religion heisst Rückbindung. Die Bindung der übersinnlichen Welt an die Alltagsrealität. Intelligenz ist keine Konkurrenz zur Spiritualität, sondern eine Ergänzung.»

Alle schauten verwundert zu ihm hoch. Marc hatte zwar Widerstand erwartet, aber nicht schon beim Aufwärmen.

«Nehmen wir den griechischen Philosophen Aristoteles», nahm Marc den Faden wieder auf. «Dieser Weise schaffte es, seine kognitiven Erkenntnisse mit der spirituellen Intuition zu verbinden.»

Marc prüfte die Reaktion seiner Schülerinnen und Schüler. Ein paar Gesichter hatten sich etwas aufgehellt.

«Versuchen wir es also noch einmal: Lasst euch in den Geist der Freiheit fallen. Nehmt die Bilder auf, die euch beim Gedanken daran zufliegen. Schliesst die Augen und macht euch auf die geistige Reise.»

Er beobachtete die Kursteilnehmer. Die wenigsten wirkten konzentriert. Beata fand die richtige Körperhaltung nicht und rutschte auf ihrer Matte umher, Robert blinzelte, Louise nestelte an ihrer Hose herum.

«So», durchbrach er nach einer Viertelstunde die Stille, «dann wollen wir unsere Erfahrungen austauschen. Wer bricht das Eis?»

Niemand meldete sich, die meisten senkten ihren Blick.

Schliesslich hob Marianne ihre Hand. Er gab ihr mit dem Kopf ein Zeichen.

«Mir ist das zu kopflastig. Spirituelle Gefühle nehme ich mit dem Bauch wahr. Wenn der Verstand hineinfunkt, geht übersinnlich bei mir nicht mehr viel.»

«Dann nimm die Herausforderung an und versuche, die Schwingungen auch mit dem Geist wahrzunehmen.»

«Was verstehst du denn unter Geist?», fragte Bruno ungehalten.

«Wir wollen hier kein philosophisches Kolloquium veranstalten», wiegelte Marc ab.

«Du weichst aus», wandte Erika ein.

Marc hielt inne. «Wenn wir über den Geist diskutieren, entfernen wir uns endgültig von der Form von Meditation, die ihr wünscht. Lasst es gut sein für heute. Ich werde am nächsten Mittwoch einen sanfteren Einstieg wählen. Ich spendiere euch im Foyer eine Erfrischung.»

Mehrere Kursteilnehmerinnen streckten die Köpfe zusammen und tuschelten. Marc sass verloren an einem Tischchen und nippte an seinem Saft. Laura schien seine Gedanken zu ahnen und setzte sich zu ihm.

«Ihr habt wohl ein esoterisches Wohlfühlseminar erwartet und seid nun enttäuscht», begann er und starrte in sein Glas, das er in den Händen drehte.

Laura schaute ihn mürrisch an. «Du musst mich nicht anpflaumen», unterbrach sie ihn. «Ich gehöre vermutlich zu den wenigen, denen deine Exkurse gefallen haben.»

«Sorry, mich beschäftigt die geistige Trägheit mancher Teilnehmerinnen.»

Sie legte ihm die Hand auf den Arm. «Hast du etwas anderes erwartet?»

«Eigentlich schon. Ich erhoffte mir zumindest eine gewisse Neugier.»

«Sie sind gekommen, um in spirituellen Gefühlen zu schwelgen.»

Marcs Gesicht wurde immer länger. Die Frauen an der Bar tuschelten unentwegt. Jessica löste sich von der Gruppe.

«Wir sind überrascht von deiner Meditation, um es vorsichtig auszudrücken. Ich möchte dich im Namen aller bitten, die nächste Stunde so zu gestalten, wie du es in den Zentren und Ashrams von Indien gelernt hast. Wenn du es uns versprichst, geben wir dir noch eine Chance.»

Marc nickte gedankenverloren.

Jessica beriet sich mit der Gruppe. Als sich die Teilnehmerinnen verabschiedeten, lächelten sie ihm reserviert zu.

Er liess die Gläser auf den Tischchen stehen und schwang sich aufs Motorrad. Der Nebel verschluckte den Lichtkegel seines Scheinwerfers. Die diffusen Strahlen der Strassenlaternen wirkten gespenstisch. Es waren kaum mehr Autos unterwegs.

Zu Hause setzte er sich an den Computer. Er hatte gehofft, Meli würde ihre Kursteilnahme bestätigen.

Am nächsten Morgen spuckte die Mailbox zwei neue Anmeldungen für den Kurs aus. Aber auch eine Abmeldung. Sie habe gehört, der erste Abend sei ein Reinfall gewesen, schrieb Leonie. Er überarbeite das Konzept, antwortete er.

Sein Handy schlug an, er stöhnte.

«Schöne Pleite, was?» Ohne ihn zu begrüssen, überfiel ihn die Stimme von Christa. Reflexartig nahm er den Hörer vom Ohr.

«Woher ...?»

«Die Spatzen pfeifen es von allen Dächern.» Christas Stimme hüpfte vor Vergnügen. «Die Eso-Tussis haben dir ganz schön Saures gegeben.»

«Wer sind denn diese Spatzen ...»

«... unsere Barbie von der Informationsabteilung ist gestern Opfer deiner Voodoo-Beschwörung geworden. Sie war heute Morgen noch so geschockt, dass sie uns während der Kaffeepause ihre traumatischen Erlebnisse berichten musste ...»

«... heisst sie Lucie?», unterbrach er sie.

«Oh, du bist ja tatsächlich hellsichtig.»

«Es gibt nur ein Barbiegesicht. Was hat sie erzählt?» Marc versuchte, seine Anspannung zu unterdrücken.

«Willst du es tatsächlich wissen? Willst du dir das antun? Soviel kann ich dir verraten: Lucie hat - wenn sie von dir sprach - eine Schnute gerissen, als ob sie einen stinkenden Fisch in den Händen halte. Ich habe mich halb totgelacht. Die Arme hat mich die ganze Zeit indigniert angeschaut und nicht begriffen, weshalb ich mich kugelte.»

«Mich interessiert mehr, was sie gesagt hat», insistierte Marc.

«Sie hat dich als einen spirituellen Storch beschrieben, der dauernd über seine langen Beine stolpert.»

«Kann nicht sein. So viel Fantasie traue ich ihr nicht zu.»

«Nun gut, sie hat dich als kopflastigen Musterschüler bezeichnet, der sich darin gefalle, schöngeistige Sätze zu pinkeln. Sätze, die zwar wunderbar klingen würden, aber nichts als warme Luft seien. Wie ein Furz nach einem deftigen Essen.»

Er stöhnte laut ins Telefon.

«Und warum freut es dich, wenn ich bei meinen Schülerinnen durchfalle?»

«Das fragst du allen Ernstes? Weil ich hoffe, dass du schnell wieder von deinem Eso-Trip runterkommst und zu dir findest, mein Lieber ... Oh, ich muss, hoher Besuch. Bis bald.»

Christa. Er fragte sich oft, weshalb er sie trotz ihrer gnadenlosen Art, ihre Mitmenschen zu sezieren, mochte. Lag es daran, dass sie ihr Einfühlungsvermögen hinter derben Aussagen versteckte? Oder weil sie vor nichts zurückschreckte? Vielleicht ist es einfacher, glücklich zu werden, wenn man korpulent, genügsam und fröhlich ist. Und den meisten Leuten geistig überlegen.

Marc riss sich von seinen Gedanken los und widmete sich seinem neuen Meditationskonzept. Er füllte Blatt um Blatt, um es Mal für Mal zu zerknüllen und mit einem gezielten Wurf in den Papierkorb zu befördern. Schlechte Trefferquote, stellte er beunruhigt fest und holte zum nächsten Wurf aus. Sinnlos, entschied er sich, ich biete ihnen eine Lektion, die sich gewaschen hat und ihren Erwartungen entspricht. Dafür brauche ich kein Konzept.

Am nächsten Abend zündete er schon früh die Kerzen im Meditationszentrum an und richtete die Matten. Als er die Gläser vom Vorabend abwusch, schaute er immer wieder zur Tür. Und was, wenn ich heute allein bleibe? Dann kaufe ich mir morgen ein Flugticket nach Bali und eröffne einen Surfshop, entschied er.

Die ersten Schülerinnen und Schüler begegneten ihm reserviert. Das Buschtelefon, ärgerte er sich. Schliesslich waren es neun von elf. Immerhin, atmete er auf.

Er liess sich von der Intuition leiten, kramte ein astreines Esoterik-Vokabular hervor, fügte heitere Noten ein, die seine spirituelle Erfahrung anklingen liessen und streute die gängigen Schlüsselwörter ein.

Die Mienen seiner Schülerinnen und Schüler hellten sich im Minutentakt auf. Ihre Befürchtungen schienen sich in Luft aufzulösen. Beim anschliessenden Apero drängten sich alle um sein Stehtischchen und löcherten ihn mit Fragen über seine Reise zu den spirituellen Meistern und Gurus.

Sie wollen es so, resümierte er verärgert, als er die Gläser wegräumte.

Zu Hause startete er gewohnheitsmässig den Computer und warf einen Blick in seine Mailbox. Sein Puls schoss in die Höhe.

«Ich nehme deine Einladung gern an und werde zumindest am ersten Abend dabei sein. Herzlich Meli.»

«Yes!», schrie Marc und las den Satz noch einmal. «Sie kommt», jauchzte er. Der Ballast von vielen Monaten fiel von ihm ab. Auch wenn er wusste, dass es nur ein Etappenziel war, kam ihm Melis Mail wie eine Erlösung vor.

Am nächsten Tag füllte er seinen Papierkorb wieder mit zerknüllten Zetteln. Die Kadenz der Zielwürfe nahm gegen Mittag deutlich ab. Um 13 Uhr bestellte er eine Pizza Quatro Stagione und memorierte den Ablauf.

Er wählte ein Stück aus Beethovens Oper Fidelio aus, zerschnitt die Pizza in kleine Stücke und warf sich in den Sessel. Genüsslich stopfte er die Fladenstücke in den Mund und nippte dazwischen am Weinglas. Normalerweise trank er tagsüber keinen Alkohol.

Auf der Fahrt nach Schlieren kam ihm die kalte Winterluft wie ein Wüstenwind vor. Wenn es der Verkehr erlaubte, zeichnete er eine Schlangenlinie auf die Strasse. Bevor er die Räucherstäbchen anzündete, wirbelte er mit dem Staubsauger durch das Zentrum.

Um 19 Uhr tauchte die erste Schülerin auf. «Ich habe ein Drittel deines Buches gelesen und bin nur mässig begeistert», sagte Carola. «Spiritualität ist nun einmal eine Disziplin des Herzens und nicht des Verstandes. Auch wenn du ein paar gute Gedanken formulierst, gehst du von falschen Annahmen aus.» Er nickte geistesabwesend.

Er liess sie stehen und zündete im Foyer und Kursraum die Kerzen an. «Darf ich einen Blick in den Meditationsraum werfen?», fragte Carola. «Sicher», antwortete er und öffnete ihr die Tür. «Wow, der Himmel strahlt eine tolle Aura aus.»

Marc hantierte an der Musikanlage herum und rückte seinen Fauteuil zurecht. Die meisten Teilnehmer sassen bereits auf ihren Matten und verfolgten jede seiner Bewegungen. Marc ging noch einmal ins Foyer, als habe er etwas vergessen. Inzwischen war die Gruppe komplett. Bis auf Meli. Sie ist immer knapp, erinnerte er sich. Er ging aufs WC und warf einen Blick durch das Fenster.

Langsam schritt er zum Podest und setzte sich umständlich auf den roten Stuhl. Die erwartungsvollen Blicke zwangen ihn, die Meditation zu beginnen. Krampfhaft suchte er nach Worten.

160

«Wir wollen uns heute Abend ...» Die Silben kamen ihm nur zögerlich über die Lippen. Sein Blick wanderte nach jedem Satz zur Tür. «Wie ihr wisst, habe ich auf ausgedehnten Reisen durch den Fernen Osten ...»

Er brach mitten im Satz ab. Die Tür hatte sich einen Spalt geöffnet. Er erkannte sofort den Haarschopf von Meli.

«Komm herein», ermunterte er sie. «Ich habe soeben begonnen.»

Meli huschte auf die leere Matte neben der Tür. Alle schauten sich verwundert um.

«Ich möchte die Meditation mit einer Geschichte beginnen, die mir in Nordindien widerfahren ist», setzte er noch einmal an. «Sie soll uns auf das heutige Thema *Demut und innere Leere* einstimmen. Es begann in einem tibetischen Kloster in Dharamsala. Wie ihr sicher wisst, ist die nordindische Stadt der Sitz des Dalai Lama. In Dharamsala leben auch viele Tibeter im Exil. Ich freundete mich besonders mit dem geachteten Lama Rinpoche Dasala an, der oft in den Westen reist und im Auftrag des Dalai Lama Exilgemeinden besucht.»

Marc hielt inne. Er spürte, dass die Schülerinnen und Schüler gebannt an seinen Lippen hingen.

«Dasala bereitet auch Reisen Seiner Heiligkeit nach Europa und in die USA vor. Er bespricht sich regelmässig mit ihm. Bei einer Meditation hatte ich plötzlich die Eingebung, ein Unterstützungsprojekt zu starten, um auf die Menschenrechtsverletzungen im Tibet aufmerksam zu machen. Ich weihte Rinpoche Dasala ein und erzählte ihm, ich könnte einen namhaften Beitrag spenden. 'Komm doch gleich mit, dann kannst du Seiner Heiligkeit das Projekt selbst vorstellen', schlug er vor. Mich haute es fast aus den Socken. Eine Privataudienz beim Dalai Lama! Ich wusste nicht, wie mir geschah.»

Marc machte eine Pause, um die Wirkung seiner Worte wirken zu lassen und einen Blick auf Meli zu werfen. Es knisterte im Raum.

«Der Dalai Lama empfing mich wie einen alten Freund und schenkte mir einen heiligen Schal.» Er nahm das Erinnerungsstück aus einem Seidentäschchen und hob es in die Höhe. Ein leises Raunen ging durch den Meditationsraum.

Marc redete sich ins Feuer. Die Sätze sprudelten aus ihm heraus, als gebe ihm ein höheres Wesen die Worte ein. Die Luft vibrierte, Meli lauschte aufmerksam.

«Ich kann euch sagen, ich habe selten so viel gelacht wie in jener halben Stunde beim Gottkönig. Es ist wie ein Donnergrollen, wenn er losprustet. Und total ansteckend. Man muss sich das vorstellen: Er trägt das Schicksal seines geknechteten Volks auf seinen Schultern und lacht bei jeder Gelegenheit. Für Aussenstehende wirkt es manchmal befremdlich, für seine Anhänger ist es Ausdruck seiner Gelassenheit und Demut.»

Er hielt inne, ein paar Schülerinnen wischten mit dem Handrücken Tränen ab. Melanie schüttelte immer wieder unmerklich den Kopf.

Er gab das Geschenk des Dalai Lama Petra und forderte sie mit einem Kopfnicken auf, es zirkulieren zu lassen.

«Was ist aus deinem Projekt geworden?», fragte Daniel.

«Der Dalai Lama sagte mir, er und seine engsten Mitarbeiter hätten bereits entsprechende Komitees gegründet. Er würde sich freuen, wenn ich der Schweizer Gruppe beitreten würde.»

Marc stand auf und ging an den Rand des Podestes. «Der Dalai Lama», fuhr er fort, «wollte noch wissen, weshalb sich der Bundesrat von der chinesischen Regierung in der Tibetfrage unter Druck setzen lasse. Ich habe mich geschämt und ihm erklärt, dass wirtschaftliche Aspekte und Profit bei uns fast ein religiöses Credo seien.»

Marc setzte sich wieder und nahm einen Schluck Wasser.

«Eigentlich wollte ich euch die Geschichte mit Rinpoche Dasala erzählen. Ich hatte den kleinen drahtigen Mönch mit den markanten Backenknochen und den lebhaften dunklen Augen zu einer Exilgemeinde nach New Delhi begleitet. Wir marschierten eines Abends auf einer schmalen Strasse und diskutierten angeregt. Der Fahrer eines kleinen

Lasters übersah uns offenbar und streifte Dasala mit dem Aussenspiegel.» Marc schüttelte sich, als laufe ein kalter Schauer über seinen Rücken.

«Dasala fiel so unglücklich, dass seine rechte Hand unter das Hinterrad geriet. Es war schrecklich, seine Hand war völlig zerquetscht. Trotz mörderischer Schmerzen strahlte er immer noch die gleiche innere Ruhe aus. Ich war tief berührt. Kein Schrei kam aus seinem Mund, nicht einmal ein Wimmern. Es war, als hätte er mit dem Geist den Körper komplett unter Kontrolle.»

Marc setzte sich kerzengerade hin. Die Meditationsschülerinnen und -schüler hielten den Atem an.

«Obwohl es eine halbe Ewigkeit dauerte, bis die Ambulanz kam, harrte Dasala geduldig aus. Er haderte keine Sekunde mit seinem Schicksal und tröstete den unglücklichen Fahrer, der stammelte, es tue ihm sehr leid.»

Marc machte eine Pause, um sich zu sammeln. «Ich muss heute noch mit den Tränen kämpfen, wenn ich an das traurige Ereignis denke. Und wisst ihr, was Dasala tat? Er entschuldigte sich bei mir für die Unannehmlichkeiten!»

Die Worte erstickten ihm im Hals. Mehrere Schülerinnen nahmen das Taschentuch hervor.

«Ich will es kurz machen. Die Ärzte nahmen Dasala die Hand ab. Als ich ihn nach der Operation besuchte, streckte er mir strahlend seinen eingebundenen Stummel entgegen. 'Ich habe mich schon eines Teils meiner Materie entledigt', sagte er. ,Das hilft mir, mich noch besser auf das Geistige zu konzentrieren. Und mit dieser Hand', er fuchtelte mit dem Stummel in der Luft herum, 'kann ich sicher keinen Unfug mehr treiben und mein Karma belasten.'»

Marc hielt die Spannung im Raum kaum mehr aus. Er warf einen verstohlenen Blick zu Meli, die mit weit aufgerissenen Augen zu ihm hochschaute.

Er tat einen tiefen Atemzug, der wie ein leiser Seufzer klang.

«Wir nehmen die Schwingungen von Rinpoche Dasala und die dichte Atmosphäre in diesem Raum auf und meditieren auf seine Achtsamkeit, Gelassenheit und geistige Freiheit.»

Nach der Meditationsstunde umringten ihn die Schülerinnen und bestürmten ihn mit Fragen zu Dalai Lama und Rinpoche Dasala. Geistesabwesend antwortete er und schaute unruhig um sich. Er suchte Meli vergeblich.

«Es gibt noch einen Drink im Foyer», sagte Marc und löste sich von der Gruppe.

Draussen entdeckte er Meli allein an der Theke. Er warf ihr einen fragenden Blick zu.

«Schön, dass du gekommen bist», flüsterte er ihr auf dem Weg zum Kühlschrank zu. «Möchtest du auch ein Glas?»

«Nein danke, ich muss bald gehen.»

«Wirklich?»

Er füllte hastig ein paar Gläser, stellte sie auf die Theke und wandte sich wieder Meli zu.

«Eindrücklich. Du und der Dalai Lama! Ich kann es kaum glauben. Wie hätte ich auch ahnen können ...» Sie schaute ihn verlegen von der Seite an. Eine Schülerin zwängte sich zwischen sie und hielt ihm ein Buch zum Signieren hin.

Meli gab ihm einen flüchtigen Kuss auf die Wange und huschte zur Tür.

«Kommst du am nächsten Freitag wieder?», rief er ihr nach.

Sie zuckte unmerklich mit den Schultern und verliess das Zentrum.

Marc musste noch über eine Stunde lang Fragen beantworten. Seine Gedanken kreisten aber in erster Linie um die Frage, weshalb Meli sich so schnell verabschiedet hatte.

Zu Hause sank Marc in den Ledersessel und schloss die Augen. Er sah Meli, wie sie aufrecht auf ihrer Matte sass und aufmerksam lauschte. Das Bild war so klar, als würde sie noch vor ihm sitzen.

Er liess den Kurs noch einmal Revue passieren und schüttelte immer wieder den Kopf. Ihm war, als sei er in eine Trance verfallen, als habe eine fremde Stimme aus ihm gesprochen.

Obwohl er spät ins Bett ging, fand er lange Zeit keinen Schlaf. Er war hin und her gerissen.

Am nächsten Morgen setzte er sich mit einem dampfenden Kaffee an den Computer. Die Mailbox überquoll. Anfragen, Buchbestellungen, Neuanmeldungen. Buschtelefon, Whatsapp-Gruppen, Facebook und Co. vermutete er. Sein Treffen mit dem Dalai Lama schien die Szene zu elektrisieren. Vergessen waren die Buchvernissage und die ersten Meditationen. Schützenhilfe von Seiner Heiligkeit persönlich!

Teilnehmerinnen der anderen Gruppen baten ihn, die Meditation auf den Dalai Lama ebenfalls in ihren Kurs einzubauen.

Er führte seine Kaffeetasse zum Mund, als das Telefon läutete. Jetzt nicht, knurrte er. Irgendwann nervte ihn der Klingelton.

«Was ist in dich gefahren», baffte ihn Christa an. «Mann, deine Barbie ist Feuer und Flamme. Was hast du mit ihr gemacht? Aufs Kreuz gelegt? Du hast mir gar nie erzählt, dass du beim Dalai Lama warst. Dieses Tussi hat uns die ganze Pause über vollgelabbert. Und bei jedem zweiten Satz fiel dein Name. Dabei richtete sie die Augen nach oben, als komme der Heilige Geist über sie. Ich sage dir, die ist völlig besoffen. Ich hätte dir mehr Geschmack zugetraut. Alles nur Fassade. Geiles Chassis, aber hirnamputiert ...»

«... halt,» protestierte Marc. «Ich bin unschuldig ...»

«... unschuldig? Du besetzt ihr ganzes ausgetrocknetes Hirn, ihr Herz und vermutlich noch tiefere Körperregionen und willst unschuldig sein? Nun bist du ein richtiger Guru. Ich rate dir, lass deine Pfoten von ihren Titten.»

«Moment ...»

«Muss leider, tschüss.» Er hörte nur noch den Summton.

Als er am nächsten Freitag den Meditationssaal für den Kurs herrichtete, fiel ihm eine Kerze zu Boden. Mist, heute ist nicht mein Tag, brummte er vor sich hin. Am Mittag war ihm schon ein Glas zerbrochen.

Die ersten Kursteilnehmer trafen eine halbe Stunde vor Beginn ein. Manche Frauen umarmten ihn innig. Marcs Blick wanderte unentwegt zwischen seiner Uhr und der Tür hin und her. Um 19.00 Uhr war die Gruppe vollzählig. Bis auf Meli.

Er quälte sich durch den Kurs und versuchte, seine Geistesabwesenheit zu überspielen. Vielleicht ist sie krank. Marc atmete immer wieder tief ein, um sich zu konzentrieren.

«Heute müssen wir leider auf den Drink verzichten, ich habe noch einen Termin», erklärte er am Schluss.

Als die letzte Schülerin den Meditationsraum verlassen hatte, schloss Marc die Tür. Am liebsten hätte er ein Glas in den Spiegel geknallt, doch er erinnerte sich rechtzeitig an Geldün und seine Gelassenheit.

Ihn fröstelte. Er liess sein Motorrad stehen und bestellte ein Taxi. «Langstrasse einfach», sagte er dem Fahrer.

«Direkt ins Rotlichtmilieu?», fragte der Chauffeur mit dem langen Pferdeschwanz und der gebogenen Nase.

«Direkt», brummte Marc vor sich hin.

Der Fahrer schaute ihn prüfend durch den Rückspiegel an. «Ich will mich ja nicht einmischen, doch Depro und Langstrasse ist wie eine Passstrasse ohne Bremse. Abwärts.»

«Wenn du so klug bist, wie du daherredest, dann weisst du auch, dass weise Ratschläge in meiner Situation so effektiv sind wie ein Pariser aus Sacktuch.»

«Okay Boss, habe verstanden. Langstrasse einfach. Direkt ins Puff oder zuerst promillehaltiges Vorspiel?»

«Was kannst du empfehlen?»

«Wenn du nüchtern zum Schuss kommst, wird es billiger. Und der Kater am nächsten Morgen ist nur ein Schmusekätzchen. Aber dieser Tipp ist für die Katze. Soll ich dich zur Rosi-Bar fahren? Dort findest du alles aus einer Hand. Und die Abzocke hält sich in Grenzen.»

Marc wurde neugierig und musterte den Fahrer. Er schätzte ihn auf 35 Jahre. Durch den Spiegel sah er nur die markante Nase und die dunklen Augen. «Wieso fährt ein so schlauer Kerl wie du Taxi?»

«Das frage ich mich auch. Ich habe das dritte Studium begonnen, weil ich Angst habe vor einem geregelten Arbeitsalltag. Untauglich, würde man es im Militär nennen.»

«Unterhältst du dich mit allen Kunden so geistreich?»

«Nur mit den Gebildeten.» Marc wartete vergeblich auf einen ironischen Nachsatz.

«Wie kommst du denn darauf? Lassen sich nur Gebildete ins Puff fahren?» Marc liess sich noch tiefer in den Autositz sinken.

«Erstens rieche ich deine akademische Bildung hundert Meter gegen den Wind und zweitens gibt es im Puff prozentual mehr Studierte als Bauarbeiter. Nicht, dass Plattenleger und Schreiner weniger Druck verspürten, doch sie können sich Whisky mit anschliessendem Hüftschuss nur am Ende des Monats leisten.»

«Das mit der Bildung musst du mir erklären.»

«Spirituelle Intuition … äh …» Der Fahrer lachte laut los.

«Verarschst du nun dich oder mich?»

«Du kannst wählen, ich bin flexibel.» Der Fahrer drehte sich zu Marc und setzte eine Unschuldsmiene auf.

«Heuchler. Hast du mein Hausschild gesehen?»

«Nee. Wieso?»

«Von wegen Intuition.»

«Ich meditiere täglich», erzählte der Fahrer stolz und legte die Hände ans Steuerrad, als erwarte er das Signal, endlich losfahren zu können.

«Beim Fahren?»

«Nein, auf dem Klo.»

«Und da reift deine Intuition?», fragte Marc.

«Man ist dem wahren Leben nirgends so nah wie beim Akt der Versäuberung. Das schafft Raum für geistige Tiefe.»

«Du hast mich bekehrt. Bars und Puffs besucht man besser bei klarem Verstand. Nun kann ich mit dem Motorrad heimfahren.»

«Mein Herr und Gebieter, ist das der Welten Lohn? Da tut man ein gutes Werk an seinen Mitmenschen und wird schändlich bestraft ...»

«... gemach, gemach, du sollst deinen gerechten Lohn empfangen.» Marc öffnete sein Portemonnaie und zog einen Hunderter hervor.

«Vergelts Gott oder sonst ein mächtiger Mann», sagte der Taxifahrer, legte die gefalteten Hände vor die Brust und deutete eine Verneigung an. «Die grosszügige Geste möge dir zu einem Blattschuss verhelfen, bei dem mehr als nur der penible Wurmfortsatz beteiligt ist.»

Er stieg beflissen aus, öffnete Marc die Tür und verneigte sich noch einmal. Marc puffte ihn mit dem Ellbogen in die Seite.

Zuhause setzte er sich sofort an den Computer. «Ich weiss, dass du heute Abend in Gedanken bei uns warst ...», tippte er in die Tasten. Klingt schwülstig und überheblich, entschied er und löschte den Text.

«Warum bist du nicht gekommen ...?» Mist. Geht auch nicht. Ist fordernd.

«Hast du Beat erzählt, dass du bei mir im Kurs gewesen ...?» Marc suchte nach Worten, formulierte Satz um Satz. Vergeblich. Manchmal sind wir Gefangene unserer Gedanken oder Gefühle, fluchte er vor sich hin und entschied sich zu einem Strategiewechsel: «Darf ich dich wieder einmal zum Inder einladen? Zum Beispiel am Montag um 19 Uhr?»

Als er am nächsten Morgen die Mailbox kontrollierte, bekam er einen Schlag in den leeren Magen. «Danke für die Einladung, doch ich heute fahre für drei Wochen in die Ferien.» Nach Amorgos, fragte er in Gedanken. Mit Beat?

35

Als Marc die Lichter seines Zentrums löschen wollte, ging die Tür auf. «Ich muss dringend mit dir sprechen», sagte Lucie und schenkte ihm ihren schönsten Schlafzimmerblick.

Marc hiess sie mit einer Kopfbewegung eintreten. Geht es um Christa, fragte er sich. Sind sich die Schöne und das Biest in die Quere gekommen?

Sie wolle sich entschuldigen.

Marc horchte auf.

Sie habe ihn nach der ersten Stunde schlechtgeredet, seinem Ruf geschadet.

Lucie schaute zu ihm hoch, als erwarte sie seine Absolution. Sie sei inzwischen geläutert, ja begeistert.

Schon ok, liess er sie wissen, ohne eine Regung erkennen zu lassen.

Ihre Mundwinkel rutschten nach unten, ihr Schlafzimmerblick erlosch.

Sie arbeite bei der Stadtverwaltung und sei ungewollt zur Informationsbörse der Zürcher Szene geworden. Inzwischen empfehle sie ihn wärmstens und trage zu seinem Erfolg bei. Verschiedene Meditationslehrer würden gereizt auf seinen Namen reagieren. «Zuerst haben sich dich belächelt oder verspottet, doch heute fürchten sie dich.»

«Interessant. Weisst du auch, wie Beat vom Zentrum Chitradurga reagiert?»

«Oh, der ist stinksauer auf dich. Und nicht erst, seit du Kurse gibst. Er hat dir immer noch nicht verziehen, dass du seine Autorität untergraben hast.»

«Davon hast du auch gehört?»

«Natürlich. Er behauptet, dein spirituelles Gehabe sei aufgesetzt, reine Taktik, um die Szene von innen her aufzureiben. Ich glaube, er ist eifersüchtig auf dich und deinen Erfolg.» Lucie setzte ein Honiglächeln auf.

«Aha», sagte Marc beiläufig, als interessiere ihn die Geschichte nicht sonderlich. «Hast du auch Kurse bei Beat belegt?»

«Kurse?» Sie verzog den Mund. «Ich habe auch sein Bett belegt. Ich war mit ihm zusammen, bis die andere aufgetaucht ist.»

«Die andere?» Marc konnte seine Überraschung schlecht verbergen.

«Melanie, Melanie Raddatz. Beat hat mich kalt abserviert, als sie im Kurs erschienen ist. Ich könnte ihn noch heute ...»

Marc zuckte zusammen. Beat und Lucie?

«Wann hat er dir den Laufpass gegeben?»

«Am 27. August vor einem Jahr. Diesen Tag vergesse ich nicht mehr. Es hat geregnet, als weine der ganze Himmel mit mir. Ich hätte Melanie den Hals umdrehen können.»

«Und, was ist aus den beiden geworden?»

«Das ist eine komische Geschichte. Ich habe nie herausgefunden, was da wirklich los war.»

«Was heisst das?», wollte Marc wissen. Seine Anspannung trieb ihm das Blut in den Kopf.

«Ich hatte nie den Eindruck, als pflegten sie eine harmonische Beziehung. Was die beiden heute verbindet, weiss ich aber nicht. Den Mistkerl habe ich gestrichen. Ich war aber ziemlich überrascht, dass Melanie in deinem Seminar auftauchte.»

Lucie hielt inne. «Moment! Jetzt geht mir ein Licht auf. Du hast doch dein Buch einer Melanie gewidmet. War sie etwa der Grund für deinen Zoff mit Beat?» Barbie machte grosse Augen und schaute Marc überrascht an.

«Nein, nein, das ist nicht Melanie Raddatz», wandte er rasch ein. «Meine Schwester heisst auch Melanie», log er. «Sie hat mir beim Lektorieren des Buches geholfen.» Marc beobachtete Barbie.

«Ach so. Was für ein Zufall. Offenbar macht sich die andere Melanie gern an Meditationslehrer heran. Pass nur auf.»

Marc war sich nicht sicher, ob sie ihm die Geschichte mit seiner Schwester abkauft hatte und lenkte rasch ab: «Wie haben sich Beat und Melanie kennengelernt?»

«Melanie kam im Juli vor einem Jahr das erste Mal zur Meditation. Beat reagierte sofort auf sie. Melanie hat sich lange Zeit geziert.» Sie hielt inne und fragte Marc, weshalb ihn die alte Geschichte interessiere.

«Wegen meinem Streit mit Beat. Er hat mich vor der ganzen Gruppe blossgestellt.»

Barbie nickte.

«Möchtest du mir nicht einen Drink anbieten?»

«Oh, entschuldige.»

«Hast du etwas Scharfes?»

Er schenkte zwei Gläser Williams ein und prostete ihr zu.

«Wenn man dich näher kennenlernt, erkennt man deine Ausstrahlung. Da fällt Beat total ab. Sie beugte sich nach vorn und neigte den Kopf zur Seite. Ihr lilafarbener BH stach ihm in die Augen.

«Danke», sagte er und nahm rasch einen Schluck.

36

Marc schlenderte vom Bellevue her dem See entlang Richtung Zürichhorn. Die Märzsonne heizte den schwarzen Pullover auf und wärmte seine Haut. Es war aussergewöhnlich warm für die Jahreszeit. Der Föhn trieb die Temperaturen in die Höhe, der See war leicht gekräuselt. Passanten bevölkerten die Promenade.

Marc blieb stehen und atmete tief ein. Dieser Ort verband ihn mit vielen Erinnerungen. Die ersten Partys in lauen Sommernächten, der erste Kuss – sie hiess Evelyne und war drei Jahre älter -, der erste Streit mit Meli.

«He, kannst du nicht aus dem Weg gehen? Ich muss auf deine Bodenplatte hüpfen, sonst habe ich verloren.»

Marc drehte den Kopf. Ein kleines Mädchen mit einem rosa Röckchen und zwei Zöpfchen in den blonden Haaren stiess ihn von hinten an.

«Wie heisst denn dein Spiel?»

«Plattenhüpfen, das siehst du doch», erklärte es und schaute verwundert zu ihm hoch.

«Gegen wen spielst du?»

«Gegen meinen Kopf.»

Das Mädchen stiess ihn mit beiden Händen.

«Ich bin angewachsen.»

Das Mädchen schaute ihn verständnislos an und verzog den Mund. «Hier hat's ja gar keine Erde.»

«Meine Wurzeln können auch durch Steine wachsen?»

«Dann verliere ich.»

«Dafür gewinnt dein Kopf», gab Marc zurück. «Das ist doch besser.» Er verschränkte die Arme und machte sich breit.

«Du bist doof. Ich bin doch die Füsse, der Kopf ist mein Bruder.» Das Mädchen nahm einen weiteren Anlauf, ihn wegzustossen.

«Aber ohne Kopf gehorchen dir die Füsse doch nicht», antwortete Marc und stemmte sich dagegen.

Das Mädchen schüttelte energisch den Kopf. «Die Füsse springen auf die Platten, nicht der Kopf.»

Ich kann dir den Weg nicht freigeben, denn bei mir spielen die Füsse gegeneinander und keiner der beiden will verlieren.»

Das Mädchen schaute verwundert zu ihm hoch. «Spielst du auch Hüpfen?»

«Sicher.»

«Ich helfe dir», sagte das Mädchen und zog an seinem rechten Bein. Es zuckte in seinem Fuss, und langsam löste sich der Schuh vom Boden.

«Siehst du, er ist gar nicht festgewachsen. Jetzt kannst du weiterspielen», stellte es stolz fest. Marc hüpfte seitwärts und liess das Mädchen passieren.

«Tschüss», rief er ihm nach, doch es reagierte nicht.

Am Abend war der Meditationsraum wieder bis auf den letzten Platz gefüllt, obwohl Marc das Kursgeld erhöht hatte. Er hatte kleinere Matten angeschafft und konnte nun 25 Teilnehmer gleichzeitig unterrichten. Es war eng, doch das kümmerte die Schülerinnen und Schüler nicht. Sie wussten, dass es eine Warteliste gab und hatten ihn gedrängt, die Teilnehmerzahl aufzustocken.

Bei den Kursen herrschte eine gelöste, beinahe familiäre Atmosphäre. Viele empfanden es als Privileg, sich zum inneren Kreis seiner Schüler zählen zu dürfen. Etliche bildeten kleine Zirkel, die sich regelmässig trafen, um das Meditationsthema zu vertiefen.

Marc musste sich kaum mehr vorbereiten, sondern liess seine Gedanken frei fliessen. Spirituellen Flow, nannten die Schülerinnen seine intuitive Methode. Durch die Improvisation würden Inspiration und Intuition eine besondere spirituelle Tiefe erlangen, erzählten sie ihm.

Der Erfolg des Buches blieb aber bescheiden. «Es ist leichter, den Mond umzupflügen, als die Esoterik zu reformieren», sagte ihm sein ehemaliger Chef, der verärgert war, weil eine Palette seiner Bücher das Lager verstopfte.

Eines Abends half ihm Laura nach dem Kurs, die Gläser in den Geschirrspüler zu räumen. Sie war ihm schon am ersten Abend aufgefallen, weil sie sich nicht am Tratsch beteiligte, sondern den kritischen Ansatz seiner alternativen Meditation schätzte. Ihre attraktive Erscheinung und ihre gewinnende Ausstrahlung waren ihm nicht verborgen geblieben.

Ihr verschmitztes Lächeln hatte etwas Selbstironisches. Eine Gabe, die ihm in esoterischen Kreisen bisher selten begegnet war. Sie sprudelte vor Energie und kniff beim Lachen ihre grünen Augen listig zusammen.

«Du hast doch vor etwa zwei Jahren eine Schnupperlektion von Beat besucht», sagte sie unvermittelt. Marc hielt inne und stellte das Glas wieder auf die Theke, das er hatte wegräumen wollen.

«Ich will dir nicht zu nahetreten, doch ich möchte dich fragen, ob du damals mit Melanie zusammen warst. Du bist doch mit ihr zur Meditationsstunde gekommen.» Marc straffte den Rücken und schaute Laura prüfend an. «Deine klare Haltung hat mich beeindruckt. Beat hatte es bewusst darauf angelegt, dich zu provozieren.»

«Melanie und ich kannten uns damals noch nicht lang», wich er aus.

«Beschäftigt dich die alte Geschichte immer noch?», fragte Laura.

«Wie kommst du darauf?» Marc setzte sich auf einen Barhocker und stützte den Kopf in die Hände.

«Ich frage mich die ganze Zeit, wie du zum Meditationslehrer mutiert bist.»

Marc schaute sie fragend an.

«Ich suche das Motiv deiner Metamorphose. Spirituelle Neugier allein kann es nicht sein.»

Er schaute an ihr vorbei, als warte er auf eine Eingebung.

«Wie soll ich sagen... Ich wollte ergründen, was Beat, Melanie und all die anderen spirituellen Sucher so fasziniert. Es interessierte mich auch, wie sich im Schatten der Gesellschaft eine Ersatzreligion etablieren konnte.»

«Und dann bist du vom Saulus zum Paulus geworden? Das kapiere ich nicht.»

Marc nahm einen Schluck. Er brauchte Zeit, um sich die Antwort zurechtzulegen.

«Findest du?», fragte er schliesslich.

«Und wie! Vergleiche doch die Aussagen in deinem Buch mit den heutigen Unterweisungen.»

«Die kollektive Verweigerung nach der ersten Meditation hat mich gezwungen, einen Umweg zu nehmen. Ich musste die Leute zuerst bei ihren gewohnten esoterischen Ideen abholen, um sie langsam auf meine Seite zu ziehen.»

«Davon spüre ich bisher noch nichts.»

«Wart's nur ab», antwortete Marc bestimmt.

Laura schaute ihn an, als suche sie eine Antwort hinter seinen Worten.

«Wieso interessiert dich die alte Geschichte?», fragte Marc unvermittelt.

Laura lächelte verlegen, als fühlte sie sich ertappt.

«Mir ist kürzlich dein Disput mit Beat in den Sinn gekommen ...»

«... ach so.»

«Nimm es mir nicht krumm, aber der ganze Aufwand, um hinter die vermeintlichen Geheimnisse der Spiritualität und Esoterik zu kommen ...»

«... ich kann verstehen, dass meine Eskapaden schwer nachvollziehbar sind. Ich verstehe mich manchmal selbst nicht», wich Marc aus und fragte: «Wie schätzt du Beat und Melanie ein?»

«Beat ist egozentrisch, vielleicht leicht narzisstisch. Und Melanie...» Laura überlegte lang. «Ich glaube, dass sie damals in einer Krise steckte und Halt suchte. Beat nutzte ihre Verunsicherung aus und versprach ihr spirituelle Lösungen für ihre Probleme ...»

Marc schluckte leer.

«Ich hatte den Eindruck, sie verliere in seiner Nähe ihre Selbstsicherheit», ergänzte Laura.

«Fand die Beeinflussung während der Kurse statt?», fragte Marc.

«Primär wohl im privaten Kontakt», antwortete Laura.

«Eigentlich passt die Rolle des Meditationslehrers nicht zu dir», stellte Laura unvermittelt fest.

«So ...» Marc tat, als überrasche ihn ihre Bemerkung.

«Versteh mich nicht falsch, die Kursteilnehmerinnen sind begeistert. Ich habe einfach den Eindruck, dass du eine Rolle spielst.»

«Ich könnte dir die gleiche Frage stellen», wich Marc aus. «Du fällst auch leicht aus dem Rahmen.»

Laura schaute auf die Uhr und erschrak. «Ich habe mit meiner Freundin aus Argentinien abgemacht, um mit ihr zu skypen.» Sie umarmte ihn kurz und sagte, er solle Acht geben, dass er sich nicht verliere.

37

Die warmen Tage waren das beste Rezept gegen seinen Winterblues. Es zog ihn in die Voralpen, die bereits schneefrei waren. Mit langen Tagestouren und mittelschweren Kletterrouten wollte er sich in Schwung bringen für die neue Bergsaison. Einsamkeit und meditative Ruhe sorgten bei ihm ein Stück weit für die Gelassenheit, die ihm Geldün in seinen wirkungsvollen Unterweisungen ans Herz gelegt hatte. Trotzdem schienen ihm die Ferien von Meli ewig zu dauern.

Eines Abends, er sass wie immer in seinem roten Sessel auf der kleinen Bühne und drechselte berührende Sätze, empfand er die Atmosphäre so dicht wie selten zuvor. Ihm war eigenartig zumute, fast feierlich. Ein wohliger Schauer durchlief seinen Körper.

Seine Meditationsschüler schienen die besondere Stimmung ebenfalls wahrzunehmen.

«Wir tasten meditativ unseren Körper ab, vom Scheitel bis zu den Zehen. Versucht dabei, die Organe zu erspüren. Lasst alle Gedanken, die euch mit der äusseren Welt verbinden, draussen. Macht euch schwer und fühlt euch frei. Saugt die Energie auf, die wir gemeinsam erzeugen.»

Es war totenstill im Raum, die Kursteilnehmer verharrten in tiefer Versenkung. Ihre Sinne waren auf Marcs Stimme konzentriert. Jede Silbe schien in ihnen nachzuhallen.

«Integriert die Kraft, die ihr entwickelt, in euer spirituelles Bewusstsein», fuhr Marc fort. «Nehmt die Schwingungen auf und sucht die innere Balance.»

Als er die Meditation beendete, blieben die Schülerinnen benommen auf ihren Matten sitzen.

«Deine Unterweisung war umwerfend», schwärmte Erika später im Foyer und nippte am Glas mit dem Fruchtsaft. «Mir lief es bei deinen Worten kalt und heiss den Rücken hinunter. Die dichte Atmosphäre hat mich umgehauen. Ich spürte die Schwingungen in meinem ganzen Körper. Heute habe ich das Fenster zur Erleuchtung einen Spalt weit geöffnet.» Die Umstehenden nickten eifrig.

Als er zum Kühlschrank ging, um eine neue Flasche zu holen, begleitete ihn Laura. «Bist du nicht zu weit gegangen?», fragte sie und beobachtete ihn aufmerksam.

«Meinst du?»

«Ich denke schon. Darf ich dich nächste Woche einmal zum Nachtessen einladen? Ich möchte mit dir über ein paar Dinge sprechen.»

Er melde sich, antwortete er und ging zur Theke, um die Gläser zu füllen.

«Deine Worte haben mich tief berührt, sie klingen immer noch in mir nach», sagte Anna, als er ihr ein Glas reichte. «Ich hätte mir kein schöneres Geburtstagsgeschenk wünschen können.»

«Oh, du hast Geburtstag? Herzliche Gratulation.» Petra stimmte *Happy Birthday* an. Alle stellten sich im Kreis auf und hielten sich an den Händen. «Meine Familie hätte gern mit mir gefeiert, doch ich wollte die Meditation nicht verpassen.»

Alle klatschten in die Hände und liessen Anna hochleben. Einzig Laura stand abseits und drehte ihr Glas in den Händen.

38

Marc jonglierte das Telefon mehrmals in der Hand, bevor er die Nummer wählte. «Hallo Christian, du altes Haus. Es gibt dich noch?»

«Na hör mal. Die Frage würde mir wohl besser anstehen.»

«Wie wäre es mit einer Klettertour am Wochenende?»

«Maria, Josef und alle anderen Heiligen: Dass ich diesen Moment noch erlebe! Musst du dich fit machen, um aus deinem spirituellen Loch herauszuklettern?» Christian gluckste vor Vergnügen.

«Nein, nein. Ich will nur wieder einmal die Felsen spüren.»

«Okay. Was traust du dir noch zu? Für einen Achter reichen deine verkümmerten Muskeln kaum mehr. Oder hebelst du die Schwerkraft mit übersinnlichen Energien aus?»

Marc tat, als habe er die Bemerkung überhört. «Finger und Schultern sind zwar etwas schlaff geworden, aber eine Sieben traue ich mir noch zu. Auch ohne spirituelle Steighilfe.»

«Dann schlage ich die Windgällen vor.»

«Einverstanden», bestätigte Marc.

Der Wecker riss ihn um sechs Uhr aus dem Tiefschlaf.

Er zerdrückte das Mango-Joghurt genüsslich mit der Zunge. Es hatte ihm schon lang nicht mehr so gut geschmeckt. Das Brot erhielt eine

Extraportion Butter. Hallo, ermunterte er sich, als er das dritte Stück Käse abschnitt.

Die Kletterfinken hatte er schon am Vorabend aus dem Keller geholt. Ein Kribbeln war durch seine Füsse geflossen, seine Zehen hatten sich gekrümmt, als müssten sie sich an eine schmale Felsrille klammern.

Marc schwang sich aufs Motorrad und liess die Maschine kurz aufheulen. Aufwachen, rief er den Nachbarn in Gedanken zu. Der Morgen ist wunderschön. Schlafen könnt ihr, wenn ihr gestorben seid.

Marc versetzte Christian einen freundschaftlichen Schlag an den Oberarm und musterte ihn, als sie sich vor seinem Haus trafen. «Deine Pranke verrät mir, dass du voll im Saft bist. Kann Maja noch mithalten?»

«Tempi passati», antwortete Christian. «Ich war ihr zu anstrengend. Sie hat sich in ihren Nachbarn verliebt. Ein Künstler mit Sitzleder, Bauch und einem grollenden Lachen, das schlafende Babys in einem Umkreis von einem Kilometer aufweckt.»

«Tut mir leid», sagte Marc und musste ein Lachen unterdrücken.

«Lass nur, ich habe es überwunden. Und du? Machst du das ganze Theater nur wegen Meli?»

Marc schaute ihn überrascht an. «Woher kennst du Meli?»

«Wer darf hier wem Vorwürfe machen? Da kannst du mir nicht verübeln, dass ich ein bisschen geschnüffelt habe. Christa hat sich wie erwartet als erfolgreiches Trüffelschwein erwiesen.»

«Ich weiss, es war nicht die feine Art. Entschuldige. Aber ich musste mein Projekt unter dem Deckel halten …»

«… alles wegen Meli?»

Marc wich Christians Blick aus und schaute einem Oldtimer nach, der von einer jungen Frau mit einer alten Ledermütze pilotiert wurde.

«Sie war sicher der Auslöser», antwortete er nach einer Pause. «Aber bei mir hat sich so einiges angestaut, das ich verdrängt hatte.»

«Und die ganzen Eskapaden mit der Reise und dem Buch?»

«Das gehörte zum Projekt.»

Christian schaute ihn misstrauisch an: «Das sagen alle, die Scheisse gebaut haben», konterte er und schubste Marc mit der Schulter an. «Ich hoffe für dich, dass dich wenigstens Meli für den Kraftakt belohnt.»

«Lass uns endlich fahren», lenkte Marc ab. «Ich kann es kaum erwarten. Die Wand ruft.»

«Mindestens beim Fahren hast du dir keine spirituelle Sanftheit antrainiert», schrie ihm Christian in den Helm.

Als wie unter der Wand standen, schaute Marc ehrfürchtig an ihr hoch. «Schlägt dein Herz höher?», fragte Christian.

«Schneller», gab Marc zurück.

«Vor Aufregung?»

«Nein, eher Respekt. Aber auch Vorfreude.»

«Hast du die Route noch intus?», wollte Christian wissen.

«Wie meine Hosentasche», log er und tastete den Felsen ab, als wollte er ihn liebkosen. Er hielt seine Wange an das kühle Gestein und stiess einen Schrei aus.

«Eine schamanische Referenz an die Wand?», foppte Christian.

«Eine spirituelle», gab Marc leicht säuerlich zurück und verkniff sich einen weiteren Kommentar.

«Ich mache den Vorstieg», sagte er bestimmt und befestigte das Seil an seinem Klettergurt.

Mit sicheren Griffen stieg Marc in die steile Felswand und klammerte sich kräfteschonend an den kleinen Schrunden und Spalten fest. Als er auf dem ersten Plateau angelangt war, schickte er einen lauten Jauchzer in die Bergwelt und wartete auf das Echo.

«Da braucht einer zwei Jahre, um herauszufinden, dass Klettern der bessere Seelenbalsam ist als jede Meditation!», rief ihm Christian zu.

«Ich habe tatsächlich etwas verpasst», gestand Marc.

Unterhalb der Schlüsselstelle, die nur minimale Griffe bot, schüttelte er seine Arme aus. Er atmete tief ein und tastete mit den Augen die exponierte Stelle ab, um sich die Griffkombinationen einzuprägen. Er war sich bewusst, dass er diese Passage in einem Zug durchklettern musste. Ein Zögern würde ihn zu viel Kraft kosten, und ein Sturz ins Seil wäre unvermeidbar.

Mit harmonischen Bewegungen nahm er Zug um Zug. Er presste seinen Oberkörper an den Felsen, um die Schulter auszudrehen und die Reichweite zu vergrössern.

Obwohl seine Unterarme brannten, achtete er darauf, hastige Bewegungen zu vermeiden.

Als er die Schlüsselstelle überwunden und einen sicheren Stand gefunden hatte, durchströmte ihn ein Gefühl der Freiheit. «Du vergeudest verdammt viel Talent», raunte ihm Christian zu, als sie oben angekommen waren.

39

Marcs Warteliste wuchs, auch der Verkehr auf seiner Homepage. Die Mailbox überquoll. Du bist das Tagesgespräch in der Szene, berichteten ihm seine Schülerinnen stolz. Seine Konkurrenten würden ihn argwöhnisch beobachten, ihn ins Pfefferland wünschen.

Seine Schülerinnen lagen ihm immer wieder in den Ohren, er müsse seinem Zentrum endlich einen würdigen Namen geben. Sie wüssten nie recht, wie sie seine Meditationsschule bezeichnen sollten. Schliesslich sei sie eine Marke geworden und brauche ein eingängiges Label. *Institution für Meditation* sei ein Allerweltsname, aber kein Brand.

Marc schluckte leer. Brand? *Institut für bewusste Spiritualität*, schlug er vor.

«Das ist aber nicht dein Ernst», hatte Petra entrüstet gesagt, die in einer PR-Agentur arbeitete. «Ich schlage *Meditationszentrum für höheres Bewusstsein* vor.

«Damit hängen wir die Erwartungen sehr hoch», gab Marc zu bedenken. Schliesslich gab er dem kollektiven Protest seiner Schülerinnen nach. Petra versprach ihm, rasch eine neue Homepage zu gestalten.

«Bist du vollständig hinüber?», baffte ihn Christa nach ein paar Tagen durchs Telefon an. «Kitsch pur, deine neue Homepage».

«Das Werk meiner Schülerinnen», beschwichtigte er seine Cousine.

«Und du erfüllst ihnen jeden Wunsch! *Meditationszentrum für höheres Bewusstsein*. Ich fasse es nicht.»

«Barbie?», fragte Marc.

«Natürlich. Sie hat in der Pause von deinem neuen Internetauftritt geschwärmt. Ich wusste sofort, dass ihre Begeisterung nichts Gutes bedeutete. Mich traf der Schlag, als ich die Seite öffnete. Belohnt dich wenigstens Meli dafür?»

«Ist in den Ferien», antwortete er missmutig.

«Du würdest besser noch einmal dein Buch lesen. Wie sagtest du doch bei der Vernissage: 'Ich suche eine Symbiose zwischen Spiritualität und Intellekt.' Von wegen.»

«Spar dir deine Moralpredigt! Ich mache lediglich ein paar taktische Kompromisse.»

«Taktische Kompromisse», höhnte Christa. «Schliesse das Zentrum für drei Monate und düse ab nach Bali auf die Welle, damit du wieder zu dir findest. Lasagne hilft da nicht mehr. Tschüss, ich muss.»

40

Am Abend traf Bernadette, die neue Meditationsschülerin, als erste im Zentrum ein. Sie setzten sich im Foyer an die Theke, er offerierte ihr einen Fruchtsaft. Sie beobachtete ihn aufmerksam. Sie arbeite als Lehrerin an einer Zürcher Primarschule und meditiere seit rund zehn Jahren, erzählte sie. Zuletzt im Zentrum Chitradurga beim Escherwyssplatz.

Marc horchte auf und wollte wissen, weshalb sie nun zu ihm komme.

Beat sei dünnhäutig geworden, weil immer mehr Schülerinnen abgesprungen seien, antwortete sie.

«Meditiert Melanie Raddatz eigentlich immer noch bei Beat?», wollte er wissen.

«Melanie? Natürlich. Wenn er abwesend ist, übernimmt sie sogar die Meditation.»

Marc zuckte zusammen. «Sind sie ein Paar?», fragte er beiläufig.

«Ehrlich gesagt: Ich weiss es nicht. Ich bin nie schlau geworden aus den beiden. Manchmal hatte ich den Eindruck, es herrsche dicke Luft zwischen ihnen. Sicher ist nur, dass Beat schlecht auf dich zu sprechen ist ...»

«... und Melanie?», unterbrach er Bernadette.

«Sie hielt sich immer zurück, wenn das Gespräch auf dich kam.»

Marc tat sich schwer, sich auf die Meditation zu konzentrieren. Meli besetzte seine Gedanken. Ist sie nun meine Konkurrentin, fragte er sich. Schnappe ich ihr die Kundinnen weg? Ist sie am ersten Abend vielleicht nur gekommen, um zu spionieren? Die Vorstellung trieb ihm das Blut in den Kopf.

In dieser Nacht schlief er schlecht. Träume liessen ihn immer wieder hochschrecken. Als er erneut abrupt erwachte, hörte er ein Poltern.

Er wusste nicht, ob er noch träumte und schaute auf die Leuchtziffern des Weckers. 5:30 Uhr. Wieder das Poltern. Wie in Trance torkelte er zur Wohnungstür. «Aufmachen!» Er schaute durch den Spion und glotzte in das verzerrte Gesicht eines Mannes, der ihn an die Gestalten im Traum erinnerte.

Als er den Schlüssel drehte, flog ihm die Tür entgegen. Ein stechender Schmerz schoss durch seine Nase. Er wischte das Blut ab und blickte in den Lauf einer Pistole. «Polizei, Hände hoch», krächzte der Mann. Marc hob langsam den linken Arm und fing mit der rechten Hand das Blut auf, das aus seiner Nase tropfte. Die Szene schien ihm surreal.

Hinter dem Mann mit der verzerrten Fratze stürmten weitere Gestalten in seine Wohnung. Vier. Vielleicht waren es auch fünf.

«Zur Wand drehen», raunzte ihn ein drahtiger Polizist an. Ob noch jemand in der Wohnung sei, wollte er wissen. Marc schüttelte den Kopf. «Ja oder nein.» Sein Ton durchschnitt die Luft.

«Zügeln sie zuerst ihre Aggression», gab Marc zurück. Die aufkeimende Wut weckte seinen Widerstandsgeist.

«Schnauze», baffte der Polizist.

Die Nachhut, ausgerüstet mit Helm, Visier und Schussvesten, stürmte mit gezückten Pistolen in die Stube. Marc drehte den Kopf.

«Geht die Prozedur auch zivilisiert? Ich führe sie gern durch meine Wohnung.» Sein Bewacher warf ihm einen verächtlichen Blick zu.

Die Luft sei rein, meldete ein Polizist.

«Na also», sagte Marc und liess seine Arme sinken. Sein Bewacher brüllte: «Hoch damit.»

«Ihr habt euch im Namen oder in der Adresse geirrt. Irgendwo in dieser Stadt schläft ein Gauner an meiner Stelle.»

«Der Spruch kommt mir irgendwie bekannt vor», höhnte der Polizist zurück und schaute ihn halb verächtlich, halb mitleidig an.

«Umso schlimmer.» Marc drehte sich langsam von der Wand. Sein Bewacher schien es zu dulden.

Allmählich wurde ihm bewusst, dass er in argen Schwierigkeiten steckte.

«Bedeutet euer Besuch Untersuchungshaft?»

«Gewöhnliche Ganoven lassen wir ausschlafen», gab der Polizist zurück.

Aussergewöhnliche sind also Schwerverbrecher, schloss Marc. Die Angst vertrieb seine Schlaftrunkenheit. Nichts fürchtete er mehr als ein Gefängnis. Ein Missverständnis, fragte er sich. Oder hat mich jemand denunziert?

Er sah einen langen Gang und verriegelte Schlösser. Hinter ihm hörte er die hallenden Schritte des Wärters. Eingesperrt und vergessen, ging es ihm durch den Kopf. Der kalte Schweiss trat ihm auf die Stirn.

«Martin, fordere die Spurensicherung an», verlangte der Wortführer.

«Spurensicherung? Nicht im Ernst», platzte Marc heraus.

«Falls sie nicht reden sollten, ist vielleicht ihr Computer gesprächiger», antwortete der Polizist mit einem süffisanten Lächeln.

«Überhaupt», fügte Marc gereizt an, «wie steht's mit dem Durchsuchungsbefehl?»

Sein Bewacher klaubte ein Papier hervor und hielt es ihm kurz unter die Nase.

«Das Kleingedruckte», protestierte Marc.

Widerwillig händigte der Polizist ihm die Verfügung aus. *Pierre Studer, Abteilung IV für Gewaltdelikte*, las Marc.

Gewaltdelikte? Also doch. Marc hörte die schwere Tür ins Schloss fallen und die Geräusche des grossen Schlüssels.

Doch vorerst klickten nur die Handschellen.

«Dann können wir», sagte sein Bewacher und schubste ihn ins Treppenhaus.

Vor dem Haus stand ein alter, grauer Kastenwagen auf dem Trottoir. Nur kein Luxus für Gefangene. Einer der Polizisten öffnete die Hecktüre, der Wortführer schob ihn energisch hinein. Marc sank auf die harte Sitzbank, die Tür knallte ins Schloss. Ein engmaschiges Metallgitter trennte die Führerkabine vom Gefängnisraum.

Ein rollender Käfig, ging es ihm durch den Kopf. Polizeigefängnis einfach. Strafe auf Vorrat.

Draussen flitzten die Leuchtreklamen und Laternen vorbei. Die Strassen waren noch leer. Hinter manchen Fenstern brannten aber schon Lichter.

Marc entschied sich, die Fahrt zu geniessen. Dieses Gefängnis bewegte sich wenigstens. Ein sinnliches Ereignis, das ihm bald verwehrt bleiben würde. Für 2 Tage? Für eine Woche? Für ... Er brach den Gedanken ab. Wir leben in einem Rechtsstaat, versuchte er die aufkeimende Panik zu unterdrücken. Ein Knastbruder in Sierra Leone würde jubeln, wenn er wie ich in ein sauberes Gefängnis gesteckt und einem unbestechlichen Untersuchungsrichter vorgeführt würde. Der Gedanke vermochte ihn aber nicht zu trösten.

Als sie in die Polizeikaserne einbogen, spielten seine Gedanken verrückt. Der Kopf im Schraubstock, ums Herz ein Panzer, die Augen verklebt, der Mund verstopft, der Lebensraum eingedampft und durch eine dicke Türe hermetisch abgeriegelt. Und die Zeit, die sich nicht totschlagen lässt, als grösster Feind. Jeder Gedanke an eine Flucht lässt die Zelle weiter schrumpfen.

Der Fahrer und sein Begleiter führten ihn ins Polizeigebäude. Nach der Sicherheitsschleuse befreiten sie ihn von den Handschellen. Immerhin. Er konnte sich wieder wie ein normaler Mensch am Kinn kratzen. Selbst die Freiheit ist relativ, erkannte er.

Ein mürrischer, verschlafener Polizist schleuste ihn durch die erkennungsdienstliche Prozedur. Verbrecherfotos von allen Seiten, Fingerabdrücke, Grösse, Gewicht, Absuchen des Körpers nach Merkmalen und Drogenverstecken, Abstrich im Mund für die DNA-Bestimmung.

Wortlos und ohne ihn anzuschauen vollzog der hagere Beamte mit dem scharfen Kinn und dem Schnauzbart das Ritual. Stell mir bloss keine Fragen, signalisierte seine Körpersprache. Ist nur mein Job. Bei der Speichelentnahme kämpfte Marc gegen ein Würgen im Hals. Nun bin ich auf ewig kartographiert. Eine Weigerung hätte mich erst recht verdächtig gemacht und die Untersuchungshaft wohl verlängert, überlegte er. Vielleicht entlastet mich ein DNA-Abgleich. Der Gedanke beruhigte ihn aber nicht wirklich.

Sieht so die Kehrseite der Staatsgewalt aus, fragte er sich. Passt du in einen Fahndungsraster, bist du geliefert. Auf der Stirn der Fahnder steht dann in grossen Buchstaben: *schuldig*. Sollten sie sich irren, wird es unter Umständen noch ungemütlicher. Dann wollen sie erst recht beweisen, dass sie den richtigen Täter geschnappt haben.

Hoffentlich blüht mir nicht dieses Szenario, ging es Marc durch den Kopf, als er in die Unterhose schlüpfte.

«Ruedi, du kannst Nummer 783 holen», sagte der Polizist in die Gegensprechanlage, «ich bin fertig mit ihm.»

Wer ist hier wohl fertig, wollte Marc fragen, doch er liess es bleiben. Hätte eh nichts gebracht.

Nach fünf Minuten erschien ein rundlicher Mann mit temperamentvollen Knopfaugen und einem Doppelkinn. Sein freundlicher Blick passte schlecht in diese Umgebung.

«Ich bin Wachtmeister Zehnder», stellte sich der untersetzte Polizist vor und gab ihm die Hand. «Ich muss sie in ihre Zelle bringen. Vielleicht können sie dann etwas Schlaf nachholen.» Marc schaute ihn misstrauisch an.

«Ich muss mich wohl nicht vorstellen, sie sind sicher informiert, wen sie da in die Zelle stecken.»

«Ich kenne nur ihre Personalien, doch für mich sind auch Gefangene Menschen.»

Marc stutzte.

«Vermutlich passen meine Worte schlecht zum Bild, das sie von uns Polizisten haben. Das verstehe ich.»

Marc fühlte sich ertappt.

«Es ist schwierig, die Vorurteile abzulegen, wenn man von sechs bewaffneten Polizisten aus dem Bett gerissen wird und keine Ahnung hat, was man ausgefressen haben soll», entgegnete Marc.

«Kann ich verstehen. Doch für jeden Untersuchungshäftling gilt die Unschuldsvermutung», erklärte der Polizist und lächelte sanft. Seine Augen verengten sich zu einem Schlitz.

«Ich habe kein Verbrechen begangen. Aber das sagen wohl alle.»

«Nicht alle, aber manche. Doch diesen Nachsatz habe ich noch nie gehört.»

«Kann man jemanden ohne Anhörung in U-Haft stecken?» Marc versuchte zu lächeln, doch das Gesicht gefror ihm.

«Aus ermittlungstechnischen Gründen darf sich nur der Untersuchungsrichter zu den Vorhaltungen äussern. Innerhalb von 24 Stunden muss er sie aber vorladen. Sollte eine Verwechslung oder falsche Anschuldigung vorliegen, wird sich der Irrtum sicher schnell klären.»

Marc wiegte den Kopf. Er musste seinen Schritt drosseln, als sie durch den langen kahlen Gang gingen. Zehnder ruderte mit seinen kurzen Beinen. Die Arbeitsplätze in den Büros links und rechts waren aufgeräumt, als habe in den letzten zehn Jahren nur die Putzfrau die Räume betreten.

«Das Leben produziert manchmal verrückte Zufälle oder Missverständnisse», stellte Zehnder fest.

«Wie können sie in diesen Wänden so viel Menschlichkeit und Empathie bewahren?», fragte Marc.

«Hinter jeder Tat steckt eine Geschichte. Manchmal sind die Opfer gemeiner als die Täter, die sich in ihrer Verzweiflung vergessen. Aber können sie mir sagen, was Empathie heisst. Sicher etwas Freundliches», schmunzelte Zehnder.

Sie passierten eine weitere Schleuse. In diesem Gang waren die Türen aus Metall, die Schlösser grösser.

«Und bei Klaustrophobie?»

«Dieses Fremdwort kenne ich», sagte Zehnder und lächelte verlegen. «In diesem Fall rufe ich den Notfallarzt. Er muss klären, ob der Arrestierte simuliert.» Zehnder blieb vor der Tür mit der 23 stehen.

Simuliert?

Der Polizist sah sein fragendes Gesicht.

«Manche hoffen auf eine grössere Zelle. Oder eine Verlegung in ein Spital. Die Hoffnung auf eine Flucht stirbt zuletzt. So ist das mit dem Überlebenstrieb von uns Menschen. Eine gesunde Reaktion.»

«Gesund, aber kontraproduktiv.»

«In schwierigen Situationen flüchtet bei vielen zuerst der Verstand. Auch das ist menschlich.»

Zehnder öffnete die Tür mit einer eleganten Bewegung. Marc näherte sich der Schwelle, als sei sie elektrisch geladen. Als er sie überschritt, fuhr ein Blitz durch seinen Körper. An die Wand gelehnt, erklärte ihm der Polizist den Gefängnisalltag.

«Gibt es schon einen Termin für den Besuch beim Untersuchungsrichter?», wollte Marc wissen.

Zehnder zuckte mit den Schultern. «Voraussichtlich am späteren Nachmittag.»

«Voraussichtlich?»

«Der Staatsanwalt wartet zuerst den Bericht der Polizisten ab», erklärte ihm Zehnder.

Mit einem verlegenen Lächeln verabschiedete er sich und schloss die Tür. Das metallene Geräusch des Schlüssels fuhr Marc durch Mark und Bein.

Er setzte sich auf die Pritsche und lehnte den Kopf an die Wand. Seine Zelle begann zu wanken. Ein vergittertes Fenster aus Milchglas, die nackte Birne, ein kleiner Tisch, zwei Stühle, die Trennwand zum Klo, zwei kleine Kästchen für die persönlichen Effekten. Nicht einmal seinen Musikplayer hatte er mitnehmen dürfen. «Sie könnten sich mit dem Kabel der Kopfhörer erhängen», hatte ihm der Polizist gesagt. Wenigstens bleibt mir ein Zimmergenosse erspart, seufzte er. Die Vorstellung, diesem beim Verrichten der Notdurft zuhören zu müssen, hätte ihm den Rest gegeben.

Kafkaesk, überlegte er. Vom Bett in den Knast. In der Diretissima. Free solo, bewacht von Grenadieren.

Er erinnerte sich, dass in den USA Dutzende von Unschuldigen hingerichtete wurden, wie nachträgliche DNA-Analysen zeigten. Die Verurteilten hatten erfolglos ihre Unschuld beteuert. Wer im Namen des Volkes abgeurteilt wird, ist schuldig. Ihr Pech: Sie waren zu früh geboren. Als es noch keine DNA-Tests gab.

Sein Hirn glühte. Beat kam ihm in den Sinn. Immer nur er. Manchmal funkte Meli dazwischen. Er hatte keine Ahnung, weshalb. Intuition? Vielleicht. Vorahnung? Konnte er sich nicht vorstellen. Es machte alles keinen Sinn.

Er breitete das Laken aus und warf sich auf die Pritsche. Auch dies kein Ort, um sich ein wenig geborgen zu fühlen. Zu hart war die Matratze.

Marc versuchte, die Zeit mit Liegestützen und Sprungübungen totzuschlagen und den Kopf lahmzulegen. Doch die Zeit schlug gnadenlos zurück. Sie frass seinen letzten Rest Hoffnung und steigerte die Sehnsucht ins Unermessliche.

Er nahm sich vor, nicht dauernd auf die Uhr zu schauen. Nach 15 Minuten hielt er es nicht mehr aus. Dann wurden die Intervalle immer kürzer, und als er bei fünf Minuten angelangt war, gab er den Vorsatz auf. Nach zwei Stunden kontrollierte er die Zeit beinahe im Minutentakt. Er zog die Uhr ab und legte sie unter das Kopfkissen. Die Intervalle wurden wieder etwas länger, aber nur unwesentlich.

Zehnder erlöste ihn aus seinem Zwang. «Mittagessen, die Zeitinsel aller Gefangenen», sagte er, als er den Teller auf das Tischchen stellte. «Kein fürstliches Mahl», warnte er Marc, «doch meist geniessbar.»

Marc bedankte sich. «Sie bringen ein wenig Wärme in diese kalten Wände. Jetzt fehlt nur noch der Spaziergang.»

Zehnder zuckte mit den Schultern. «Hier in der Polizeikaserne fehlt uns leider ein gesicherter Hof.»

Er kaute die Bratkartoffeln und die mit Speck umwickelte Wurst, als handle es sich um eine Delikatesse.

Als Zehnder das Geschirr abgeholte, kehrte die bleierne Schwere zurück. Wie ein dichter Nebel hing sie im Raum und konnte nicht entweichen. Unbarmherzig hüllte sie ihn ein. Alle Versuche, seine überbordende Fantasie mit Meditation zu zähmen, schlugen fehl.

Schliesslich versuchte er mit aller Kraft, sich vom Zwang zu befreien und die Ursache seiner Verhaftung zu ergründen. Vergeblich. Vielmehr verstärkte die Ungewissheit seine Unruhe.

Die Stunden schleppten sich dahin, er lauschte pausenlos in den Gang hinaus. Um 17 Uhr fragte er sich, wie lang ein Untersuchungsrichter arbeitet. Die Ungewissheit belastete ihn so stark wie die Enge und Gefangenschaft. Er fürchtete sich vor der Nacht.

Um 17.30 Uhr die nächsten Schritte. Dann ein Geräusch im Schlüsselloch. Marc fuhr hoch.

«Der Staatsanwalt wartet auf sie.» Zehnder zwinkerte ihm zu. «Leider muss ich sie sichern.» Der Polizist deutete auf die Handschellen. «Das Auto wartet im Hinterhof, es wird sie keiner mit dem Armschmuck sehen.»

Marc lächelte leicht gequält und streckte ihm die Hände entgegen. «Das ist das kleinste Übel, Hauptsache, das Warten hat ein Ende», entgegnete Marc.

Die Fahrt zum Helvetiaplatz dauerte nur ein paar Minuten. Er sah das Strassenleben von Zürich mit neuen Augen. Ein Polizist in Zivil begleitete ihn durch die Sicherheitsschleusen ins Wartezimmer und blieb neben ihm stehen. Nach zehn Minuten öffnete sich die Tür. Ein grosser Mann in Anzug und Krawatte streckte den Kopf heraus und sagte mit tiefer Stimme: «Darf ich sie bitten?»

Bitten?

Marc folgte ihm ins Büro. «Nehmen sie Platz.» Auf dem grossen Pult, der Marc vom Untersuchungsrichter trennte, stapelten sich Aktenberge. Jedes Dossier ein Schicksal? Die Wände zierten Fotos von Segelyachten, einsamen Buchten, Delphinen, Walen und Mantas. Ein tauchender Segler, schloss er. Und eine Zumutung für die Besucher. Der Inbegriff der Freiheit als Dekors für Gefangene. Wenn er so gut ermittelt wie fotografiert, bin ich in einer halben Stunde frei, ging es Marc durch den Kopf.

«Staatsanwalt Pierre Studer», stellte sich der Untersuchungsrichter vor. Studer schaute ihn mit seinem vierkantigen Gesicht eindringlich, aber nicht unfreundlich, an. Die kurzen dunklen Haare waren Millimeter genau geschnitten, selbst die Augenbrauen schienen wie mit einer Schablone gezeichnet. Ähnlich pedantisch stapelten sich die Dossiers auf seinem Bürotisch.

Studer klärte ihn über seine Rechte auf und betonte, der Beizug eines Anwaltes verzögere die Untersuchung. Sanfte Erpressung, überlegte Marc. Wer will schon mutwillig die eigene Versenkung verlängern?

Marc nickte. Im Gegenzug könne Studer ihm verraten, weshalb er um sechs in der eigenen Wohnung überfallen worden sei, schlug er vor.

Studer zog die Schultern hoch. Das wohlwollende Lächeln wich aus seinem Gesicht.

«Geht leider nicht. Aus ermittlungstechnischen Gründen. Sie verstehen.»

«Ein asymmetrisches Spiel», begehrte Marc auf und fixierte Studer.

«Part of the game. Ich bin die Staatsgewalt, sie der Verdächtige. Schliesslich geht es um ein Verbrechen.» Der Untersuchungsrichter richtete sich auf und warf Marc einen gönnerhaften Blick zu.

«Ich bin mir keiner Tat bewusst. Schon gar nicht eines Verbrechens.»

«Ich werde auch die entlastenden Aspekte würdigen.»

Marc warf Studer einen skeptischen Blick zu.

«Kennen sie Beat Stampfli?», fragte der Untersuchungsrichter unvermittelt.

Also doch. Marc runzelte die Stirn.

«Sie kennen ihn also», sagte Studer, ohne eine Antwort abzuwarten. «Schildern sie mir ihre Beziehung zu ihm.» Marc trommelte mit den Fingern auf die Armlehne.

«Es gibt wenig zu erzählen, ich bin ihm einmal begegnet.» Er achtete darauf, möglichst unverbindlich zu bleiben.

«Wann war das?»

«Vor fast zwei Jahren. So genau weiss ich es nicht mehr.»

«In welchem Zusammenhang?» Studer fixierte Marc, als erwarte er die finale Antwort.

«Ich habe eine Schnupperstunde in seinem Meditationszentrum besucht.» Marc wischte den Schweiss seiner Hände an der Hose ab. Der Druck der kantigen Handschellen auf seine Handknochen machte ihm die Rollenteilung auch körperlich klar.

«Nur einmal?»

«Das haben Schnupperkurse so an sich. Vor allem, wenn sie den Besucher nicht überzeugen.»

«Hatten sie nachher noch indirekt Verbindung zu ihm?» Studer schaute auf sein Blatt und tat, als stelle er die Frage mehr aus Verlegenheit, denn aus taktischem Kalkül.

«Was verstehen sie unter indirektem Kontakt?»

«Zum Beispiel über gemeinsame Bekannte.»

«Wir sind beide in der Esoterikszene ...»

«... das meine ich nicht», fuhr Studer dazwischen. «Sie wissen genau, auf was ich hinauswill. Haben sie etwas zu verbergen, dass sie einen bestimmten Namen nicht nennen wollen?»

«Melanie Raddatz?» Marc tat ahnungslos. «Was hat sie damit zu tun?»

Studer liess sich in den Stuhl sinken, Marc glaubte, einen Anflug von Triumph in seinem Gesicht zu erkennen.

«Erzählen sie mir etwas über Frau Raddatz.»

Marc spürte einen Stich, sein Kopf glühte.

«Wir waren ein paar Monate lang liiert», erzählte Marc mit monotoner Stimme und fragte: «Ist ihr etwas zugestossen?»

Studer tat, als habe er die Frage überhört. «Weiter», forderte er Marc in eindringlichem Ton auf.

Marc erzählte, dass er Melanie zur Schnupperstunde begleitet hatte.

«Sie waren eifersüchtig, und es gab Streit. Frau Raddatz hat sie wegen Beat Stampfli sitzen lassen. Sie waren in ihrem männlichen Stolz gekränkt. So war es doch!»

Marc zuckte zusammen.

«Ich wiederhole, ich habe Beat Stampfli nur einmal gesehen. Ich verliess während des Kurses den Meditationsraum. Das ist zwei Jahre her. Da können sie mir doch nicht Eifersucht unterstellen.»

«Ihr Abgang war aber nicht ohne.»

«Beat hat mich provoziert und vor seinen Schülerinnen blossgestellt.»

«Passt doch. Verletzter männlicher Stolz, Eifersucht.»

«Quatsch. Ich weiss ja nicht einmal, ob Beat und Meli ein Paar wurden.»

«Ach was?» Studer verschärfte den Ton. «Man weiss doch, warum einem die Freundin verlässt.» Der durchdringende Blick des Untersuchungsrichters irritierte Marc.

«Melanie wich mir aus.»

«Beat Stampfli hat ihnen Frau Raddatz ausgespannt. So ist es doch», insistierte Studer, «sie wussten nicht, wohin mit ihrer Wut.»

«Ist das eine Falle oder hatte einer ihrer Informanten seine Fantasie nicht im Griff?»

«Aha, sie proben den Rollentausch?» Studer beugte sich nach vorn und fixierte Marc. «Clever, verfängt bei mir aber nicht.»

Marc unterdrückte seine Wut.

«Wieso haben sie als Skeptiker spirituelle Kurse besucht, ein Buch über Esoterik geschrieben und ein Meditationszentrum gegründet? Bei ihnen drehte sich doch das ganze Leben um Frau Raddatz.» Studer schwellte die Brust wie ein Boxer, der eben zum finalen Ko-Schlag ausgeholt hatte.

«Was hat dies mit einem allfälligen Verbrechen zu tun?», begehrte Marc auf.

«Ich suche das Motiv.»

«Suchen sie zuerst den Täter. Aber den richtigen.»

«Meistens finde ich die Täter über das Motiv. Ich glaube, ich habe es soeben gefunden.»

«Irrtum», gab Marc zurück und fixierte nun seinerseits Studer. «Zwei Jahre ohne Funkkontakt und dann aus heiterem Himmel ein Gewaltverbrechen? Das kauft ihnen kein Haftrichter ab.»

«Gewaltverbrechen?» Der Untersuchungsrichter lehnte sich genüsslich in seinem ledernen Bürostuhl zurück. «Woher wissen sie, dass es sich um ein Gewaltverbrechen handelt?»

«Sie sollten mich nicht unterschätzen, Herr Studer. Sie wissen doch sicher, in welcher Abteilung sie arbeiten.»

Der Staatsanwalt ging nicht auf die Antwort ein. «Nicht alle Täter handeln im Affekt. Manche bereiten ihre Tat monatelang vor.»

Marc schnellte nach vorn und klammerte sich ans Pult: «Wirke ich wie ein Psychopath?», schleuderte er ihm entgegen.

«Psychisch Getriebene sind meist gute Schauspieler.»

«Das soll als Motiv ausreichen? Wie viele Unschuldige haben sie mit dieser verqueren Logik schon hinter Gitter gebracht?», brauste Marc auf.

Studer spannte den Rücken. «Sie demonstrieren mir soeben, zu welch emotionalen Reaktionen sie fähig sind.»

«Jetzt reicht´s», schleuderte ihm Marc entgegen. «Ich verlange einen Anwalt.»

Marc stand auf und ging grusslos zur Tür. Der Polizist, der Marc bewachen musste, stellte sich ihm in den Weg.

«Sie haben mich überzeugt», sagte Studer.

Marc drehte sich um und schaute ihn irritiert an.

«Ihre Reaktion wirkt authentisch.»

«Nehmen sie mich auf den Arm?»

«Ich habe keine Veranlassung dazu.» Der Untersuchungsrichter deutete ihm mit einer Kopfbewegung an, sich wieder zu setzen. Marc zögerte.

«Ich schlage ihnen einen Deal vor.»

«Einen Deal?» Marc schaute Studer misstrauisch an. «Ist das die nächste Finte?»

«Nein, mir ist spontan eine Idee gekommen.»

Marc ging zum Stuhl zurück.

«Ihre Antworten und ihr Verhalten wirken glaubhaft. Ich möchte keine Zeit verlieren und den Fall rasch zu lösen.»

Marc setzte sich.

«Ein rasche Lösung bedeutet aus ihrer Sicht Knast für mich.»

«Ich verstehe ihren Unmut, doch ich habe kein Interesse, einen Unschuldigen hinter Gitter zu bringen. Ausserdem muss ich auch entlastenden Argumenten nachgehen.» Studer machte eine Pause, als müsse er den nächsten Satz gut abwägen. «Eine Information kann ich ihnen schon mal geben: Wir haben den Hinweis von Frau Raddatz erhalten.»

Marc sprang auf. «Meli?»

Studer hob beschwichtigend seine Arme

«Einen Hinweis auf was?», fragte Marc.

«Das kann ich ihnen leider noch nicht sagen.»

«Dann hat sie mich angeschwärzt?» Marc spürte einen Stich in der Brust und sank in den Stuhl.

«Wo waren sie am vergangenen Samstag zwischen 16 und 17 Uhr?», fragte der Staatsanwalt unvermittelt.

Marc stutzte und überlegte kurz.

«In der Dominobar.»

«Das wissen sie so rasch?»

«Ich hatte in den letzten Stunden viel Zeit, meinen Stundenplan zu rekonstruieren.» Er liess den Kopf nach hinten fallen und stiess einen befreienden Seufzer aus.

Studer nickte. «Wann genau sind sie in die Dominobar gegangen? Wie lang sind sie geblieben? Haben sie die Bar zwischendurch verlassen?»

Marcs Stimme klang um eine halbe Oktave tiefer, als er die Fragen beantwortete. «Roswita vom Servierpersonal kann es bezeugen», erklärte er.

«Wie stehen sie zu dieser Bardame?»

«Nicht so nah, dass sie mir ein falsches Alibi geben würde.»

Studers Stimme drang plötzlich von weit her an sein Ohr. Als hätte sie nichts mehr mit ihm zu tun. Seine Gedanken kreisten um Meli. Was hatte sie mit dem Verbrechen zu tun? Hatte sie ihn denunziert? Eines Kapitalverbrechens beschuldigt?

«Ich hoffe doch sehr, dass sie mein Alibi rasch überprüfen lassen», hörte Marc sich sagen.

«Wir tun, was wir können.» Studer konnte seine Enttäuschung nur schlecht verbergen.

«Was ist nun mit dem Deal?», fragte Marc.

«Der wird nun überflüssig, denn ich nehme zu ihren Gunsten an, dass ihr Alibi stimmt. Nur so viel kann ich zu ihrer Beruhigung sagen: Sie interpretieren die Rolle von Frau Raddatz vermutlich falsch.»

Marc nickte geistesabwesend, als sich Studer erhob und signalisierte, dass die Befragung beendet war.

«Und?», fragte ihn Zehnder, als er die Sicherheitsschleuse passierte.

«So gut wie frei», antwortete Marc. «Mein Alibi muss noch überprüft werden.»

«Wunderbar, doch sie wirken nicht sonderlich erleichtert.»

«Die Umstände meiner Verhaftung dämpfen meine Freude.»

«Umstände?» Zehnder schaute ihn mit grossen Augen an.

«Wahrscheinlich hat mich eine gute Freundin fälschlicherweise verpfiffen.»

«Oh. Das tut mir leid.» Zehnder begleitete ihn in seine Zelle. «Wie kommt das?»

«Ich verstehe es auch nicht. Der Untersuchungsrichter durfte mir keine Einzelheiten verraten.»

«Immerhin sind ihre Stunden in dieser Zelle gezählt», munterte ihn Zehnder auf, bevor er die Türe abschloss.

Plötzlich kam Marc der Raum grösser vor. Selbst die Freiheit findet im Kopf statt, erkannte er. Er erinnerte sich an den Bericht eines Häftlings, der in den USA 20 Jahre unschuldig im Knast gesessen hatte. Als er mit viel Schmerzensgeld entlassen werden sollte, weigerte er sich, seine Zelle zu verlassen. Er habe seine kleine Welt liebgewonnen und sich mit dem Schicksal versöhnt. Draussen komme ihm sicher alles fremd vor. Er habe gelernt, die Freiheit im Geist zu finden. Vielleicht befindet sich der grösste Raum tatsächlich im Hirn, überlegte Marc.

Der Gedanke half ihm, die Enge seiner Zelle besser zu ertragen. Es hatte auch mit der Aussicht auf die baldige Entlassung zu tun. Trotzdem wälzte er sich unruhig auf seiner Pritsche hin und her. Die ewig gleichen Gedanken kreisten in seinem Kopf. Was hat Meli mit der Tat zu tun? Ist sie Opfer, Zeugin, Beteiligte? Die Aussagen von Studer liessen eher darauf schliessen, dass Beat von der Tat betroffen ist. Das könnte die Aussage von Meli erklären.

Vielleicht verhält sich auch alles ganz anders, versuchte er sich zu beruhigen.

Gegen Mitternacht nahm er die Bibel hervor. Lesen schläfert ein, hoffte er. Das Wort Gottes besonders, redete er sich in einem Anflug von Sarkasmus ein. Er hoffte vergeblich darauf, denn Hiob vertrieb ihm erst recht den Schlaf. Was der arme Kerl an fiesen Schicksalsschlägen einstecken musste, die Gott ausgeheckt hatte, um seinen Glauben zu prüfen! Trotzdem erduldete der brave Mann stoisch alle Widerwärtigkeiten und glaubte, hinter der Quälerei verstecke sich ein höherer Sinn.

Auf jeden Fall bewies Gott viel Fantasie beim Aushecken von Gemeinheiten. Dagegen war sein Kurzaufenthalt eine Randnotiz des Schicksals. Diese Einsicht half ihm, den Schlaf doch noch zu finden.

Klopfgeräusche schreckten ihn auf. Ein griessgrämiger Polizist öffnete die Tür und stellte ihm wortlos das Frühstück auf den Tisch. Der Kaffeegeruch weckte seine Geister. Zwei dünne Scheiben Brot, ein kleines Stück Butter und Erdebeerkonfitüre. Eine Frechheit, ärgerte sich Marc. Jeder und jede, die hier einsitzen, sind vom Gesetz her unschuldig.

Der Schlaf hatte eine reinigende Wirkung, stellte er erfreut fest. Eigentlich ist er wirkungsvoller als jede Meditation. Seine Unruhe hatte sich etwas gelegt, die innere Uhr den Rhythmus wieder halbwegs gefunden.

Trotzdem blieb das Warten eine Tortur. Vielleicht hat Roswita ihre Freitage für einen Ausflug genutzt, überlegte er. Oder sie besucht ihre Mutter in Rondo.

Um 14 Uhr endlich das Geräusch des Schlüssels im Türschloss. Zehnder begrüsste ihn wie einen alten Bekannten. «Audienz beim Staatsanwalt.» Marc streckte ihm die Hände entgegen.

«Von Handschellen steht nichts im Journal», sagte der Polizist und klopfte ihm auf die Schulter. «Heute sind sie bei Studer schon fast ein Ehrengast, vermute ich.»

Marc musste schmunzeln. «Dann sehe ich sie wohl nicht mehr», stellte Zehnder fest, als Marc in den Kastenwagen stieg.

«Eigentlich schade. Und doch hoffe ich, dass wir uns nicht mehr so schnell begegnen. Zumindest nicht hier», schob Marc nach und schenkte Zehnder ein dankbares Schmunzeln.

Studer schüttelte Marc freundlich die Hand und bat ihn, sich zu setzen. Skepsis und Misstrauen waren aus seinem Gesicht gewichen, er wirkte beinahe jovial.

«Gute Nachricht. Meine Beamten haben ihr Alibi überprüft.» Marc konnte seinen Ärger schlecht verstecken.

«Gute Nachricht?», wiederholte Marc, «aber nur, wenn ich die letzten 36 Stunden aus meinem Leben streiche.»

«Ich verstehe ihren Missmut, doch ich hatte keine andere Wahl. Aus ermittlungstechnischen Gründen kann ich ihnen leider keine Hinweise auf die Tatumstände geben, doch ich biete ihnen einen weiteren Deal an.» Marc schaute ihn überrascht an. «Sie gewinnen dabei mehr als ich», versuchte der Staatsanwalt ihn umzustimmen. «Ich lege die Karten teilweise auf den Tisch und lasse sie springen, wenn sie mir Informationen liefern und mir versprechen, die Geschichte für sich zu behalten und unsere Ermittlungen nicht zu behindern.» Marc horchte auf.

«Informationen? Ich? Zu einem Gewaltverbrechen?»

«Wir vermuten den oder die Täter im esoterischen Umfeld. Wenn sie in diesen Kreisen ihre irrtümliche Festnahme verbreiten würden, könnten unsere Zielpersonen gewarnt sein.»

Marc nickte verständnisvoll.

«Gut. Dann kann ich ihnen verraten, dass Beat Stampfli vorgestern in seinem Zentrum angegriffen ...»

«Also doch Beat!», entfuhr es Marc.

«Ja, er wurde lebensbedrohlich verletzt.»

«Hat Melanie gesagt, ich sei der Täter?», platzte Marc heraus und starrte Studer fassungslos an.

«Nein, nein», beschwichtigte ihn der Untersuchungsrichter.

«Nun verstehe ich gar nichts mehr.»

«Frau Raddatz stand unter Schock», begann Studer seine Schilderung. «Sie hat Herrn Stampfli in seinem Blut gefunden. Ihre Ex erklärte mir, sie könne sich nicht vorstellen, wer eine solch schreckliche Tat verübt haben könnte. Ich fragte sie nach ihrer Beziehung zu ihm, ob es Konflikte mit Schülern, Angehörigen oder anderen Meditationslehrern gegeben habe. Ich vermutete den oder die Täter primär in diesem Umfeld, weil die Tat in seinem Zentrum verübt wurde.»

«Ach so», sagte Marc erleichtert, «Melanie hat ihnen meinen Disput mit Beat geschildert.»

Der Untersuchungsrichter kratzte sich am Kinn und schien zu überlegen, wieviel er von den Untersuchungsresultaten preisgeben solle.

«Richtig. Sie fügte aber sofort an, sie glaube auf keinen Fall, dass sie damit etwas zu tun haben könnten. Es schien ihr plötzlich unangenehm, dass sie mir die Episode geschildert hatte.» Studer machte eine weitere Pause und schien sich einen Ruck zu geben.

«Ich hakte natürlich nach, weil sich hier ein mögliches Motiv versteckte. So erfuhr ich von ihrer Liaison, der Trennung, ihrem Buchprojekt. Da war mir klar: Amour fou. Diese ist bekanntlich zu allem fähig. Da Herr Stampfli nicht ausgeraubt wurde, bestand erst recht der Verdacht, dass es sich um ein Beziehungsdelikt handelte.»

Marc wurde fahl im Gesicht. Er nickte unmerklich.

«Und was sagt Beat? Hat er den Täter nicht gesehen?»

«Er wurde in ein künstliches Koma versetzt, ich kann ihn frühestens in ein paar Tagen befragen», erzählte Studer und gab ihm seine Visitenkarte. «Melden sie sich, wenn sie eine Beobachtung machen, die für mich nützlich sein könnte», bat er Marc.

Die Sonne blendete ihn, als er den Helvetiaplatz betrat. Ein paar Knaben übten Tricks auf ihren Skateboards, kleine Mädchen drehten auf ihren Fahrrädern ihre Runden. Beim *Hooters* standen zwei leicht beschürzte Kellnerinnen vor der Tür und lockten einsame Männer ins Lokal. Frauen als Köder, ärgerte er sich.

Er kam sich leicht vor. Aber auch leer. Frei und doch gefangen.

Er holte tief Atem. Beat lebensbedrohlich verletzt! Der Gedanke liess ihn nicht los. Und wenn er stirbt? Sein Schicksal könnte auch zu meinem werden, überlegte er. Wenn auch mit radikal anderen Vorzeichen. Er wünschte ihm nichts Schlechtes, doch die Vorstellung stürzte ihn auch nicht in eine Schwermut.

Bin ich kaltherzig, fragte er sich. Das moralische Dilemma machte ihm klar, wie paradox das Leben oft war. Es liegt nicht an mir, ich habe eh keinen Einfluss auf sein Schicksal, sagte er sich schliesslich.

Sein Hirn drehte im roten Bereich. Er musste mit jemandem sprechen. Laura kam ihm in den Sinn. Doch er musste den Gedanken rasch fallen lassen. Er hatte nie auf ihre Einladung reagiert und war ihr ausgewichen. Nun bereute er es.

Sein Magen knurrte. Nach dem faden Knastfrass musste es etwas Pikantes sein, möglichst scharf.

Intuitiv bog er in die Langstrasse ein. Sein Blick folgte den schlanken Frauen aus Osteuropa, Asien und Südamerika. Er verspürte Sehnsucht nach Nähe. Rasch betrat er einen asiatischen Take Away. Ein junger Mann mit arabischen Wurzeln begrüsste ihn freundlich in perfektem Zürcher Dialekt und wollte wissen, was er ihm servieren dürfe. Er bestellte bei Ali – Marc taufte ihn so - ein Lammcurry.

«Okay. Und was ist mit dem Durst?»

«Bring mir ein Grosses, brauche dringend was zum Spülen.»

«Sehr gern. Deine Probleme sind mein Umsatz.»

Marc schaute ihn misstrauisch an. «Verkappter Dichter?»

«Studiere Germanistik, wenn ich nicht gerade arbeite.»

«Der Araber Ali serviert in einem asiatischen Shop Currys und studiert Germanistik. Ein virtuoses Lebenskonzept.»

«Ist eigentlich ganz banal», gab *Ali* trocken zurück. «Ich bin in Zürich aufgewachsen, liebe Sprache und muss von etwas leben. Im Herzen bin ich ein richtiger Schweizer, ein richtiger Spiessbürger. Überanpassung nennt man das. Der Vollblut-Araber steckt aber weiterhin in mir.» Ali lachte so laut, dass Marcs Nachbarin den Kopf drehte. Ihre elegante Bewegung erinnerte ihn an Meli.

«So ist es leider», bestätigte sie und musterte Marc.

«Leider?»

«Mustafa soll zu seinen Wurzeln stehen. Es gibt genug langweilige Schweizer.»

Marc nickte und lächelte ihr zu. «Du studierst nicht etwa Germanistik, um deine Herkunft zu verdrängen?», fragte er Mustafa.

«Nein, so weit geht meine Liebe zur Schweiz dann doch nicht. Ich möchte an einer Mittelschule unterrichten oder Journalist werden. Mit Arabisch käme ich nicht weit», erzählte er und schob den Teller mit dem Lammcurry in den Mikrowellenherd.

Marc musterte seine Nachbarin verstohlen von der Seite. Sie erwiderte seinen Blick und beobachtete ihn so ungeniert, als wollte sie ihm ein unzweideutiges Angebot machen. Plötzlich huschte ein Grinsen über ihr Gesicht. «Bist du nicht Marc? Marc, der umschwärmte Meditationslehrer?»

Er zuckte zusammen.

«Was für ein Zufall. Ich habe gestern deine Homepage studiert.» Marc ging innerlich in Deckung.

«Meine Freundin schwärmt von dir. Nun verstehe ich sie. Du scheinst immun zu sein gegen die kollektive weibliche Verehrung. Mein Kompliment. Kenne sonst keinen Mann, der so viel erotischem Charme widerstehen kann.» Ihr Lachen glich einem Wiehern, das schlecht zu ihrem weichen Gesicht mit den fein geschwungenen Lippen passte. «Sie erzählte mir viel von dir. Dein kritischer Ansatz hat sie auf den Teppich geholt, doch seit kurzem schraubt sie sich wieder in kosmische Höhen. Ich nannte dich Guru Royal.»

Marc zuckte mit den Schultern. «Wie heisst deine Freundin?»

«Ahnst du es nicht? Oder sind alle Weiber spitz auf dich?»

«Ach was», wiegelte Marc ab und machte Mustafa ein Zeichen.

«Wenn ich für spirituelle Phänomene anfällig wäre, würde ich wohl auch auf dich fliegen.»

Marc wiegte den Kopf und schob eine volle Gabel in den Mund.

«Meine Freundin hat mich einmal an ein Seminar mitgeschleppt. Mein Gott, war das langweilig. Wir sassen einfach ein Wochenende lang im Kreis, und es passierte nichts. Und jede hat über das Nichts philosophiert, als habe sie eben die universale Weisheit entdeckt und einen Blick in den Himmel erhascht. Ich habe mich am Sonntagnachmittag davongemacht.»

Marc schaute auf die Uhr und zahlte. «Sorry, ich habe einen Termin.»

41

Die ersten Frühlingsstürme kündigten die neue Jahreszeit an. Marc freute sich auf wärmere Tage. Obwohl er die Heizung hochgeschraubt hatte, war ihm oft kalt. Er hatte das Gefühl, das Leben zerrinne ihm zwischen den Fingern. Selbst die Lust, in die Berge zu fahren und sich im Schnee auszutoben, hatte sich verflüchtigt.

Er war nach seiner Verhaftung unruhig geworden, fühlte sich dünnhäutig. Beat hatte den Überfall überlebt, der Täter konnte noch nicht gefasst werden, wie ihm Studer am Telefon verriet. Meli war nicht mehr in den Kurs gekommen. Er wartete auch vergeblich auf ein Lebenszeichen von ihr.

Die Kurse waren ihm zur Routine geworden. Er kämpfte oft gegen die Langeweile und probierte immer wieder neue Formen aus, um nicht in der Routine zu erstarren. Er war Sklave seines Erfolges geworden und überlegte oft, die Kurse zu reduzieren. Lustlos hangelte er sich von Tag zu Tag, unfähig, gegen die innere Unruhe anzukämpfen. In solchen melancholischen Momenten ahnte er, wie sich die Hölle anfühlte, in der depressive Menschen schmoren.

Wenig Freude an seinem Erfolg hatten die andern Meditationslehrer auf dem Platz Zürich. Sie sahen in ihm immer noch den überheblichen Nestbeschmutzer, wie ihm seine Schülerinnen berichteten. Anfänglich hatten sie ihn lächerlich gemacht, dann verflucht, und nun fürchteten sie ihn. Er empfand weder Schadenfreude noch Genugtuung.

Bei der nächsten Meditationsstunde legte Marc Weltmusik auf und ging unruhig auf seinem kleinen Podest hin und her. Die Schülerinnen und Schüler schauten irritiert zu ihm hoch. «Schliesst die Augen und meditiert auf den Solar Plexus», sagte er in strengem Ton.

Er setzte sich in seinen Sessel und starrte zur Decke. Die Sterne schienen zu tanzen, um schliesslich auf ihn niederzuprasseln. Ihm war, als drangen sie durch seine Haut. Der Meditationsraum kam ihm plötzlich eng vor. Er stellte mit der Fernbedienung die Musik ab und räusperte sich.

Die Schüler öffneten die Augen und schauten ihn fragend an. Er stand auf und ging mit gesenktem Kopf an den Bühnenrand.

«Mir kommt das langsam wie ein Wohlfühlseminar vor. Ich mag dich, du magst mich, wir mögen uns. Erinnert mich an Honig. Süss und klebrig. Harmonie ohne Ende.» Marc fixierte die Schülerinnen in der ersten Reihe. «Hey, es ist so schön kuschelig in unserer spirituellen Welt.»

Die Meditationsschülerinnen blickten konsterniert zu ihm hoch und verfolgten jede Regung in seinem Gesicht.

«Die spirituelle Entwicklung ist kein Schulausflug, bei dem der Lehrer auch noch das Gepäck schleppt. Jeder ist selbst verantwortlich für seinen übersinnlichen Prozess.» Marc hielt inne und liess seinen Blick durch die Reihen wandern. «Die kollektiven Schwingungen in dieser Gruppe stecken fest, euer Geist wirkt verklebt.»

Er machte eine Pause und pflanzte sich breitbeinig auf.

«Es wird Zeit, dass wir uns auf die wahren spirituellen Werte konzentrieren. Wir haben uns zu lang im übersinnlichen Schaumbad geräkelt.»

Marc verschränkte die Arme und nahm eine abwartende Haltung ein. «Oder ist jemand anderer Meinung?»

Erika brach in Tränen aus.

«Was gibt es zu weinen?», herrschte er sie an.

«Ich … ich dachte nur …»

«… so, du hast gedacht. Hier geht es ums Meditieren und unsere spirituelle Entwicklung.»

«Ich verstehe ja deine Ungeduld», stellte sich Robert schützend vor Erika, «doch kannst du deine Ansprüche nicht ein wenig sanfter formulieren …»

«... sanfter? Ich warte seit Wochen darauf, dass ihr euch bewegt, doch ihr habt euch immer behaglicher eingerichtet.»

Lucie hob die Hand. Er gab ihr mit dem Kopf ein Zeichen.

«Ich finde, dass wir uns angestrengt haben.» Sie unterstrich ihre Worte mit einem trotzigen Blick.

Marc hob den Kopf. «So, so. Ausgerechnet du! Teilt noch jemand die Ansicht von Lucie?»

Sein Blick wanderte durch die Reihen. Alle verharrten in ihrer Meditationshaltung.

«Wir wollen ja deine Anforderungen und Erwartungen erfüllen ...», gab Martin leise zu bedenken.

«Aber? In deiner Aussage schwingt ein Aber mit.» Marc spielte nervös mit seinen Händen.

«Wir haben dich stets geschätzt und uns nach unseren Möglichkeiten eingesetzt, aber ...»

«... nach unseren Möglichkeiten ...», wiederholte Marc schnippisch.

Erika brach in lautes Schluchzen aus.

«Habt ihr das Gefühl, dass ich zu viel verlange?», fragte Marc in versöhnlichem Ton. Er schaute in die Runde, doch niemand meldete sich.

Er wandte sich an Lucie und fragte sie, ob sie bereit sei, weiter an sich zu arbeiten. Richtig zu arbeiten, unterstrich er seine Aussage. Sie nickte beschämt und senkte den Blick.

«Ich will mit euch in neue spirituelle Dimensionen vordringen und den übersinnlichen Code knacken. Dabei kann ich keine Zweifler und Zauderer brauchen. Das wird kein Spaziergang, sondern ein anstrengendes Abenteuer.»

Marc wischte sich mit dem Handrücken den Schweiss von der Stirn.

Die Anspannung löste sich, durch den Meditationsraum ging ein Raunen.

«Nun versteht ihr sicher, weshalb ich einen schärferen Ton anschlage. Wir starten eine bahnbrechende Mission, und ihr könnt Teil dieses Experimentes werden. Damit wir in Ruhe arbeiten können, verlange ich Disziplin und Hingabe.»

Marc schaute in die Gesichter seiner Schülerinnen und Schüler. Als er keine Skepsis darin entdeckte, fügte er an: «Euren Angehörigen wird dieses Engagement nicht verborgen bleiben, manche werden irritiert reagieren. Deshalb ist Verschwiegenheit in der Anfangsphase unabdingbar.»

Marc setzte sich in seinen Sessel und nahm den Lotussitz ein. Die Spannung war mit Händen zu greifen, die Schülerinnen und Schüler wagten kaum zu atmen. «Das ist ein grosser Moment», kommentierte er ihre Ergriffenheit. «Ich spüre eine neue Energie in diesem Raum. Wir läuten eine neue Ära ein.»

Petra begann zu klatschen und löste einen lauten Applaus aus. Aus ihren Gesichtern wich die Anspannung.

Marc liess das Präludium von Verdis *La Traviata* erklingen. Die monumentale Musik fand den direkten Weg in ihre Herzen und löste eine kollektive Euphorie aus.

Als die letzten Töne verklungen waren, hob er die Arme. «Wie neu geboren», stellte er fest und schaute anerkennend in die Runde.

Marc ging an den Rand des Podests und spannte seinen Rücken. Die grösste Überraschung habe ich für den Schluss aufgespart», sagte Marc. «Ich habe eine Durchsage von unseren Geistwesen erhalten.»

Alle beobachteten ihn gebannt. Ihre Mimik verriet eine Mischung aus Furcht und fiebriger Erregung.

«Sie haben mich gebeten, ein bahnbrechendes spirituelles Projekt zu starten. Leider darf ich euch noch keine Einzelheiten verraten. Es sei noch zu früh, richteten mir sie aus.» Die Spannung entlud sich mit einem Applaus.

Im Foyer herrschte ein lautes Stimmengewirr. Marc wurde umlagert und mit Fragen bestürmt. Er machte ein geheimnisvolles Gesicht und vertröstete seine Schülerinnen auf die nächste Zusammenkunft.

Beim Abschied umarmte er alle Teilnehmer. Lucie schmiegte sich eng an ihn: «Danke, dass du mir die Augen geöffnet hast», hauchte sie.

Zu Hause überfiel ihn ein Schüttelfrost. Er griff sich an die Stirn, konnte aber keine erhöhte Temperatur feststellen. Rasch braute er sich einen Kräutertee und legte Roger Waters *Amused to dead* auf. Plötzlich drehte es ihm den Magen um. Er rannte aufs Klo und kotzte sich die Galle aus dem Leib. Die ätzenden Magensäfte brannten in seiner Kehle. Als er den Mund spülte und sein aschfahles Gesicht im Spiegel sah, schüttelte es ihn erneut. Er schleppte sich ins Schlafzimmer und warf sich aufs Bett.

Als er die Augen schloss, begann sich das Zimmer zu drehen. Aus Angst, der Magen würde noch einmal rebellieren, stand er auf und ging an die frische Luft. An den Linden vor seinem Haus leuchteten die frischen Blätter hellgrün im gelben Licht der Lampen. Er lenkte seinen Schritt Richtung Innenstadt. Die ausgestorbenen Strassen wirkten gespenstisch. Einzig die wenigen beleuchteten Fenster gaben den Häuserschluchten eine verschwommene Kontur.

Obwohl ihn fröstelte, glühte sein Kopf. Marc ging beim Bürkliplatz über den Schiffssteg und zog die Kleider aus. Vielleicht hilft mir ein Bad. Er atmete tief ein und sprang mit Anlauf kopfüber in den kalten See.

Marc erstarrte, ein Schauer lief ihm über Schultern und Rücken. Der Schock löste den Schleier vor seinen Augen. Die Umrisse des Grossmünsters traten wieder klar hervor. Allmählich gewöhnte er sich an das kalte Wasser.

Ein Pfiff schreckte ihn auf. «Hallo, kommen sie sofort aus dem Wasser.» Er entdeckte auf dem Steg einen Uniformierten, der heftig winkte. «Nachts zu baden ist bei dieser Affenkälte gefährlich.»

«Keine Sorge», antwortete Marc, «ich bin nüchtern und fit.»

«Unvernünftig ist es trotzdem», gab der Polizist zurück.

Marc hangelte sich an einem Pfosten hoch.

«Leisten sie sich diesen kalten Spass regelmässig?», fragte der Polizist. Marc sah, dass er nur schon beim Gedanken an ein Bad im See fröstelte.

«Zum Glück brauche ich solche Abkühlungen nur selten», gab Marc zurück und streifte mit den Händen die Wassertropfen von seinem Körper.

«Dann benutzen sie die Kälte als Therapie?» Der Polizist schüttelte verdutzt den Kopf.

«Wenn sie so wollen», gab Marc zurück.

«So hat jeder seine eigene Methode», sinnierte der Uniformierte vor sich hin und stapfte davon.

Marc schlüpfte in seine Kleider und rannte heim. Anfänglich waren seine Bewegungen noch steif, doch bald breitete sich die Wärme in seinem Körper aus. Zu Hause machte er sich ein heisses Bad und schief danach rasch ein.

Am nächsten Morgen riss ihn das Handy aus dem Schlaf. Christian wollte ihn auf eine Kletterpartie einladen. Er sei nicht locker genug und zu beschäftigt, liess Marc ihn wissen. «Hängst du etwa wieder am Strick des übersinnlichen Galgens?», fragte Christian.

«Nein, ein neues Projekt hält mich auf Trab. Es erfordert momentan meine ganze Konzentration.»

«Poa, das klingt verdächtig nach Absturz. Du weisst, dass dich da niemand sichern kann.»

«Lass deine schiefen Bilder, ich brauche momentan keine Sicherung», antwortete Marc unwirsch.

«Ich glaube, das Seil ist bereits gerissen. Geniesse wenigstens den Fall, der Aufprall wird hart genug sein.»

42

Am nächsten Morgen riss ihn das Handy aus dem Schlaf.

«Studer», tönte es aus dem Telefon. «Sie erinnern sich.»

«Keine Angst, sie sind noch tief in meinem Gedächtnis eingegraben», gab Marc zurück.

«Ich habe eine Neuigkeit, muss sie aber bitten, es vorerst für sich zu behalten.» Studer machte eine Pause und wertete Marcs Schweigen als Zustimmung.

«Beat Stampfli ist aus dem Koma erwacht, doch er kann sich an nichts erinnern. Eine totale Amnesie.»

«Bin ich deshalb wieder auf ihrem Radar?», fragte Marc. «Misstrauen sie Ritas Alibi?»

«Nein, im Gegenteil. Ich hoffe, dass sie mir helfen können.»

«Schon wieder?» Marc war ungehalten.

«Grollen sie mir immer noch?» Studer versuchte, seiner Frage einen ironischen Unterton beizumischen.

«Nicht wirklich, aber die Erinnerungen an die Zelle sind noch präsent.»

«Das verstehe ich. Trotzdem die Frage: Sagt ihnen der Name Juri etwas?»

«Juri? Ich kenne niemanden mit diesem Namen.»

«Hat ihn auch niemand ihnen gegenüber erwähnt?»

Marc überlegte und fragte schliesslich: «Denken sie an Melanie?»

«Exakt.»

«Das kann ich mit Sicherheit ausschliessen. Daran würde ich mich erinnern.»

«Das überrascht mich. Dieser Juri spielte einst eine wichtige Rolle im Leben von Frau Raddatz. Hat sie ihn tatsächlich nie erwähnt.»

«Nein, bestimmt nicht. War er etwa ein früherer Verehrer oder Liebhaber von Melanie?»

«Wie kommen sie denn auf diese Idee?»

«Am Anfang unserer Beziehung war sie manchmal reserviert. Ich vermutete, dass sie eine alte Geschichte noch nicht ganz verdaut oder abgeschlossen hatte. Ich machte einmal eine Bemerkung, doch sie wich mir aus und wollte nicht darüber sprechen. Ich fand es eigenartig, akzeptierte es aber.»

«Interessant», sagte Studer.

«Hat dieser Juri etwas mit dem Überfall auf Beat zu tun?»

«Dazu darf ich mich leider nicht äussern. Nicht nur aus ermittlungstechnischen Gründen, sondern auch wegen des Datenschutzes.»

«Das verstehe ich.»

«Prima. Übrigens: Meine Tochter meditiert auch und hat ihr Buch gelesen. Sie ist Fan von ihnen und würde gern ihre Kurse besuchen. Doch leider sind sie ausgebucht. Sehen sie eine Möglichkeit, meine Tochter trotzdem aufzunehmen?»

«Wenn sie mich nicht noch einmal in U-Haft stecken, lässt sich dies richten», gab Marc zurück.

«Ich gebe mir Mühe, doch es hängt auch von ihnen ab», flachste Studer und bedankte sich.

43

Marc weihte in den nächsten Meditationsstunden jene Schülerinnen und Schüler in seine Pläne ein, die ihm für das Experiment geeignet schienen. Nur wenige zeigten Skepsis, die meisten waren bereit, am Pilotprojekt teilzunehmen. Schliesslich zählte er 65 Teilnehmerinnen und Teilnehmer, die er an die Impulssitzung einlud.

Als er am Abend zu Hause über das Konzept für das Treffen brütete, riss ihn das Handy aus seinen Gedanken.

«Ich muss mit dir reden», überfiel ihn Tobias.

«So, musst du?»

«Dein Verhalten ist in letzter Zeit etwas ... wie soll ich sagen ... anders geworden ...»

«Aha, wie denn?» Marc schraubte seine Stimme in die Höhe.

«Etwas gar autoritär», antwortete Tobias zögernd.

«Na und? Bist du nicht der Meinung, dass es nötig war?»

«Ja, vielleicht, aber wir haben uns doch wie immer verhalten.»

«Eben!»

«Wie meinst du das?» Tobias wirkte irritiert.

«Dass ihr euch trotz intensiver Arbeit nicht bewegt habt.»

«Wie hätten wir uns denn bewegen sollen?»

«Das fragst du? Ich habe es in den Meditationsstunden oft genug vermittelt. Habt ihr nicht richtig zugehört oder seid ihr geistig so blockiert gewesen?»

«Schon, aber ...»

«Was aber?»

«Du hättest dich besser erklären sollen.»

«Vielleicht. Doch was willst du von mir?»

«Ich möchte den Kurs abbrechen.»

«Bist du sicher?»

«Ja, ich habe mich entschieden», sagte Tobias bestimmt.

«Ok», antwortete Marc, «da kann ich dir nur gratulieren.»

In der Leitung blieb es still. «Meinst du das zynisch?», fragte Tobias schliesslich.

«Nein, überhaupt nicht», gab Marc zurück.

«Jetzt begreife ich gar nichts mehr.» Die Verwunderung war Tobias anzuhören.

«So ist es halt manchmal im Leben», antwortete Marc und wünschte ihm alles Gute.

44

Marc bestellte vor dem Treffen neun grosse Kerzenständer aus Messing mit blauen Kerzen und 50 weisse Lilien. Er zog sein hellblaues Hemd und die beige Hose an und fuhr früher als sonst ins Zentrum, um alles vorzubereiten. Als die ersten Schülerinnen und Schüler eintrafen, zündete er im Meditationsraum die Kerzen an und legte Orgelmusik auf. Die feierliche Atmosphäre verleitete sie, im Flüsterton zu sprechen. «Was für eine Atmosphäre», flötete Lucie und umarmte ihn innig.

Als die Schülerinnen und Schüler auf ihren Matten sassen, ging er ins Foyer hinaus, schenkte sich ein Glas Weisswein ein und stürzte es in einem Zug hinunter. Dann gab er sich einen Ruck.

Federnden Schrittes marschierte er durch den engen Mittelgang. Der Geräuschpegel verebbte sofort. Er spürte, dass alle Augen auf ihn gerichtet waren und ihn zur Bühne begleiteten.

Marc liess Verdis Gefangenenchor anschwellen, nahm auf dem roten Samtsessel Platz und schloss die Augen.

Nach ein paar Minuten drehte er die Musik leiser.

«Mit diesem Chorstück hat Verdi Musikgeschichte geschrieben. Und mit diesem Meeting wollen wir ein neues Kapitel in der modernen Spiritualität öffnen.»

Marc legte eine Pause ein und schaute über die Köpfe hinweg. Viele hielten den Atem an.

«Wir beginnen mit einer kurzen Meditation», schlug er vor und zupfte an seinem Hemd. «Wir wollen ein kollektives Energiefeld aufbauen und die geistige Welt bitten, uns zu inspirieren.

Marc stellte die Musik ganz ab und beendet die Meditation nach zehn Minuten mit einem sanften Gongschlag.

«Ihr habt sicher bemerkt, dass ich in den letzten Wochen eine spirituelle Metamorphose durchlaufen habe», begann er seine Unterweisung. «Ich hatte Eingebungen, die vermutlich von aufgestiegenen Meistern stammen.

Er hielt inne und liess die erwartungsfrohen Blicke seiner Schülerinnen auf sich wirken.

«In meinem Kopf schienen die Synapsen zu glühen, obwohl ich versuchte, mich mit Meditationsübungen zu beruhigen.»

Er legte seine Stirn in Falten und fuhr fort: «Ich war verwirrt und wusste nicht, ob ich halluziniere. Mir wurde schwindlig. Schliesslich liess ich mich aufs Kissen fallen und schloss die Augen. Mir schien, als habe ein fremdes Wesen das Kommando in meinem Kopf übernommen.» Ein Raunen zwang ihn, innezuhalten. Die Schülerinnen und Schüler sassen kerzengerade auf ihren Matten.

«Und dann geschah es! Plötzlich waren meine Sinne übersensibel, aber kristallklar. Ich hatte eine Vision mit klaren Botschaften.»

Wieder legte Marc eine Pause ein und schaute in weit aufgerissene Augen.

«Mir wurde eingegeben, dass wir ein spirituelles Zentrum aufbauen sollen. Ein Zentrum mit internationaler Ausstrahlung. Ein Zentrum, in dem wir übersinnliche Phänomene wissenschaftlich erforschen können, um die spirituelle Entwicklung zu beschleunigen.»

Ein Raunen ging durch die Reihen, die Anspannung entlud sich.

«Ihr könnt Teil dieses bahnbrechenden Experimentes werden», sagte Marc triumphierend und trat an den Rand des Podests.

«Die Durchsage enthielt auch klare Handlungsanweisungen. Es ist zwar ein Sprung ins kalte Wasser, doch ich weiss, was zu tun ist und wie wir erfolgreich sein können. Ich will euch noch nicht mit Einzelheiten bombardieren, sondern möchte heute mit euch dieses Ereignis feiern.»

Für einen Moment war es totenstill, dann durchbrach ein lauter Jubelschrei die feierliche Stimmung. Marc hob die Arme. «Eure Begeisterung freut mich, ich will sie auch nicht dämpfen. Trotzdem möchte ich euch zu bedenken geben, dass der Aufbau eines solchen Zentrums viel Einsatz und Entbehrung bedeutet. Wir alle werden gefordert sein. Aber es wird auch eine spannende Pionierzeit werden.»

In diesem Moment stand Eric auf und rief: «Ohne mich! ,Internationales Zentrum für spirituelle Entwicklung'! Initiiert von Geistwesen! Was ist denn in dich gefahren? Lese doch dein Buch noch einmal!»

Ohne sich umzudrehen, ging er zur Tür und schlug sie so kräftig zu, dass die Luft im Saal vibrierte. Für einen Moment herrschte Totenstille.

Marc fasste sich rasch. «Ich kann Eric verstehen. Das ist alles ein wenig viel aufs Mal. Ich erfasse es ja selbst noch nicht richtig. Ich habe mich aber gut geprüft und erkannt, dass die Visionen sehr real waren. Ich will auch niemanden überreden. Wer Zweifel hat, soll es mir sagen. Ich bitte euch nur, die Ideen nicht nach aussen zu tragen. Unser Projekt könnte verzögert oder sogar torpediert werden.»

Marc schaute gespannt durch die Reihen. Die meisten nickten verständnisvoll, manchen war die Erleichterung anzusehen.

«Ich werde eine Kerngruppe bilden, die das Konzept ausarbeitet und sich nach einer geeigneten Liegenschaft umschaut. Sobald sich die Konturen abzeichnen, werde ich euch zu einer Orientierungsversammlung einladen.»

Marc wurde im Foyer mit Fragen zu seinen Visionen bestürmt. Das laute Stimmengewirr verriet ihm die fiebrige Atmosphäre. Offenbar gibt es keinen Widerstand, stellte er fest. Er flüchtete hinter die Theke und füllte die Gläser mit Prosecco. «Auf unser Projekt», rief er in die Runde, und hob sein Glas. «Und auf euch.»

Die Stimmung wurde immer ausgelassener, Marc wurde mit Komplimenten überhäuft. Sie seien dabei, er könne auf sie zählen, signalisierten ihm mehrere Mediationsschülerinnen.

Beim Abschied umarmten ihn alle. Lucie wollte ihn nicht mehr loslassen. «Du bist grossartig», hauchte sie ihm ins Ohr. «Ich folge dir auf dem Pfad der Spiritualität, wohin er uns auch führt.»

Als Marc allein war, liess er sich in den Fauteuil fallen und atmete tief durch. Müdigkeit überfiel ihn. Er schloss die Augen und schüttelte immer wieder den Kopf.

Plötzlich stand Laura neben ihm und räusperte sich. Marc zuckte zusammen.

«Was ist in dich gefahren?», fragte sie ohne Umschweife. Marc schluckte leer.

«Mir ist klar, dass dir mein Auftritt nicht gefallen hat ...»

«... nicht gefallen?» Laura warf ihm einen durchdringenden Blick zu.

«Ich könnte es dir erklären, doch du würdest es nicht verstehen.»

«Nein, das würde ich nicht. Visionen, internationales spirituelles Zentrum...»

Marc zuckte mit den Schultern.

«Bist du völlig von Sinnen? Habe ich mich so sehr in dir getäuscht?»

Marc wich ihrem Blick aus und antwortete nicht.

Sie stand auf und sagte: «Das war's dann wohl.»

Marc hielt sie am Arm zurück. «Gib mir eine Chance und komme trotzdem gelegentlich vorbei. Du bist stets willkommen.»

Sie schaute ihn misstrauisch an und verliess das Zentrum grusslos.

Auf der Heimfahrt bemerkte Marc auf der Badenerstrasse zu spät, dass das Lichtsignal auf Rot wechselte. Trotz Vollbremsung kam er erst auf der Kreuzung zum Stillstand. Der Blitz der Radarkontrolle riss ihn aus seinen Gedanken.

Zu Hause holte er ein Bier aus dem Kühlschrank und warf sich aufs Sofa. Er war hundemüde, aber seine Gedanken rasten um seinen Auftritt, um Lauras Abgang und Melis Abtauchen.

Wir werden immer Freunde bleiben, hatte sie einmal gesagt, als sie in einer lauen Sommernacht um den Türlersee spaziert waren. Uns verbindet ein besonderes Erlebnis. Marc hörte ihre Stimme und erinnerte sich an ihre Worte, als stünde sie neben ihm.

Sein Schädel schien viel zu klein für sein glühendes und rauchendes Hirn.

Am nächsten Morgen schreckte ihn das Telefon auf.

«Ich werde ganz ruhig bleiben», sagte Christa.

«Schon gut», grummelte er.

«Geht es dir nicht gut? Oder habe ich dich geweckt?»

«Beides», antwortete Marc.

«Sag mal, verfolgst du ein neues Projekt?»

Marc war mit einem Schlag hellwach.

«Barbie!», stöhnte er.

«Beruhige dich. Sie hat nichts verraten. Sie tat in der Kaffeepause nur so geheimnisvoll und schwurbelte von einem Experiment.»

«Dieses Tussi nehme ich mir vor ...»

«Was tust du?» Christa schraubte ihre Stimme in die Höhe.

«Nichts.»

«Moment mal. Du weichst mir aus. Darf Barbie etwa nicht erzählen, was ihr bei der Meditation und den Zusammenkünften so alles treibt? Ihr seid doch kein Geheimbund, oder?»

Marc schwieg.

«Die Geschichte stinkt irgendwie. Ich kenne unsere Lucie seit über zehn Jahren. Ich kann sie lesen wie ein Buch mit grossen Buchstaben. Die ist durch den Wind, völlig hinüber. Was führst du im Schild?»

«Ich erweitere die Meditation und führe die zweite Stufe ein. Das findet Barbie wohl ganz aufregend. Es ist aber nur halb so spektakulär, wie sie es empfindet. Sie übertreibt wohl wieder einmal masslos.»

«Mmmmh, ich bin mir da nicht sicher.»

«Ich weiss wirklich nicht, wieso Barbie sich so geheimnisvoll verhält.»

«Ich wünsche dir, dass du recht hast», sagte Christa und beendete das Gespräch mit einem gedehnten Tschüss.

Marc lud acht Meditationsschülerinnen und drei -schüler, die er für die Kerngruppe ausgewählt hatte, zu Einzelgesprächen ein. Die meisten fühlten sich geehrt. Einzig Martin und Emma fürchteten die zeitliche Belastung. Marc versprach ihnen, Rücksicht auf ihre berufliche und familiäre Situation zu nehmen.

Bei der ersten Sitzung der Kerngruppe spürte Marc eine innere Anspannung der Mitglieder. Er war sich nicht sicher, ob es mehr mit der Vorfreude oder dem Respekt vor dem Projekt zu tun hatte. Oder schwingt Skepsis mit, fragte er sich. Als er ihnen erklärte, dass es sich um ein Millionenprojekt handle, schauten sie ihn mit grossen Augen an.

Marc verteilte ihnen auf Grund der beruflichen Erfahrung die Departemente Finanzen, Spiritualität, Bauen, IT, Öffentlichkeitsarbeit und Administration.

«Ich weiss, das klingt nicht nach Aufbruch und Abenteuer», erklärte Marc, «doch in der Startphase fallen erst Mal organisatorische Arbeiten an.»

Er übertrug ihnen Aufgaben und verlangte Konzepte. Eine Schlüsselfunktion kam Martin zu. Der Architekt sollte in Zürich oder Umgebung ein brauchbares Objekt suchen, das sich in ein Meditationszentrum umbauen liess. Ideal wäre ein leeres Fabrikgebäude, empfahl er Martin.

«Ich habe aber ein beschränktes Zeitbudget», gab dieser zu bedenken. «Mit zwanzig Mitarbeitern bin ich ohnehin oft am Limit.»

Marc schaute ihn herausfordernd an: «Veränderungen sind immer eine Chance. Lehne einzelne Aufträge ab, dann gewinnst du Zeit.»

Martin rang nach Worten. «Das ist eine Gratwanderung. Wenn wir nicht ausgelastet sind, wird es finanziell rasch schwierig. Aber ich könnte das Projekt in meinem Büro verfolgen und begleiten.»

«Ich möchte nicht, dass deine Mitarbeiter Einblick in unser Experiment gewinnen.» Marc runzelte die Stirn.

«Die sensiblen Arbeiten könnte ich selbst erledigen. Für die Bauführung brauchen wir ohnehin einen Spezialisten.»

«Hast du einen Bauführer in deinem Team, der empfänglich für spirituelle Ideen ist?», wollte Marc wissen.

«Am ehesten Peter.»

«Kannst du ihn ködern ... ich meine, kannst du ihn mit Literatur versorgen und zu einer Meditation einladen?»

«Ich werde es versuchen.» Martin liess sich erleichtert in den Stuhl sinken.

Drei Wochen später lud Marc die gesamte Gruppe zu einer Informationsveranstaltung ein. Er war froh, die Meditationsschülerinnen und -schüler mit ihren Anfragen nicht weiter vertrösten zu müssen.

Die ersten Teilnehmer strömten schon eine halbe Stunde vor Beginn ins Foyer. Sie wirkten aufgekratzt, die Frauen umarmten ihn innig, es herrschte bald ein fröhliches Stimmengewirr.

Marc begann die Zusammenkunft mit einer kurzen Meditation. Sie sollen sich versenken und auf den spirituellen Aspekt der Gelassenheit konzentrieren, wie Buddha ihn lehre, forderte er. Danach bat er die Mitglieder der Kerngruppe, ihre Ideen und Konzepte vorzustellen. Nach einer halben Stunde stellte Marc eine gewisse Unruhe fest. Die administrativen Einzelheiten schienen die Teilnehmerinnen und Teilnehmer nicht sonderlich zu interessieren.

Rasch ergriff er das Wort. «Ich habe unser Projekt täglich imaginiert und ein positives Feedback wahrgenommen», verkündete er. «Deshalb bin ich überzeugt, dass wir auf dem richtigen Weg sind. Wir kommen aber nicht umhin, uns in der Aufbauphase vornehmlich um organisatorische Fragen zu kümmern. Ich selbst bin primär damit beschäftigt, das spirituelle Konzept zu erforschen. Doch darüber kann ich noch nicht viel erzählen, weil es ein rollender Prozess ist. Sobald sich die Konturen abzeichnen, werde ich euch informieren.»

Marc machte eine Pause und stand auf.

«Ihr habt von der Kerngruppe gehört, wie gross der Aufwand für den Aufbau eines Zentrums ist. Wir müssen rasch eine Genossenschaft gründen und viel Kapital aufbringen. Neben Darlehen und Schenkungen erwarte ich von euch monatliche Raten von mindestens 20 Prozent eures Einkommens.»

Durch die Reihen ging ein Raunen. Marc sah in bange Gesichter.

«Ich weiss, das sind hohe Anforderungen, doch es wird niemand überfordert, auch nicht finanziell. Wir müssen aber lernen, uns von den irdischen Bedürfnissen zu lösen und die materiellen Grenzen zu sprengen. Nur wer die Bindung an die grobstoffliche Welt überwindet, gewinnt die Leichtigkeit des spirituellen Seins. Denkt an Buddha, der durch die Entsagung das Leiden überwunden hat und erleuchtet wurde.»

45

Bei der nächsten Sitzung der Kerngruppe wollte Marc wissen, wer bereit sei, vollamtlich für den Aufbau des Projektes zu arbeiten. «Es ist für euch auch eine spirituelle Chance, hautnah und vollberuflich dabei zu sein», gab er zu bedenken.

«Ich würde mich gern vollzeitlich für das Projekt engagieren», meldete sich Roman, «doch ich muss die Existenz meiner Familie sichern. Lässt sich das unter einen Hut bringen?»

«Für die Lebenskosten kommen wir natürlich auf, ich kann aber nicht garantieren, dass die Einnahmen von Beginn weg für angemessene Löhne reichen. Überlege es dir, doch ich erwarte eine positive Antwort, schliesslich kann deine Frau für den Broterwerb sorgen.»

Marc fasste Kevin ins Auge.

«Wie steht's bei dir? Deine Erfahrungen als Manager und Buchhalter sind für uns wichtig.»

Kevin schien überrascht. «Heisst das ... ich meine ... muss ich dann meinen Job aufgeben ...?»

«Exakt, du hast es erfasst.» Marc tat, als sei der Entscheid bereits gefallen.

«Ich weiss nicht, ob Brigitte einverstanden sein wird.» Kevin schaute Marc fragend an.

«Dann musst du sie überzeugen», antwortete er ungeduldig.

«Ich habe dir doch früher schon gesagt, dass meine Frau keine Freude an meinem spirituellen Engagement hat», wandte er ein. «Wenn ich meinen Job schmeisse, wird sie ausrasten.»

«Du hast noch ein wenig Zeit, es ihr beizubringen. Du musst deine Arbeitsstelle erst aufgeben, wenn wir ein Objekt gefunden haben.»

«Hast du einen Zeitplan?», fragte Sabine.

«Nein», antwortete Marc, «es hängt davon ab, wie rasch wir eine Liegenschaft finden und ob ein Umbau erforderlich ist.»

Marc schaute mit strengem Blick in die Runde und wendete sich Lucie zu. «Ich habe dich für das Büro, den Empfang und das Telefon vorgesehen. Deine gewinnende Erscheinung wird unsere Besucher beeindrucken.»

«Ich bin voll dabei», hauchte sie. «Ich habe die Leute bei der Stadtverwaltung schon lang satt. Da gibt es zum Beispiel eine Christaaa …»

«… schön, dass du so entscheidungsfreudig bist», unterbrach Marc sie. «Und wie sieht es bei dir aus, Thomas? Als Inhaber einer Baufirma könntest du uns bei einem allfälligen Umbau sicher günstige Konditionen anbieten.»

«Das lässt meine Frau nicht zu», erwiderte Thomas kleinlaut. «Sie ist Mitinhaberin und zuständig für die Offerten.»

«Dann musst du dir überlegen, ob du die richtige Frau hast», sagte Marc genervt. «Ihre negativen Schwingungen werden dich auch beim geistigen Aufstieg behindern.»

Marc lehnte sich im Stuhl weit zurück und kratzte sich am Kopf.

«Was ist mir dir, Petra?», fragte Marc. «Als PR-Frau in einer Werbeagentur könntest du für einen wirksamen Auftritt sorgen.»

Petra räusperte sich. «An sich schon, aber …»

«… was aber? Ich kann nicht auf dich verzichten.»

«Du weisst doch … ich meine … ich habe dir schon gesagt, dass ich in der Agentur meiner Eltern arbeite und sie sehr kritisch …»

«Verdammt», sagte Marc laut und liess seine Faust auf den Tisch sausen. «Wir planen hier ein bahnbrechendes Experiment und halten uns mit privaten Verstrickungen auf. Habt ihr denn noch nicht begriffen, um was es geht?»

Petra zuckte zusammen. «Wann emanzipierst du dich endlich? Das ist deine Chance. Betrachte es als Prüfung. Wenn Eltern derart verblendet und abgestumpft sind, verlieren sie den Anspruch auf ihre Kinder. Dann beeinträchtigen sie deren Entwicklung und müssten eigentlich zur

Rechenschaft gezogen werden. Was hindert dich daran, dich aufzulehnen und notfalls den Kontakt zu ihnen abzubrechen? Ist es Mitleid? Du weisst doch, dass Mitleid eine emotionale Krücke ist.»

Marc machte eine Pause und starrte auf den Tisch. Er schien angestrengt zu überlegen. Alle hielten den Atem an.

«Ich vermisse bei euch das innere Feuer. Wir stossen in eine neue spirituelle Sphäre vor, doch ihr denkt nur an eure Einkommen und Angehörigen. Wo bleibt euer Pioniergeist, die Aufbruchstimmung? Ich werde die Gespräche unter vier Augen weiterführen», erklärte er.

Marcs Schülerinnen und Schüler wichen seinem Blick aus und schauten beschämt vor sich hin.

«Ich denke, das war's für heute, oder gibt es noch dringende Fragen?»

Benno meldete sich und wartete, bis er ein Zeichen von Marc erhielt. «Warum hast du nicht Roger in die Kerngruppe eingeladen? Als CEO eines Konzerns wäre er ein gutes Aushängeschild. Auch sein grosses Beziehungsnetz könnte für uns nützlich sein.»

«Mir ist bewusst, dass Roger für unser Projekt wichtig ist. Doch ich muss bei ihm vorsichtig vorgehen. Wenn die Journalisten Wind bekommen würden, dass er bei uns mitmacht, wäre das ein gefundenes Fressen für die Medien. Er könnte sogar seinen Job verlieren. Das dürfen wir nicht riskieren.»

«... riskieren?» Benno und schaute Marc fragend an.

«Stellt euch vor, die Boulevardmedien würden behaupten, Roger sei in eine esoterische Sekte abgerutscht. Solche Schlagzeilen könnten unser Projekt gefährden.»

Benno wollte nachhaken, unterdrückte aber die Frage.

«Ich gehe davon aus, dass unser Experiment internationale Beachtung findet und wir bald mit Gästen aus aller Welt rechnen müssen», nahm Marc den Faden wieder auf. «Wir dürfen deshalb auf keinen Fall ins Visier der Medien geraten, bevor wir unser Zentrum aufgebaut haben.»

Alle schauten ihn überrascht an, ihre Gesichter hellten sich wieder etwas auf.

«Ja, meine lieben Freunde, wir haben Grosses vor. Wegweisendes. Ich hoffe, ihr habt es nun kapiert.»

Marc lehnte sich zurück und lächelte sanft.

«Einen Punkt habe ich noch vergessen. Ich schätze, dass wir für die Startphase mindestens eine Million brauchen, um Hypotheken zu bekommen. Für Banken sind wir als frisch gegründete Genossenschaft risikobehaftet.»

«... eine Million ...» entfuhr es Robert.

«Ja, genau. Bisher reichen die Spenden nirgends hin. Ich erwarte, dass ihr die Hälfte eures Vermögens einbringt.»

Ein Räuspern ging um den Tisch.

«Ein Grossteil unseres Vermögens ist gebunden? In Lebensversicherungen, Renten, Aktien, Häuser ...»

«... das meiste lässt sich veräussern oder auflösen», unterbrach Marc Robert. «Ihr müsst endlich lernen, loszulassen ...»

Marc warf energisch den Kopf zurück und strich sich eine Haarsträhne aus dem Gesicht.

«Ich spüre, dass euch mein forsches Tempo irritiert», stellte Marc fest. «Doch wenn wir zaudern und zögern haben wir bereits verloren. Wir müssen zusammenrücken und an uns glauben. Vor allem müsst ihr mir vertrauen und mich mit eurer spirituellen Energie unterstützen.»

Marc stand auf und beendete die Sitzung abrupt.

Auf dem Heimweg fröstelte ihn. Zu Hause warf er sich im Lederkombi in den Sessel und starrte zur Decke. Eine bleierne Melancholie überfiel ihn. Obwohl er fast jeden Abend im Mittelpunkt stand, fühlte sich einsam.

Als sich die Wärme in seinem Körper ausbreitete, raffte er sich auf und holte ein Glas Orangensaft und ein gekochtes Ei aus dem Kühlschrank. Vorsichtig schlug er es gegen den Tellerrand, schälte es und streute Salz darüber. Er liebte den milden Geschmack des Eies, vermischt mit dem säuerlichen Saft, doch heute kam ihm beides fad vor.

Am nächsten Tag zwang er sich, die Mails zu beantworten. Seit Tagen war er seinem Laptop ausgewichen. Er fürchtete sich vor den vielen Anfragen.

Das Telefon riss ihn aus seiner inneren Starre. «Hi Marc, ich bin immer noch ganz aufgeregt.» Lucies Stimme überschlug sich beinahe. «Heute ist der 28. Wenn ich noch in diesem Monat kündigen will, muss ich den Brief bis übermorgen abschicken. Ich kann es kaum erwarten, meinen Job im Stadthaus zu schmeissen ...»

«Moment», unterbrach Marc Lucies Redefluss. «Deine Begeisterung für unser Projekt freut mich, aber wir müssen ausharren, bis wir ein Zentrum gefunden haben. Ich gebe dir rechtzeitig ein Signal.»

«Ach nein», stöhnte Lucie.

«Du musst noch ein wenig durchhalten. Es lohnt sich», sagte er und beendete das Gespräch rasch.

In den Meditationsstunden herrschte jeweils eine seltsame Anspannung. Die Eingeweihten wirkten etwas unruhig und warfen ihm fragende Blicke zu, als erwarteten sie Signale zum Experiment. Die übrigen Teilnehmer schienen die veränderte Atmosphäre zu spüren, fanden aber keine Erklärung.

«Hast du schon ein Zentrum gefunden?», raunte ihm Lucie hinter vorgehaltener Hand zu. «Wir haben ein paar Immobilien im Auge, das ultimative Objekt scheint aber nicht darunter zu sein», flüsterte er ihr zu und erntete einen schmachtenden Blick.

Am Ende des Monats kontrollierte er das Konto, das er für die Lohnanteile seiner Schüler eröffnet hatte. Der Kontostand war bereits auf über 100'000 Franken angewachsen. Auch das Konto für die Vermögenswerte wurde von den Mitgliedern der Projektgruppe fleissig gefüttert.

Zusammen mit Martin, der ihm immer noch leicht skeptisch begegnete, begutachtete er Industriegebäude und Lagerhallen. Obwohl das eine oder andere Objekt dem Anforderungsprofil einigermassen entsprach, winkte Marc jeweils ab. «Es eilt zwar, doch wir dürfen nichts überstürzen», erklärte er Martin.

Marc spürte bei der nächsten Sitzung der Kerngruppe eine wachsende Unruhe. «Ich habe bei meinen Meditationen noch kein Signal wahrgenommen, das die Wahl einer Immobilie förderte», vertröstete er sie.

«Es sind drei Immobilien in der engeren Auswahl», eröffnete er ihnen nach sechs Wochen. «Martin muss noch Gutachten erstellen und mit den Baubehörden wegen der Umnutzung verhandeln. Ich bin aber zuversichtlich, dass wir den Entscheid bald fällen können.»

Lucie tat einen leisen Seufzer. «Gott sei Dank», rutschte ihr heraus.

«Kannst du uns schon verraten, in welcher Gegend die drei Objekte stehen?», wollte Andrea wissen.

«Ich will noch keine Einzelheiten preisgeben, sonst beginnen die Spekulationen. Nur so viel: Zwei befinden sich in der Agglomeration von Zürich, das dritte liegt etwa 15 Kilometer ausserhalb der Stadt, ist aber verkehrstechnisch gut erschlossen.»

Er wandte sich demonstrativ der Arbeitsgruppe zu, die für die Öffentlichkeitsarbeit zuständig war.

«Wie weit seid ihr mit eurem Konzept?», fragte er.

«Wir sind uns noch nicht einig, wie wir uns darstellen sollen und wären froh, wenn du uns die Parameter vorgeben könntest», antwortete Anna.

«Ihr dürft auf keinen Fall Einzelheiten verraten. Verwendet allgemeine Formulierungen. Stellt uns als Meditationszentrum dar, das mit wissenschaftlichen Methoden nachweisen will, dass Meditation bei körperlichen und psychischen Leiden heilend wirkt.»

Die Gruppenmitglieder schauten ihn verblüfft an. «Psychische Leiden?», entfuhr es Anna.

«Da staunt ihr! Ich kann euch eine brisante Neuigkeit verraten, verlange aber, dass sie in diesem Raum bleibt.» Marc schaute allen einzeln in die Augen, ihr Nicken schien ihn zu überzeugen.

«Ich hatte Visionen von einer Meditationsmethode, die die Zellerneuerung anregen und das Immunsystem stärken soll. Wenn sie tatsächlich so funktioniert, wie es meine Eingebung vorhersagte, wäre dies ein bahnbrechender Durchbruch für die Verbesserung der Volksgesundheit.»

Marc machte eine Pause, und liess die Verwunderung der Teilnehmer auf sich wirken.

Als das Raunen verebbt war, ergänzte er: «Begreift ihr nun, weshalb ich gelegentlich ungeduldig oder gar wirsch reagiere?»

Marc machte erneut eine Pause. Die meisten schauten beschämt auf den Tisch.

«Ich kann euch auch verraten, dass ich schon fleissig am Konzept arbeite und Tests durchführe, die vielversprechend sind.»

«Wow», entfuhr es Anna, «jetzt wird mir einiges klar.»

Auch die Gesichter der anderen Teilnehmer hellten sich auf, als sei eine grosse Last von ihnen gefallen.

«Ich muss wohl nicht betonen, dass wir dieses Konzept vorläufig geheim halten müssen. Auf keinen Fall dürfen die Gesundheitsbehörden auf uns aufmerksam werden. Ich will auch nicht die Heiler und Naturheilpraktiker auf den Plan rufen, und schon gar nicht die Medien. Eine Schlagzeile wie *Selbsternannter Sektenguru propagiert obskure Zellerneuerung* könnte uns das Genick brechen.»

Marc schaute prüfend in die Runde.

«Genug für heute», sagte er schliesslich, «lasst uns draussen auf diese Neuigkeit anstossen.»

Er sprang vom Podest und ging ins Foyer, wo er mit Fragen bestürmt und Komplimenten überhäuft wurde.

46

Marc kämpfte gegen seine innere Unruhe an, die jeden Tag stärker wurde. Durchhalten, mahnte er sich.

Um sich abzulenken, fuhr er mit dem Motorrad über den Albispass zum Türlersee. Als er in den Parkplatz einbog, erschreckte ihn ein Hupton. Marc fuhr herum und entdeckte einen alten VW-Bus, der neben ihm anhielt.

«Halleluja», rief Christian durch das offene Fenster. «Wenn ich in der Wüste wäre, würde ich an eine Fata Morgana glauben.» Er sprang aus dem Auto und versetzte Marc einen Schlag auf die Schulter. «Aber nein, er ist es leibhaftig. Ich glaub, mich knutscht ein Elch.»

Marc lächelte gequält. «Immerhin sprichst du noch mit mir», gab er zurück.

«Du trägst mir meine Standpauke also noch nach? Gut so. Wir können trotzdem gemeinsam um den See joggen.»

Sie rannten schweigend nebeneinander her.

«Scheint es nur so, oder lebst du wieder völlig in deiner übersinnlichen Weltraumkapsel», brach Christian das Eis.

«Ich bin zwar wieder gut beschäftigt, kapsle mich aber nicht ab.»

«Na hör mal. Mit deinem Erfolg könntest du doch längst einen Ersatzguru für dich einsetzen und privatisieren. Oder hat es etwa mit Meli zu tun?»

«Das ist gelaufen.»

«Oh, das tut mir leid. Bist du deshalb von der Rolle? Ich hoffe, dass der ganze Aufwand für dich nun nicht umsonst war.»

«Mindestens vom Finanziellen her nicht», gab Marc mit einem sarkastischen Unterton zurück.

«Dann müsstest du doch Zeit für die schönen Dinge im Leben haben.»

«Ich habe ein neues Projekt am Start.»

«Exportierst du dein Erfolgsmodell etwa zu den Eskimos?»

«Nein, zu den Aborigines in Australien», gab Marc zurück.

«Okay, lassen wir das. Doch fällt dir nicht auf, dass wir kaum noch Gesprächsstoff haben, seit du auf dem Eso-Trip bist? Mir kommt es vor, als würden wir in unterschiedlichen Welten leben.»

«Dann schlage ich vor, dass wir auf eine Klettertour gehen. Dann gibt uns der Felsen das Gesprächsmotiv vor.»

«Das ist ein Wort», antwortete Christian.

Marc beschleunigte das Tempo und trieb den Puls in eine Höhe, die den Atem zum Sprechen raubte.

Zu Hause setzte sich Marc an den Computer. «Liebe Freunde des Aufstiegsprojektes. Die Zeit des Wartens und der Ungewissheit ist vorbei. Ich habe einen wichtigen Entscheid gefällt und möchte euch das Resultat verkünden.»

Marc hielt inne. Er tat sich schwer, die richtigen Worte zu finden. Verkünden? Mitteilen tut's auch, entschied er.

Kaum hatte er die Nachricht abgeschickt, schlug sein Handy an.

«Ich habe eben dein Mail gekriegt», flötete Lucie. «Ich will dir keine Einzelheiten entlocken, sondern möchte nur wissen, ob ich schon kündigen soll. Ich kann es kaum erwarten.»

Marc atmete tief ein. «Heute ist erst der 18. Du hast noch bis Ende Monat Zeit, warte zuerst die Sitzung ab», empfahl er ihr.

Marc schlief in der Nacht vor der Sitzung unruhig. Er wälzte sich im Bett und ging den Ablauf in Gedanken immer wieder durch. Ich muss souverän wirken und darf mir keine Blösse geben, schärfte er sich ein.

Er ging frühzeitig ins Zentrum, saugte den Meditationsraum und richtete die Stühle. Nachdem er Orangensaft und Champagner im Kühlschrank verstaut hatte, prüfte er, ob die Gläser sauber waren.

Die Teilnehmerinnen und Teilnehmer des Projektes kamen früher als sonst und umarmten ihn besonders herzlich. Die freudige Erwartung stand ihnen ins Gesicht geschrieben. Lucie wollte ihn nicht mehr loslassen und verdrückte ein paar Tränen. Die feierliche Stimmung erinnerte ihn an seine Kindheit, wenn an Weihnachten endlich das Glöcklein läutete und er aus dem Kinderzimmer stürmen und den Christbaum bestaunen durfte.

Im Foyer herrschte bald ein aufgeregtes Stimmengewirr. Marc entnahm den Wortfetzen, dass sich die Diskussion vorwiegend um die Frage drehte, wo sich die Liegenschaft befinde. Manche Schülerinnen warfen immer wieder einen Blick auf ihn, als könnten sie das Geheimnis von seinem Gesicht ablesen.

Marcs Anspannung stieg, als er die Tür zum Meditationsraum öffnete. Alle drängten auf die vorderen Plätze. Marc schritt langsam durch den Mittelgang zum Podest. Das Stimmengewirr verebbte sofort. Die Spannung war mit Händen zu greifen. Marc zählte auf zehn, atmete tief ein und liess seinen Blick durch die Reihen wandern. Ganz hinten entdeckte er Laura, die sich ohne einen Gruss ins Meditationszentrum geschlichen hatte.

Marc begrüsste die Teilnehmerinnen und Teilnehmer und setzte mit ruhiger Stimme zu seiner Rede an. Er gehe davon aus, dass alle sein Buch gelesen hätten, sagte er. Die Gesichtszüge seiner Schülerinnen und Schüler verdüsterten sich, viele wirkten ratlos. Die meisten hätten auch den ersten Meditationskurs besucht, fuhr er fort. Sie würden sich sicher noch daran erinnern, dass beides nicht viel Anklang gefunden habe. Marc spürte eine gewisse Unruhe.

«Meine Gedanken waren euch zu kopflastig, zu intellektuell. Ich wollte euch auf euch selbst zurückwerfen, doch ihr habt nur die grossen Gefühle gesucht. Mir blieb lediglich die Wahl, eure Erwartungen und Sehnsüchte zu erfüllen oder das Zentrum zu schliessen.»

Marc hielt inne. Manche Schülerinnen und Schüler schauten sich irritiert an. Die Atmosphäre kühlte rasch ab.

«Habt ihr euch nie gefragt, was es mit meiner abrupten Metamorphose auf sich hatte? Warum meine Meditationen zu übersinnlichen Plauderstündchen verkamen?»

Die Schülerinnen und Schüler sassen wie versteinert auf ihren Stühlen und wagten kaum mehr, zu ihm hochzuschauen.

«Ich empfehle im Buch dringend, spätestens nach drei Monaten eine Meditationspause einzulegen und zu prüfen, ob ihr noch beide Beine auf den Boden kriegt. Wer von euch hat es getan? Wer hat mich darauf aufmerksam gemacht?»

«Du hättest uns warnen können», tönte es von einer hinteren Reihe.

«Eben nicht. Ich baute auf eure Selbstverantwortung.»

Eine bleierne Schwere machte sich im Raum breit. Manche waren aschfahl im Gesicht.

«Ihr habt – mit Ausnahme von Laura – nahtlos einen Kurs an den andern gehängt», fuhr Marc fort. «Es war ein Gerangel um die freien Plätze.»

Er ging zu seinem roten Fauteuil, setzte sich auf die Lehne und stützte den Arm auf den Oberschenkel. Die Teilnehmerinnen und Teilnehmer sassen kerzengerade auf ihren Stühlen und wagten kaum zu atmen.

«Schaut euch dieses Teil an, auf dem ich sitze», forderte er seine Schüler auf. «Passt das Prunkstück zu mir? Nein, sicher nicht. Doch niemand reagierte skeptisch oder forderte mich heraus.»

«Und der Sternenhimmel hier oben!» Marc schaute zur Decke.

«Ich kann euch verraten, weshalb ihr all dies übersehen habt: Ihr wart so sehr auf eure spirituelle Entwicklung fixiert, dass ihr die Welt um euch vergessen und euch verloren habt. Für euch gab es nur den geistigen Aufstieg, die Erleuchtung. Dabei blieben Vernunft und Verstand auf der Strecke.»

Marc legte eine Pause ein, weil er ein leises Wimmern hörte.

«Ihr habt mich in die Rolle des grossen spirituellen Meisters gedrängt. Ich sollte euch den Weg zum höheren Bewusstsein leuchten. Irgendwann habe ich resigniert und mir gesagt: Ihr sollt bekommen, was ihr wollt. Vielleicht kapiert ihr dann, wohin die spirituelle Schwärmerei führt.»

Im Raum hob ein leichtes Murren an. «Du hast mit uns gespielt», rief Pierre dazwischen.

«Nein, ihr habt mit mir gespielt», gab Marc zurück. «Ihr habt mich erst akzeptiert, als ich eure Erwartungen erfüllte und die Rolle einnahm, die ihr mir zugedacht habt.»

Marc spürte, dass der Unmut wuchs. Manche sassen tief gekränkt und mit versteinerter Miene da.

«Ich wollte testen, wie weit ich gehen kann, bis ihr rebelliert.»

«Du hast uns belogen und manipuliert», schrie Bruno, «das lasse ich mir nicht bieten.»

«Lasst uns in Ruhe darüber diskutieren, ich will keinen Streit», beschwichtigte Marc.

«Habt ihr gehört? Zuerst macht er uns zu Versuchskaninchen, und dann will er in Ruhe mit uns diskutieren», empörte sich Kevin.

«Ich hoffte täglich, dass euch der Kragen platzt und ich das Experiment abbrechen kann, doch ihr seid immer versessener geworden», ergänzte Marc.

Ein lautes Schluchzen übertönte den Geräuschpegel. «Dann wird nichts aus dem neuen Zentrum?», fragte Lucie und wischte sich die Tränen ab.

Marc schüttelte den Kopf und hob die Arme, um gegen die Proteste anzukämpfen.

«... du hast unser Vertrauen schändlich missbraucht», schleuderte ihm Robert entgegen.

«Glaubt ihr, dass mir das Experiment Spass gemacht hat? Ich konnte nicht ahnen, dass ihr mir bis zum bitteren Ende folgen würdet. Es kam der Punkt, an dem es kein Zurück mehr gab. Wir sind zur Sekte mutiert, und ihr habt euch nicht gewehrt ...»

Bruno sprang auf. «Du Mistkerl hast uns bewusst manipuliert», schrie er in den Saal. «Das sollst du büssen.»

Ein paar Männer standen auf und drängten zum Podest. Marc kämpfte vergeblich gegen das Stimmengewirr an. Er nahm nur noch Sprachfetzen wahr. «Scharlatan, Betrüger, Geld zurück ...»

Die feindselige Stimmung zwang ihn, zurückzuweichen.

Plötzlich liefen die letzten zwei Jahre wie im Zeitraffer in seinem Kopf ab. Amorgos blitzte auf. Er sah, wie die Kiste auf der Treppe von Ägiali ihn überrollte. Der Schmerz durchzuckte ihn. Er bemerkte, wie Meli sich über ihn beugte. Die Fahrt mit der Ambulanz war endlos. Schliesslich die Erlösung bei ihrem Besuch im Spital, der Gefühlssturm nach seiner Entlassung, die Ohrfeige. Dann wurde ihm schwarz vor den Augen.

47

Marc öffnete die Augen und schaute verwirrt um sich. Der Duft von Desinfektionsmitteln und die dicke Bettdecke liessen keine Zweifel zu, wo er sich befand. Der fahrbare Metallständer mit dem durchsichtigen Infusionsbeutel gab ihm die Bestätigung. Er folgte mit den Augen dem dünnen Schlauch, der in eine Nadel mündete, die in seinem linken Handrücken steckte.

Marc überlegte krampfhaft, was vorgefallen war. Vergeblich zermarterte er sein Hirn. Sein Gedächtnis schien wie weggeblasen. Er suchte nach der letzten Erinnerung. Erfolglos. Wie lang bin ich im Koma gelegen, fragte er sich. Ein Tag? Eine Woche? Oder noch länger?

Sein Kopf pulsierte. Er griff sich an die Stirn und spürte einen Verband.

Ein Motorradunfall? Ein Sturz mit dem Fahrrad? Vom Gedächtnis kam keine Antwort. Beim Gedanken, allenfalls längere Zeit im Koma gelegen zu haben, zog sich sein Hirn zusammen. Die Erinnerungslücke kam ihm wie ein schwarzes Loch vor, das ihn zu verschlucken drohte.

Da war nichts, und dieses Nichts trieb ihn fast in den Wahnsinn.

Marc griff zum Alarmknopf und läutete Sturm. Schon sprang die Tür auf. Marc erschrak, als er die weit aufgerissenen Augen der Pflegefachfrau sah.

«Sorry, kein Notfall. Mindestens kein medizinischer», stammelte er.

Sie blieb verdutzt unter der Türe stehen. Ihr freundliches Mondgesicht passte schlecht zu ihrer schlanken Figur.

«Können sie mir sagen, weshalb ich hier bin? Ich meine, was ist passiert, dass mein Schädel so fürchterlich brummt?»

«Das würden wir gern von ihnen wissen», entgegnete sie und setzte sich an sein Bett. «Was ... wie? Sie wissen nicht, was mir zugestossen ist?»

«Nein. Ich war nicht im Dienst, als sie eingeliefert wurden. Haben sie denn keine Erinnerung?»

Marc schüttelte den Kopf. «Das ist es ja, was mich in den Wahnsinn treibt. Welche Verletzungen habe ich denn?»

«Einen langen, tiefen Schwartenriss auf der Schädeldecke und ein Schädel-Hirn-Trauma. Ausserdem ein paar kleinere Prellungen am Oberkörper. So steht es wenigstens im Rapport.»

«Schwartenriss?»

«Der scheint von einem schweren Gegenstand zu stammen. Da die Gefahr einer Hirnblutung nicht ganz ausgeschlossen werden kann, behalten wir sie noch hier. Wenn sie starke Schmerzen haben, kann ich ihnen ein stärkeres Mittel spritzen.»

Marc nickte. Kaum hatte die Pflegefachfrau die Flüssigkeit in die Armvene gespritzt, segelte er hinüber.

Marc öffnete die Augen. Klopfgeräusche hatten ihn geweckt. «Ja», krächzte er. Langsam öffnete sich die Tür. Zuerst sah er nur Blumen, dann erkannte er ihre Haare.

«Du?» Marc konnte seine Überraschung schlecht verbergen.

«Ja, ich», entgegnete sie und schloss die Tür hinter sich.

«Woher weisst du, dass ich hier bin?» Er schaute sie überrascht an.

«Ganz einfach. Ich fragte die Sanitäter, in welches Spital sie dich fahren.»

«Sanitäter?»

«Ja, wen denn sonst?»

«Sorry, ich habe ein Blackout und weiss nicht, wie ich in dieses Hotelzimmer und zu meinem Kopfschmuck gekommen bin.»

Laura konnte ein Schmunzeln nicht verkneifen.

«Schön, dass du nur dein Gedächtnis verloren hast, nicht aber den Humor.» Ihr schelmischer Blick berührte ihn tief. Er nahm das Leuchten ihrer grün-braunen Augen zum ersten Mal richtig wahr.

«Das ist wohl Galgenhumor», relativierte Marc. «Ich fühle mich verdammt nackt ohne die Erinnerung an die letzte Zeit und zermartere mir den Kopf. Von diesem kommt nur ein Signal: Schmerz. Das bringt mich fast um den übrig gebliebenen Rest an Verstand.»

Er rückte auf die Seite und deutete ihr mit einer Handbewegung an, sich auf die Bettkante zu setzen.

«Wenn du dabei warst, muss es im Meditationszentrum passiert sein», stöhnte er auf.

Laura nickte.

«Bin ich ausfällig geworden?»

«Das nicht, aber deine Provokation war heftig.»

«Wegen des neuen Zentrums?»

«Ja, natürlich.»

«Das heisst ...»

«Genau ...»

«Mist ...», entfuhr es ihm.

«Sie haben dich Gauner und Betrüger geschimpft.»

«Habe ich ihnen denn nicht gesagt, dass sie ihr Geld zurückbekommen?»

«Dir blieb keine Zeit.»

«Ach nein ... Und dann sind sie wohl auf mich losgegangen!» Er sagte es mehr zu sich selbst als zu Laura.

Sie nickte.

«Der Schwartenriss stammt also vom Kerzenständer ...»

«Sie waren aufgebracht und wütend.»

«Ich habe nicht geahnt, dass sie ...» Seine Stimme erstickte.

«Sie glaubten, du hättest ihnen alles geraubt. Die Sehnsucht, die Hoffnung, den Respekt, die Würde, die Selbstachtung. Und den Grossteil ihres Vermögens.»

«Und du?»

«Du hast mich auf eine Achterbahn geschickt.»

Marc schaute sie verständnislos an.

«Ich freute mich, dass du den widerlichen Guru nur gemimt hast. Gleichzeitig war ich wütend, wie du mit den Kursteilnehmerinnen spieltest.»

«Ich bin für dich also ein Volltrottel?»

«Ein halber ... Nein, im Ernst, du hättest die Übung früher abbrechen müssen ...»

«Ich wollte ihnen die Chance geben, mit einer Rebellion die Würde zurückzugewinnen», unterbrach er Laura. «Ich konnte mir nicht vorstellen, dass sie mir bis zum bitteren Ende aus der Hand fressen würden. Nur du hast die Reissleine gezogen.» Marc hielt inne und fragte dann: «Weshalb bist du trotzdem immer wieder ins Zentrum gekommen?»

«Ich konnte einfach nicht glauben, dass du von deinen Geschichten überzeugt warst, die du uns aufgetischt hast ...»

«Du hast also immer noch an mich geglaubt?»

«In gewisser Weise schon. Ich wollte nicht wahrhaben, dass ich mich so radikal in dir getäuscht habe. Etwas in mir klammerte sich an den Marc aus dem Buch.»

Marc legte seine Hand auf ihren Arm und kämpfte mit den Tränen.

«Es fiel mir nicht leicht, dir die kalte Schulter zu zeigen», sagte er. «Ich habe dich so schroff abgewiesen, weil ich das Experiment nicht gefährden wollte.»

«Wie bitte? War das Meditationszentrum für dich nur ein Experiment?» Laura schaute ihn verständnislos an.

«Anfänglich nicht, damals ging es mir um Melanie. Als ich mit meinem Konzept von der neuen Esoterik grandios scheiterte, begann ich, die Erwartungen meiner Schülerinnen zu befriedigen. Wäre ich als Meditationslehrer gescheitert, hätte ich Melanie ohnehin nicht mehr auf meine Seite gebracht. Dann realisierte ich, dass ich in meiner Rolle gefangen war. In diesem Moment kam ich auf die Idee, das Sektenphänomen zu ergründen und ein Buch darüber zu schreiben. Ich wollte mit dem Experiment herausfinden, wann die Schmerzgrenze erreicht ist und die Schülerinnen und Schüler rebellieren oder sich aus dem Staub machen. Hätte ich dich eingeweiht, wäre der Bann wohl gebrochen, und ich hätte meine Rolle nicht mehr glaubwürdig spielen können.»

«Ach du liebe Scheisse. Wenn ich das geahnt hätte ...»

«Heisst das ...»

«Ja, ich war in dich verliebt, auch wenn ich dich zwischendurch am liebsten auf den Mond geschossen hätte.»

«Oh, ich Hornochse! Alles lief schief. Ich war total in meinem Schmerz und meinem Dilemma gefangen. Es ging mir dabei vor allem um Melanie, die ich zurückzugewinnen wollte ...» Marc brach mitten im Satz ab, weil seine Stimme erstickte.

Laura legte ihre Hand auf seinen Arm und streichelte ihn sanft. Als sich Marc wieder gefangen hatte, fragte sie: «Was macht Melanie so besonders, dass du für sie dein Leben auf den Kopf gestellt hast, um die halbe Welt gereist und zum ´Guru´ mutiert bist?»

Marc erzählte ihr von seinem Unfall in Langada und dass Meli ihm womöglich das Leben gerettet hat. «Sie erlitt vermutlich deshalb ein Trauma», beendete Marc seine Schilderung.

Laura schluckte leer.

«Dann wolltest du sie ‚retten‘, wie sie es bei dir gemacht hat?».

«Das auch. Aber ich war schon sehr verliebt und verkraftete die Trennung schlecht. Mein Unfall hat unserer Beziehung eine besondere Note gegeben.»

«Ich hoffe, dass du in Zukunft nicht mehr den Umweg über das Spital nehmen musst, um endlich anzukommen», sagte Laura und legte ihren Kopf an seine Schulter.

Der Autor

Hugo Stamm blickt auf eine über 40jährige Karriere als Journalist, Publizist und Buchautor zurück. Er arbeitete vier Jahrzehnte lang bei der Zürcher Zeitung *Tages-Anzeiger* und spezialisierte sich auf die Themen Sekten, Religionen und Spiritualität.

Seine ersten Recherchen zu Scientology stellte er 1974 an. 1982 veröffentlichte er das Buch *Scientology - Seele im Würgegriff*. Neben seiner Arbeit als Journalist beriet er viele Angehörige von Sektenmitgliedern und Aussteiger. Seine Aufklärungsarbeit rief immer wieder die thematisierten sektenhaften Gruppen auf den Plan, die ihn mit Repressionen überzogen. Ausserdem deckten sie ihn mit mehreren Dutzend Strafanzeigen ein und strengten mehrere Prozesse gegen ihn an. Sein Engagement brachte ihm den Preis für Zivilcourage ein.

Hugo Stamm schrieb mehrere Sachbücher zum Thema und den Aufklärungsroman *Tod im Tempel*. Er hielt rund 1000 Vorträge zu seinem Spezialgebiet und wurde von vielen Fernsehstationen im deutschsprachigen Raum zu Interviews und Diskussionen eingeladen. Von 2006 bis 2016 schrieb er einen wöchentlichen Blog zum Thema *Glauben, Religionen und Sekten* beim *Tages-Anzeiger*. Danach führte er diesen bei der Online-Zeitung *watson.ch* weiter.